Schritte am Strand

ECON **Krimi**

Im ECON Taschenbuch Verlag sind folgende Titel von Margaret Maron lieferbar:

Schleichendes Gift (TB 25119)
Die Schatten des Leidens (TB 25064)

Zum Buch

Die junge Richterin Deborah Knott will ein erholsames Wochenende an der malerischen Küste von North Carolina verbringen. Statt dessen jedoch macht sie eine unangenehme Entdeckung: sie findet die Leiche eines Fischers, ihres Nachbarn Andy Bynum.
Daß der Tod von Andy mit dem Konflikt zwischen Dorfbewohnern und neureichen Wochenendtouristen bzw. mit den daraus folgenden nahenden Veränderungen in Verbindung steht, erkennt Deborah schnell.
Wut, Angst und Habgier verpesten die Atmosphäre des Dorfes, und Unangenehmes kündigt sich an. Ein zweiter Mord, ein Verdächtiger – Deborah steckt bis zum Hals in Schwierigkeiten.

Zur Autorin

Margaret Maron lebt in der Nähe von Raleigh, North Carolina. Sie engagiert sich in verschiedenen Krimi-Autoren-Vereinigungen. Für ihren ersten Deborah-Knott-Krimi »Die Schatten des Leidens« erhielt sie den begehrten Edgar-Award für den besten Roman.
Elizabeth Peters schrieb über sie: »Margaret Maron ist eine der besten Autorinnen im Krimi-Geschäft. Lesen Sie sie! Das ist ein Befehl.«

Margaret Maron

Schritte am Strand

Ein Deborah-Knott-Krimi

Aus dem Amerikanischen
von Ingrid Laufenberg

ECON Taschenbuch Verlag

Veröffentlicht im ECON Taschenbuch Verlag
Deutsche Erstausgabe

First published by Mysterious Press in the United States of America
Titel des amerikanischen Originals: SHOOTING AT LOONS
Aus dem Amerikanischen übersetzt von Ingrid Laufenberg
Umschlaggestaltung: Init GmbH, Bielefeld
Titelabbildung: Reiner Tintel
Lektorat: Beate Darius
Gesetzt aus der Baskerville Roman
Satz: Formsatz GmbH, Diepholz
Druck und Bindearbeiten: Ebner Ulm
Printed in Germany
ISBN 3-612-25120-1

In Erinnerung an Andrée Descharnes Rusell,
die nur einmal im
Sternenlicht auf Harkers Island tanzte.

Für Andrée

Between the tides through surf-crushed shells,
Wet from the spray of ocean swells,
You bend for a blue crab's carapace,
I for a conch pitted into lace
While the waves curl in slow parallels.

Eyes on the sand, we might each be alone.
Like a hermit crab I am ingrown
And yet, after all, very glad of your presence
To share a mussel's iridescence
Or a necklace of sun-bleached bone.

You do not deride the choices I make
Nor question the value of things I take:
Moon snails, pebbles, odd bits of dark wood –
I couldn't defend them if you should,
Though they almost ease the ache.

Between the tides for a time we walk;
And though it is of shells we talk,
We are whorled in separate shells

And dead men's fingers thumb the swells.

Harkers Island, 1975

Danksagung

Beaufort und Harkers Island sind reale Orte an der südlichen Küste von North Carolina, und sie werden von realen Menschen bewohnt, von denen einige mit ihrer Erlaubnis in diesem Buch auftauchen. Ansonsten ist dieses Buch reine Fiktion, und um den Ansprüchen an Fiktion zu genügen, habe ich Charaktere erfunden, die außerhalb meiner Phantasie nicht existieren. Auch in bezug auf die Landschaft habe ich mir Freiheiten erlaubt: einige Häuser habe ich auseinandergesetzt, um leere Parzellen oder andere Häuser hinzuzufügen, mein »Ritchie House« habe ich ein Stück weiter unterhalb von einem sehr realen (und sehr reizenden) Beaufort House am Boardwalk plaziert, eine zweite Menhadenfabrik errichtet, wo einst mehrere standen, jetzt jedoch nur noch eine.

Wie immer stehe ich in der Schuld vieler, die mir geholfen haben. Besonders danken möchte ich Karen Piner Campbell; Dr. Barbara Garrity-Blake, ECU Institute for Coastal and Marine Resources; Joel G. Hancock, Autor von *Strengthened by the Storm*; Captain Ken Craft, NC Wildlife Resources Commission; Sue und Carl Honeycutt; Donald Kirkman und Dianne Mizzell, Carteret

County Economic Development Council; Darlene Leonard, Verwaltungschefin am Gericht von Carteret County; Carol Lohr, Direktorin, Carteret County Tourism Development Bureau; Tony Seamon, Präsident, Carolina-in-Touch; Jerry Schill, NC Fisheries Association; Judith Moore Spitsbergen, Autorin von *Seacoast Life*; Michael W. Street, NC Division of Marine Fisheries; Sheriff Ralph Thomas Jr.; Richter Jerry F. Waddell, 3B District Court District; Jule Wheatley, Präsident, Beaufort Fisheries.

September 1993

Jesus, Saviour, pilot me
Over life's tempestuous sea:
Unknown waves before me roll,
Hiding rocks and treacherous shoal;
Chart and compass come from Thee,
Jesus, Saviour, pilot me.

Edward Hopper

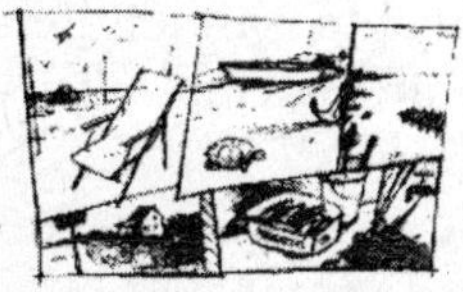

Die Taschenlampe war rechteckig, wasserdicht und strahlend orange. Rechteckig, damit sie fest auf dem Sitz eines Flunderbootes installiert werden konnte, wasserdicht, damit sie schwamm, falls sie über Bord ging, quietschorange, damit man sie schnell wiederfinden und aus dem seichten Wasser herausfischen konnte, wenn (nicht falls) sie zusammen mit einem Wandnetz oder einer Krabbenfalle über Bord ging.

Ich stellte sie oben auf den Wassertank in dem kleinen fensterlosen Pumpenhaus und hielt Carls handgeschriebene Anweisungen in den starken Lichtstrahl.

Den Ablauf unten am Wassertank zudrehen.

Erledigt.

Ablaßhahn unten links von der Pumpe zudrehen.

Erledigt.

Ventil zwischen Pumpe und Tank schließen.

Erledigt.

Mit Wasser aus den Kanistern neben dem Tank (ungefähr 1 Gallone) füllen. Wenn gefüllt, Einlaßventil schließen und Pumpe anschließen. Sollte ein paarmal an – und ausklicken.

Die einzigen Kanister, die ich in der dunklen Nische neben der Pumpe entdecken konnte, waren gelb und trugen Etiketten mit der Aufschrift Frostschutz. Ich mußte drei Krabbenkörbe aus Draht zur Seite räumen, um daranzukommen und …

»Kann ich irgendwie helfen?« fragte eine Stimme von der Tür hinter mir.

Ich sprang auf, stieß mir den Kopf an einem Rohr, das von der alten Pumpe zu einem relativ neuen Wassertank lief, und als ich mich umdrehte, sah ich den Umriß eines Jugendlichen in schwarzen Gummistiefeln.

Es war zwei Jahre her, seit ich das letzte Mal einen Fuß auf Harkers Island gesetzt hatte, und er war bestimmt 10 Zentimeter in die Höhe geschossen, aber der ausgeblichene Strohhut ließ keinen Zweifel. Ebensowenig die allgegenwärtigen Gummistiefel, die er immer trug, wenn er nicht barfuß ging oder in Turnschuhen Richtung Schule unterwegs war.

»Danke, Guthrie«, sagte ich, »aber ich glaube, ich komme allein zurecht.«

Der Junge schob mit dem Ellbogen Carls Holzkohlengrill beiseite und quetschte sich neben mich. »Ich helfe Carl auch immer.«

Guthrie sprach diesen Satz mit dem gewissen Akzent, der für die Sprache der Neuenglandstaaten typisch ist. Manche sagen, daß diese Sprache ein Überbleibsel des Elisabethanischen Zeitalters ist; andere, daß sie das natürliche Resultat aus zweihundert Jahren Isolation hier in der Nähe des südlichen Endes der Outer Banks ist. Boote waren die einzige Verbindung zwischen Harkers Island und dem Festland, bis in den vierziger Jahren ein Damm und eine Brücke gebaut wurden.

Eine von Guthries Urgroßmüttern starb Mitte der siebziger Jahre in einem Krankenhaus drüben in Morehead, und dieser Ausflug über den North River, durch Beaufort, über den Newport River Channel war das einzige Mal, daß sie im Laufe ihres über achtzigjährigen Lebens die Insel verließ, von Richtung Norden gar nicht zu reden. (Ihre Kinder schworen immer, daß der Schock, die Insel zu verlassen, sie tötete, und nicht ein Schlaganfall.)

Guthries weißes T-Shirt verströmte den Geruch nach salziger Luft und gebratenem Fisch, als er mir einen gelben Kanister aus der Hand nahm.

»Wird sie damit gefüllt?« fragte er.

»Wenn es sauberes Wasser ist.« Ich trat zurück, so daß er an die Pumpe konnte. Hey, ich bin nicht stolz. Jedes männliche Wesen, ob jung oder alt, das mir die Drecksarbeit abnehmen will, ist mehr als willkommen.

Wasser gurgelte aus dem Kanister durch das offene Pumpenventil.

Ich hielt immer noch die Anweisungen meines Cousins in der Hand. »Hast du das Einlaßventil geschlossen?«

»Ja.«

Ich fischte nach dem Stecker am Ende der Pumpenschnur, er steckte ihn in die Steckdose, und die Pumpe sprang mit Getöse an.

Guthrie trat den Rückzug an.

»Warte! Wir sind noch nicht fertig.« Ich mußte fast schreien, damit er mich bei der lauten Pumpe verstehen konnte, als ich von dem zerknitterten Zettel vorlas: *»Ventil zwischen Pumpe und Tank nach und nach öffnen,* *dann das Ventil zum Heißwassertank ebenfalls öffnen. Druck sollte auf 40 Bar ansteigen.«*

»Welches is' das Heißwasserventil?« schrie der Junge zurück.

»Ich dachte, du hilfst Carl immer.«

»Schon, aber er hat sie letztes Mal ausgetauscht.« Plötzlich drehte er einen Absperrhahn an einem der vielen Rohre. »Das ist es«, verkündete er.

Die Pumpe arbeitete weiter, aber die Druckanzeige ging nicht über 15 Bar hinaus. Ich sagte es Guthrie.

»Laß ihr noch 'n bißchen Zeit«, meinte er und lehnte sich zurück, um über den Lärm hinweg zu plaudern. »Kommt Carl auch?«

»Nein.« Ich behielt die Druckanzeige im Auge. »Nur ich dieses Mal.«

»Wann geht's zurück?«

»Donnerstag oder Freitag vielleicht.« Heute war Sonntag, Anfang April. »Der Druck steigt immer noch nicht.«

»Vielleicht hast du nicht alle Hähne zugedreht?« fragte er, bereit, jede Verantwortung für eine Fehlfunktion von sich zu weisen.

»Alle, die ich gesehen habe. Außer dem draußen, damit die Luft ausströmen kann.«

»Ich guck mal, ob Wasser rauskommt«, bot er an.

Nachdem er weg und ich mit der Pumpe alleine war, hörte ich plötzlich irgendwo Wasser fließen. Ich konnte tatsächlich spüren, wie Wasser in meine Schuhe eindrang. Ich schien in einer Pfütze zu stehen. Ich leuchtete zum Boden des Wassertanks und entdeckte noch einen offenen Hahn. Nachdem ich ihn zugedreht hatte, kletterte die Nadel schließlich auf 40 Bar, und die Pumpe schaltete ab.

In die Stille drang der Schrei von Möwen und ein sanftes Schlagen der Brandung.

»Sie spuckt keine Luft mehr, und ich habe sie abgestellt«, berichtete Guthrie. Selbstgefällig betrachtete er die Anzeige. »Das war's vermutlich, was sie brauchte.«

»Danke für deine Hilfe«, sagte ich, als wir beide hinaus in die strahlende Sonne traten.

* * *

Harkers Island liegt gegenüber des Cape-Lookout-Leuchtturms auf einer Ost-West-Achse, und ich habe immer Schwierigkeiten, mich hier unten zu orientieren. Wenn man über den Sund nach Shackleford Banks schaut, hat man das Gefühl, in Richtung Osten zu blicken, weil es sich um Seewasser handelt und Shackleford zu den Outer Banks gehört. In Wirklichkeit schaut man fast genau nach Süden.

Der Wind kam von Westen und blies landabwärts, es war warm und frühlingshaft. Hinter einem grasbewachsenen Hügel, der zu niedrig war, um als Düne bezeichnet zu werden, lag das Wasser von Back Sound so ruhig wie einer der Süßwasserfischteiche meines Vaters.

Hinter uns, zwischen drei immergrünen Virginia-Eichen und einigen zu hoch gewucherten Ligustern verborgen, lag das kleine schäbige Schindelhäuschen, das um 1910 gebaut worden war. Wie die meisten älteren Häuser hier war es von einem Fährmann und nicht von einem professionellen Zimmermann gebaut worden: das steile Dach hatte ursprünglich vier winzige Zimmer und eine Vorderveranda bedeckt, außerdem gab es eine Handpumpe und irgendwo ein stilles Örtchen. Obwohl Carl und Sue an der Rückseite ein Badezimmer und eine neue Küche angebaut, Strom und fließendes Wasser installiert, das Dach neu gedeckt und die verzogenen Schindeln in einem fröhlichen Gelb gestrichen hatten, konnte man, wenn man den Kopf richtig hielt, durch einige Risse das Tageslicht sehen, und es wirkte immer noch so, als müsse der erste kräftige Windstoß das Häuschen quer über die Insel blasen. Und doch stand es, achtzig Jahren Hurrikanen und Nordostwinden zum Trotz.

Hinter der Hütte wuchs ein Dickicht aus Yauponbüschen, und an der Straße stand Clarence Willis' Wohnmobil und trug dazu bei, die Hütte vom Wochenendverkehr, der im Sommer zur Shell-Point-Fähre strömte, abzuschirmen. Vater und Sohn Willis waren Schiffer und Bootsbauer wie Guthries Großvater, aber laut Carl würden sie die ganze Woche weg sein.

Carl und Sue sind meine entfernten Cousins. Zumindest Sue. Von der Stephenson-Seite meiner Mutter. Ihre Töchter sind in meinem Alter, und während meiner Kindheit und Jugendzeit bin ich mit ihnen ein paarmal im Jahr hergekommen.

Zwischen meinen Brüdern und ihren Frauen und all den Onkeln und Tanten kann ich mich in Colleton County nicht bewegen, ohne daß irgend jemand es jemand anderem erzählt. Und als Carl durch die Familiengerüchteküche hörte, daß ich ernannt worden war, im Gericht von Carteret County einen kränkelnden Richter zu ersetzen, hatte er darauf bestanden, daß ich in ihrem Häuschen wohnte. »Wir sind seit Februar nicht unten gewesen«, sagte er, »deshalb ist das Wasser noch abgestellt, aber das ist kein Problem.«

Nun ja, zumindest dann nicht, wenn es einem nichts ausmacht, unter dem Haus nach einem halben Dutzend

Sperrventilen zu suchen, bevor man überhaupt erst einmal die Pumpe in Angriff nehmen kann. Das Haus sitzt auf niedrigen Ziegelmauern, ohne Einfassung, ohne Fundament, jedem Wintersturm ausgesetzt. Jedesmal, wenn ein ungeschütztes Rohr einfriert und bricht, installiert Carl einen neuen Hahn, so daß man an dieser Stelle ohne Mühe Wasser ablassen kann.

Guthrie saugte an einem blutenden Fingerknöchel, von dem sich der Schorf gelöst hatte.

»Auf'n Boden geknallt«, sagte er verlegen.

Ich sah die anderen verkrusteten Knöchel an seiner Faust und bemerkte dann einen halb verheilten Schnitt auf seinem runden Kinn. Und obwohl sie bereits zu einem bläulichen Schatten verblaßt war, konnte ich die Reste einer Schramme auf dem Jochbein unter seinem rechten Auge erkennen.

»Muß ein ganz schöner Kampf gewesen sein«, bemerkte ich.

»Nöö. Bin in meinem Boot gefallen«, sagte er und klang ausweichend wie einer meiner Neffen, um mir damit klarzumachen, daß er nicht darüber reden wollte.

Sollte mir recht sein. Als Bezirksrichterin muß ich mir zu viele Geschichten darüber anhören, wer zuerst zugeschlagen hatte, nachdem man zu hören bekommen hatte, wen man was mal könnte.

»Wann hast du ein Boot bekommen?« fragte ich.

»November, als ich vierzehn wurde«, sagte Guthrie.

»Hast du es von deinem Opa?« lächelte ich und dachte, daß Inselkinder sich so auf ihr erstes Boot freuen mußten, wie ich mich auf mein erstes Auto gefreut hatte.

»Nee, hab' mir das Geld durch Fischen und Muschelsuchen verdient.«

Ich habe vergessen, woran seine Mutter starb, als er

zwei oder drei war. Blinddarmdurchbruch? Oder war es eine Lungenentzündung? Ich bin mir sicher, daß es etwas war, was nicht tödlich hätte sein müssen, wäre sie rechtzeitig behandelt worden. Aber ihr Mann war irgendwo auf der Piste oder so was, und sie lag da in diesem Wohnwagen irgendwo in der Walachei und starb.

Mickey Mantle Davis war zu wild und zu unbeholfen, um einem Kind ein Zuhause zu bieten. Also lud er Guthrie bei seinen Eltern ab, und soweit ich das beurteilen konnte, trug er – wenn überhaupt – eher wie ein Bruder als ein Vater zur Erziehung des Jungen bei.

Während der Junge und ich uns unterhielten, waren wir an windgeformten Eichen vorbei über das flache Gras gegangen, das zwischen dem Häuschen und einer kniehohen Sanderhebung am Wasser lag. Ein kurzer Weg war in die Minidüne getreten worden, und wir gingen darüber zum Strand. Nicht, daß es ein besonderer Strand wäre. Selbst bei Ebbe sind es nur ein paar Fuß Sand, und der ist normalerweise übersät von Tang, gelegentlich einem Stiefel oder einem vereinzelten Turnschuh, Schneckenmuscheln, Six-Pack-Plastikringen oder zerrissenen Fischernetzen. Da dies die flache Seite von Shackleford Banks ist, sind die Wellen hier eigentlich eher Wellchen, faul und sanft, und solange kein Sturm aufkommt, brechen sie kaum.

Östlich von uns befand sich eine wildwuchernde Fläche, die zu einem unbestellten Feld führte. Im Westen lag Mahlon Davis' schmaler Landesteg, dann ein anderes Feld, übersät mit Yucca, Wachsmyrte und Sumach. An Mahlons Grenzlinie entlang und weit in sein Grundstück reichend befanden sich ein verlassener Lastwagen, ein Mischmasch aus Hahnenkäfigen und genügend Müll und Schutt, um mehrere Laster damit zu füllen. Zumindest hatten die Herren Davis aufgehört, das Zeug an der Grenze zu Carls Grundstück aufzuhäufen.

Sandflöhe hüpften von unseren Füßen weg, und die Seeschwalben und Schnepfenvögel, die fortgeflogen waren, als wir kamen, nahmen nun ihre Inspektion des Wassers in sicherer Entfernung wieder auf.

Es war früher Nachmittag, und ganz langsam kam die Flut. Es roch seltsam nach nassen Algen, Salzwasser und trocknendem Seegras. Auf der anderen Seite war die Luft so kristallklar, daß der schwarzweiße, wie ein Diamant gemusterte Leuchtturm ganz scharf herausstach. Die Sonne blendete so, daß sie beinahe das entfernte Licht, das alle 15 Sekunden aufflackerte, aufhob. Im Kanal surrten Schnellboote vorbei, in deren Kielwasser ein paar Pelikane schaukelten, die zusammen mit einigen Seemöwen hundert Fuß entfernt vom Strand trieben. Wo der Strand eine Biegung machte, erhoben sich weitere Möwen aus den Überresten eines verrosteten Wagens und flogen zu uns, um zu sehen, ob wir altbackenes Brot oder Fischabfälle hätten. Als kein Futter sichtbar war, verliehen sie ihrer Enttäuschung in rauhen Schreien Ausdruck und ließen sich auf mehreren kleinen Booten nieder, die in der Nähe festgemacht waren. Minutenlang atmete ich alles einfach nur ein, fühlte, was Julia Lees Pudel fühlen muß, wenn er sich von der Leine losreißt und auf den Wald zurennt. Eine ganze Woche lag vor mir. Fünf volle Tage an einem Ort, wo niemand, der mich kannte, dumme Bemerkungen darüber machen würde, wie ich mich kleidete, fuhr oder trank.

Wie Julia Lees CoCo habe ich heute nicht mehr oft die Möglichkeit durchzubrennen. Nicht daß ich CoCo, die nie sterilisiert wurde, nacheifern will – obwohl meine Brüder anderer Meinung sind, bin ich sehr wohl ein wenig vernünftiger und diskreter geworden. Und trotzdem – wenn mich das Gefühl überkommen sollte, durch das Unterholz zu rennen, war es gut zu wissen, daß der nächste neugierige Bruder mehr als 100 Meilen entfernt wohnte.

»Ist das dein Boot?« fragte ich Guthrie und zeigte auf ein weißes Skiff mit einem dunkelroten Schiffsboden.

»Nee, das ist Marks«, sagte er und nannte damit einen benachbarten Teenager. »Da hinten is' meins.« Er machte eine stolze Geste.

Das flache Skiff mit einem sich nach außen erweiternden Bug, zwei Sitzen und einem schwarzen Außenbordmotor protzte mit einer frischen weißen Lackierung.

»Hat dein Großvater es gebaut?« fragte ich, da mir einfiel, daß Mahlon Davis begonnen hatte, ein Skiff zu bauen, als ich das letzte Mal hier war. Jetzt nahm unter dem Schutzdach neben ihrem Haus ein Trawler langsam Form an.

Die Bewohner von Harkers Island sind an der gesamten Atlantikküste als unabhängige Schiffsbauer bekannt, die ihr Wissen von Generation zu Generation weitergeben. Die meisten Boote werden in Ein- bis Zwei-Mann-Aktionen gebaut. Wenn jemand ein Fischerboot braucht, muß er es nicht kaufen. Er kann es bauen. Häuser werden vielleicht zusammengeschustert, aber kleine Skiffs sind keine Herausforderung für Männer, die alles bauen können, was schwimmt, von der Yacht bis zum Fischschoner, ohne Pläne, nur »nach Augenmaß«.

»Er hat mir geholfen«, sagte Guthrie, »aber das meiste habe ich gemacht.«

Er watete zu dem Boot und drehte an den Propellerflügeln mit jenem typischen Besitzerstolz, den Männer immer bei Booten oder Lkws zeigen. Er stand jetzt an der Schwelle zum Mannsein. Vierzehneinhalb. Seine kindliche Pummeligkeit war fast verschwunden, sein Bauch wurde flacher, seine Muskeln fester.

Aber dann patschte er zurück an den Strand und war immer noch ein schüchternes Kind. »Möchtest du sehen, wie sie fährt?«

In einem flachen Skiff über das Wasser geschaukelt zu werden war meilenweit davon entfernt, in einer windschlüpfrigen Motoryacht über die Oberfläche zu gleiten. Aber trotzdem …

»Du weißt nicht zufällig, wo ich ein paar Muscheln zum Abendessen finden könnte, oder?« fragte ich.

»Auf der anderen Seite des Kanals, in der Nähe der Bänke ist es gut.« Sein kindlich eifriges Aufschneiden wurde plötzlich von gerissenem Materialismus gefärbt. »Würde nicht mehr als für fünf Dollar Sprit kosten.«

Als ich so tat, als würde ich darüber nachdenken, fügte er hinzu: »Carl hat zwei Harken. Ich würde dir helfen.«

* * *

Zehn Minuten später hatte ich mich umgezogen: Shorts, eine Windjacke und ein ausgelatschtes altes Paar Turnschuhe von Sue, und wir waren auf dem Weg zum Kanal. Im Bug hatten wir einen fünf Gallonen fassenden Plastikeimer und zwei Muschelharken verstaut. Trotz des Sonnenscheins war die Aprilluft beißend draußen auf dem Wasser, aber ich machte die Jacke nicht zu und ließ die Kapuze unten. Der Wind strich durch mein Haar, und die salzige Gischt befeuchtete mein Gesicht. Guthrie saß im Heck mit der Hand an der Steuerstange, die

Drosselklappe weit offen. Wenn er in seinem T-Shirt fror, so ließ er es sich nicht anmerken.

Eine vereinzelte Möwe folgte uns ein paar Minuten, dann drehte sie ab in Richtung Beaufort und Morehead City.

Sonntag nachmittag, und der Kanal war immer noch übersät von Bootsleuten aus dem Norden und Ferienfischern – »Eindringlinge und Quertreiber«, wie sie in der zornigen Inselsprache hießen. Bald würden die meisten von ihnen umdrehen, um die Stege entlang des Strandes anzusteuern, ihre Boote aus dem Wasser ziehen und zurückfahren nach Raleigh, Asheville, Greensboro. Bei Sonnenuntergang würde der Highway 70 West Stoßstange an Stoßstange überfüllt sein von Bootsanhängern, Wohnmobilen und glänzenden Pickups, die alle ein oder zwei Kühltaschen voll mit frischem Fisch und Muscheln geladen hatten.

Ich wußte das, weil ich selbst oft genug Teil dieses Sonntag-Nacht-Exodus gewesen war. Die wenigen Male, die ich bis Montag oder Dienstag geblieben war, erschienen mir immer als der reine Luxus.

Anstatt im Sonntagabendverkehr Stop and go zu fahren, wollte ich mir lieber einen kühlen Drink genehmigen, meine Füße auf das Geländer der Veranda legen und den Sonnenuntergang genießen, während ein großer Topf Clam Chowder (Muschelsuppe) auf dem Herd als Abendessen kochte. Core Sound Chowder schmeckt vielleicht ein bißchen fad, wenn man die Sorten aus Manhattan oder den Neuenglandstaaten gewohnt ist, aber mir lief das Wasser im Mund zusammen, während ich überlegte, ob wohl noch Maismehl für Knödel vorrätig war. Nicht daß es wichtig war, da ich wahrscheinlich sowieso in Cabs Laden gehen mußte, um noch ein Stück gepökeltes Schweinefleisch zu besorgen, das der Suppe die richtige Würze verlieh.

Wir kreuzten das Kielwasser eines Schnellbootes, und der flache Boden des Skiffs klatschte so hart auf die Wellen, als führen wir über eine unbefestigte Straße, die wie ein Waschbrett zerfurcht war. Mein Gesicht kribbelte durch die Verbindung aus Wind, Salz und Sonne, und mein flatterndes Haar verfing sich in meiner Sonnenbrille, aber es war mir egal. Auch wenn ich in diesem selbstgebastelten, schmucklosen Skiff durchgeschüttelt wurde – es war einfach aufregend, wieder einmal auf einer unendlichen Wasserfläche zu sein und zu wissen, daß, wenn wir vom Leuchtturm aus genau Richtung Osten fahren würden, das nächste Ufer die Küste von Nordafrika wäre.

Nicht daß ich es besonders schön finde, wenn kein Land mehr in Sicht ist. In gewisser Weise wären die Wüsten im Innern Afrikas für mich nicht unverständlicher als diese Küstengewässer, wenn ich einmal zu weit draußen bin, um noch irgendwelche Landmarken auszumachen. Wüstennomaden, arktische Eskimos und Bewohner von Core Sound gehören in meinem Kopf fest zusammen, seit ich gehört habe, daß die Nomaden Staubwolken lesen und die Eskimos zwischen mehr als vierzig verschiedenen Arten von Schnee unterscheiden können.

Als ich noch ein junges Mädchen war, habe ich mich mehr als einmal zusammen mit meinen Cousinen und ihrem kleinen Bruder in dem warmen Flachwasser gerekelt. Die Luft war heiß und unbeweglich, der Himmel über uns so wolkenlos wie eine leere blaue Schüssel und wir von der Luft zu entkräftet, um mehr zu tun, als unsere sonnenverbrannte Haut unter Wasser und außer Reichweite der Stechfliegen zu halten.

Plötzlich sahen wir dann ein halbes Dutzend Männer, die schnellen Schrittes und in hohen Wasserstiefeln an uns vorbei auf ihre Boote zueilten.

»Was ist los?« fragten wir.

»Er dreht sich«, knurrte Mahlon Davis dann, während er den Anker lichtete und seinen Motor herabließ, um zu seinem Lieblingsplatz zu fahren. »Spürt ihr nicht, wie er sich dreht?«

Wir sahen uns verständnislos an, während die kleinen Boote in den Kanal hinaus brummten und wir in ihrem Kielwasser hin und her geworfen wurden. Ein paar Minuten später spürten wir einen zaghaften Luftzug, nicht mehr als den Hauch einer Brise. Dann frischte der Wind langsam aber sicher immer mehr auf, drehte und blies direkt vom Wasser her.

»Woher wußten sie das?« fragten wir uns erstaunt.

***

Als wir den Kanal verließen und in das flache Wasser abbogen, drosselte Guthrie den Motor, und das Boot lag flacher im Wasser, bis ich das sanfte Wogen langsamer Wellen spüren konnte. Innerhalb von Minuten fuhren wir an der Küste entlang, wellenförmiges Gras nur wenige Zentimeter unter der Wasseroberfläche, während wir Richtung Shackleford trieben. Ich sah eine mir bekannt vorkommende längliche Sandbank, an die ich mich von einer früheren Reise zu erinnern glaubte, obwohl mir jene Stangen, die höher als die Hochwassermarke ragten, nicht im Gedächtnis geblieben waren.

»Was ist das?« rief ich nach hinten zu Guthrie.

»Gepachteter Grund.«

»He? Man kann Meeresgrund mieten?«

»Mit genug Geld kann man alles machen, wenn man verdammt nochmal die Lust dazu hat.«

Wir kreisten näher, und ich sah jetzt, daß die Pfähle ungefähr drei Morgen auf der Sandbank absteckten und mit Schildern von einer Regierungsstelle des Staates versehen waren, die besagten, daß dies ein Schalentiergrund sei, der von einem Heston Hadley zur Zucht von Muscheln gepachtet worden war. Ich konnte mich vage daran erinnern, daß ich über diese neue Praxis im *News and Observer* gelesen hatte, aber da es mich nicht betraf, hatte es mich auch weiter nicht interessiert.

Guthrie schon. »Verdammte alte Marine Fisheries«, brauste er auf. »Du kannst eine Quadratmeile von ihnen mieten, wenn du das Geld hast. Dann kannst du jeden anderen davon fernhalten, selbst wenn er an dieser Stelle sein ganzes Leben lang Austern und Muscheln geholt hat.«

Er spuckte verächtlich über Bord. »Eines Tages wird man nirgendwo im Sund mehr einen Fisch oder eine Muschel holen können. Der ganze verdammte Grund wird verpachtet sein.«

Es war klar, daß Guthrie nichts von der Verpachtung hielt. Meiner Ansicht nach klang es auch nicht ganz fair.

Einige hundert Fuß entfernt, auf der gegenüberliegenden Seite der Pfähle, sahen wir ein anderes Skiff, das an seiner Ankerleine riß. Der Motor war hochgezogen, damit der Propeller nicht über den Grund schleifen konnte.

In meinen Augen hätte es ein Zwilling des Skiffs sein können, in dem wir uns befanden, aber Guthrie warf nur einen Blick darauf und sagte: »Andy Bynums.«

Ich strahlte. Andy Bynum war ein sich schon halb im Ruhestand befindender Fischer, der auf der anderen

Straßenseite gegenüber Carls Häuschen wohnte und oft durch dessen Hof ging, um zu seinen Booten zu gelangen, wenn vorne welche festgemacht waren. Tatsächlich hatte Carl die Hütte mit der vertraglichen Bedingung gekauft, daß Bynums noch Ungeborene für alle Ewigkeit Zugang zum Wasser haben würden.

Wenn Carl und Sue da waren, brachte er aus Höflichkeit oft einen Eimer Krabben oder einen Scheffel Austern vorbei – je nach Saison. Wenn man ihm ein Bier anbot, setzte er sich oben auf das Geländer ihrer Veranda und erzählte wunderbare Geschichten über das Leben am und auf dem Wasser. Wir wußten nie, ob er so ganz bei der Wahrheit blieb, aber wir mußten oft so herzlich lachen, daß das auch keine Rolle spielte.

Ich grinste jetzt und hoffte, er würde zu seinem Skiff zurückkommen, bevor Guthrie und ich mit dem Muschelsuchen fertig waren. Ich fragte mich, ob ich ihn wohl dazu bringen konnte, auf seinem Weg an der Hütte vorbei ein Weilchen bei mir zu bleiben. Er gehörte zu den älteren Herren, die manchmal denken, es ist unschicklich, eine alleinstehende Dame zu besuchen. Dann sah ich in Guthries Gesicht, und mein Grinsen verschwand bei seinem Stirnrunzeln.

»Was macht Andy hier draußen?« fragte er. »Andy würde niemals Muscheln von Hes Hadleys Pacht nehmen.«

Wollte er andeuten, daß wir es tun würden?

Nicht die gesamte Sandbank war abgesteckt. Es gab einen nicht markierten Keil grasigen Grundes hinter den Pfählen, wo Bynums Skiff in den sanften Wellen schaukelte.

Das Wasser bedeckte kaum die Propellerblätter, als Guthrie uns mit einer Stange zu dem leeren Skiff stieß.

Irgend etwas in seiner Haltung und seinen wachsamen Augen ließ mich angespannt werden, obwohl ich keinen Grund sah. Auf der anderen Seite verstehe ich die Inseletikette nicht immer. War das Muschelsuchen am Rande eines gepachteten Gebietes so ähnlich wie Krabben aus fremden Eimern zu stehlen oder aus ausgelegten fremden Netzen? In all den Jahren, in denen ich dieses anscheinend so friedliche Gebiet besuchte, hatte ich Temperamentsausbrüche wegen der dämlichsten Dinge erlebt. Einige hatten mit Faustkämpfen geendet, mit Warnschüssen und richtiggehenden Fehden, die über zwei oder drei Generationen andauerten.

Wir umrundeten das Skiff, und Guthrie schaltete seinen Motor aus. In der plötzlichen Stille hörte man das allgegenwärtige Plätschern des Wassers und noch etwas anderes. Ein dumpfes, hohles Schlagen.

Ein weißer, fünf Gallonen fassender Plastikeimer lag auf der Seite zwischen einem wasserdurchtränkten Holzstück und dem verlassenen Skiff und schlug mit jeder Welle der aufkommenden Flut gegen das Heck.

Als wir näherkamen, erkannte ich, daß das halb untergetauchte Holzstück eine menschliche Gestalt war, die mit dem Gesicht nach unten im seichten Wasser lag.

Guthrie warf seinen Anker aus und war einen halben Schritt vor mir über Bord. »Andy muß in seine Harke gefallen sein«, sagte er, während wir selbst beinahe auf das Werkzeug mit dem langen Griff fielen. Gemeinsam rollten wir ihn von den Zinken. Ein halbes Dutzend kleine Krabben fiel von seinem blutigen Hemd und trippelte zurück in das kalte Wasser. Ein Schwall von Rosa bildete sich auf dem Sand, wo das Blut aufgrund seines Körpergewichts gefangen war. Jeder Gedanke an Wiederbelebung verschwand, sobald ich Sand und Gras in seinen offenen, leblosen Augen sah. Ich fühlte die beginnende Leichenstarre in seinen Armen und Beinen, sah die aschfahle Haut und wußte, daß das salzige Wasser geholfen hatte, sein Blut auszulaugen.

»Wir können ihn in sein Skiff bringen und es zurück an Land ziehen«, schlug Guthrie vor.

»Nein«, sagte ich. All das Blut auf Andy Bynums mit Wasser vollgesogenem Baumwollhemd konnte nicht durch die stumpfen Zinken einer Krabbenharke verursacht worden sein. »Wir fassen besser nichts mehr an. Du rufst die Polizei. Sag ihnen, daß Andy Bynum erschossen wurde.«

Er zuckte nicht einmal mit der Wimper. Fische sind nicht die einzigen Lebewesen, die auf den Booten blutend nach Hause gebracht werden. Ein knapp Fünfzehnjähriger wie er hatte vermutlich schon seinen Teil an gewaltsamen Toden gesehen.

»Die Flut kommt«, sagte er nur. »Kannst du ihn hier halten?«

»Wenn ich muß«, antwortete ich.

Ich habe meinen Teil an gewaltsamen Toden auch schon gesehen.

Throw out the lifeline with hand quick and strong:
Why do you tarry, why linger so long?
See! he is sinking; o hasten today …
And out with the Lifeboat! away, then, away!

Edward S. Ufford

Mehrere Minuten, nachdem Guthrie zurück Richtung Harkers Island gebrettert war, stand ich immer noch unentschlossen am Rand der Sandbank, bis meine Füße durch das kalte Wasser, das sie umspülte, fast taub wurden.

Ich hatte so viele Horrorgeschichten gehört, wie Trottel den Schauplatz eines Verbrechens vermurksen konnten, daß ich die Vorstellung, Andy Bynums Skiff zu berühren, wirklich verabscheute. Mein Verstand sagte mir, daß er vermutlich von einem anderen Boot aus erschossen worden war, während er auf der Sandbank stand und nach Muscheln suchte. Der Verstand sagte mir, daß, selbst wenn der Mörder zu der Leiche gewatet war, die aufkommende Flut inzwischen jeden Fußabdruck bedeckt hatte. Aber der Verstand konnte das sagen, bis mir die Füße abfielen, und trotzdem scheute ich mich, dieses Skiff zu betreten.

Ein mit Kreosot imprägniertes Pfahlwerk stand hoch wie ein abgesägter Telefonmast bei der Ecke von Heston Hadleys Grenze. Rankenflußkrebse und Muscheln hatten sich bis zur Hochwassermarke daran festgesetzt.

Irgendwann einmal hatte das Pfahlwerk sicher eine glatte Oberfläche gehabt. Jetzt war es ausgehöhlt von Stürmen und brandenden Fluten. Trotzdem kletterte ich hoch, setzte mich darauf und ließ meine Beine baumeln. Mein Po protestierte, als ich mich niederließ. Ich hatte das Gefühl, auf einer Handvoll ungleicher Bleistiftköpfe zu sitzen. Das Wasser war nur ein paar Zentimeter unterhalb meiner nassen Turnschuhe und stieg mit jeder Welle höher.

Eine Vielfalt von Seevögeln sauste vorbei. Jedesmal wenn ich zur Küste komme, schwöre ich mir, das nächste Mal ein Buch mitzubringen und die Namen der verschiedenen Möwen und Seeschwalben zu lernen. Der Verkehr im Kanal war verschwunden, und obwohl die Sonne meine Shorts trocknete und immer noch meine Beine wärmte, begann sie bereits ihren langen Abstieg am Himmel.

Ein perfekter fauler Aprilsonntag am Wasser.

Abgesehen von Andy Bynums Leiche.

Die kleinen Wellen, die an meinen Pfahl plätscherten, das gestrandete Skiff von der Sandbank hoben, die Muscheln und Austern aus dem Eimer spülten und ihn in gleichmäßigem Rhythmus gegen das Skiff schlugen – dieselben kleinen Wellen schlugen gegen Andys Körper, und ich konnte nicht hinsehen.

Als ich ihn auf den Rücken gedreht hatte, war sein Gesicht über Wasser. Jetzt breitete sich sein weißes Haar um seinen Kopf wie die Algenhaare einer Meerjungfrau, und nur sein Mund und Kinn waren noch frei. Wenn nicht bald Hilfe kam, würde er vollkommen unter Wasser sein, und diese Aussicht entsetzte mich. Ich habe solche Angst vorm Ertrinken. In meinen schlimmsten Alpträumen sinke ich durch viele Faden tiefes, dunkles Wasser, meine Lungen platzen, weil sie Luft brauchen. Obwohl ich wußte, daß Andy Bynum nie wieder atmen würde, hätte ich mich am liebsten neben ihn gekniet und seinen weißen Kopf über Wasser gehalten.

Abgesehen von den offenen blauen Augen war sein Gesicht friedlich und heiter, ein Gesicht, das so verwittert war wie der Pfahl, auf dem ich saß. Ich hoffte, daß er sofort tot gewesen war, bevor er auch nur einen Tropfen eingeatmet hatte.

Ein guter Mann. Jemand, der von seinen Nachbarn geschätzt und respektiert wurde.

»Soweit du weißt«, erinnerte mich der vorsichtige Prediger, der hinten in meinem Kopf lauerte. »Es gibt nicht einen Mann auf Erden, der Gutes tut und nicht sündigt.«

»Stimmt«, nickte der Pragmatiker, der ihm Gesellschaft leistete.

Okay. Was wußte ich also wirklich von Andy Bynum?

Nicht viel, wenn ich jetzt darüber nachdachte.

Vermutlich Anfang Sechzig. Seine Frau war vor acht oder zehn Jahren gestorben, und er hatte seitdem allein in einem massigen, schmucklosen Ziegelhaus gegenüber von Carls und Sues Häuschen gelebt. Zwei Söhne, beide älter als ich. Ich hatte nie von irgendwelchen Reibereien zwischen Vater und Söhnen gehört. Und als Carl das letzte Mal mir gegenüber Andy erwähnt hatte, meinte er, daß Andy seine beiden großen Boote seinen Söhnen übergeben hatte und in der Fischfabrik, die sein eigener Vater in den Dreißigern aufgebaut hatte, kürzertrat.

Was noch?

Nun, er trank Bier. Hatte nie nein gesagt, wenn Carl ihm eins anbot. »Mach dich nur nicht arm«, sagte er und versicherte sich immer, daß Carl ihm nicht das letzte aus dem Kühlschrank gab.

Und er brachte die Menschen gerne mit Geschichten aus vergangenen, wilderen Zeiten zum Lachen. Obwohl es schon Jahre her war, daß er mit einer Waffe auf einen Seetaucher oder eine Schildkröte gezielt hatte, hatte Andy einst beide gefährdeten Arten mit Begeisterung gejagt.

»Aber meinen letzten Seetaucher habe ich vor zwanzig Jahren geschossen«, erzählte er uns. »Es stand was in der Zeitung, daß sie aussterben, und ich habe mich schlecht gefühlt deswegen, obwohl wir alle wußten, daß die Kanadier diejenigen waren, die den Seetauchern schaden. Sie haben die Eier für Leim oder so was gebraucht. Haben den Babys nicht mal Zeit zum Ausbrüten gegeben. Jedenfalls, March und ich und ein paar Kumpel waren drüben in Shackleford und haben uns unsere eigenen Schwanzfedern abgefroren. Und ich hatte diese schöne neue Winchester, für die ich einem Mann in Portsmouth dreihundert Dollar gegeben hatte. Raiford und ich, wir waren gerade die Düne runter und fertig zum Schießen, als wir zwei Schüsse hörten, dann nichts. Es hatte angefangen, ein bißchen zu regnen, Raiford ging auf die Sandbank hoch und hat nachgesehen, was passierte, und da stand der Wildhüter und schrieb jedem einen Strafzettel. Raiford schlitterte irgendwie die Sandbank runter und fing an, ein Loch zu graben, und wir haben beide Knarren verbuddelt, bevor du dreimal Friedensrichter sagen konntest.

Dann sind wir zurück in mein Skiff und saßen ganz unschuldig da, als der Wildhüter um diesen Grashügel kam. ›Nehmt ihr auch an der Seetaucherjagd teil?‹ fährt er uns an. ›Seetaucherjagd?‹ sagt Raiford. ›Is' das nich' gegen das Gesetz?‹

Dann wurde der Regen langsam stärker, und Wildhüter machen Raiford immer nervös, also warf er den Motor an, und wir kommen zurück auf die Insel und haben gewartet, bis er nachläßt und der Wildhüter weg war. Und stellt euch vor, wir wußten nicht mehr genau, wo wir die Knarren verbuddelt hatten. Drei Tage ham wir gebraucht, bis wir se wieder rausgekratzt hatten.«

Wie viele geläuterte Schurken war Andy ein standhafter Verfechter des Gesetzes geworden, selbst der Jagdgesetze. Trotzdem hatte er das letzte Mal, als ich unten war, reumütig zugegeben, daß es ihm immer noch schwerfiel, eine Einladung zum Essen abzulehnen, wenn eine Schüssel geschmorter Seetaucher auf dem Tisch stand.

Als das Wasser sein Hemd aufblies, sah ich eine Schnecke unter seinem Kragen hervorkriechen. Sie mußte gefangen worden sein, als wir den Körper gedreht hatten. Sobald sie sich freigemacht hatte, fiel sie in das grüne wogende Gras, das sich in seinem Haar verfing. Kleine dunkle Tierchen krochen über Andys Brust.

Die Krabben waren zurück.

Ohne Uhr konnte ich nicht sagen, wie lange Guthrie schon weg war. Zehn Minuten? Zwanzig?

Als meine Augen krampfhaft nach Land suchten, fiel mir plötzlich ein Schnellboot auf, das von einem weiter unten gelegenen Punkt der Insel genau auf mich zufuhr. Eine schlanke Person in einem blauen Hemd stand am Steuer und hielt eine Geschwindigkeit, die auf genaueste Kenntnis dieses Teils des Meeres schließen ließ. Guthrie hatte seinen Motor bereits abgestellt, als er in der Nähe des Kanals war, aber dieser Steuermann war entweder Selbstmordkandidat oder wußte auf die Sekunde genau, wie lange er den Propeller unten lassen konnte.

Der Motor verstummte, als ich schon aufgewirbelten Sand und faulende Blätter erwartete, und der letzte Schub trug das Boot über die seichten Stellen, so daß es weniger als zehn Meter entfernt zum Halten kam.

Es war eine Frau ungefähr in meinem Alter, Mitte Dreißig, in weißen Shorts, mit kurzem blondem Haar und einer dieser verspiegelten Sonnenbrillen, die ich hasse, weil man nie die Augen des anderen sehen kann. Ich hasse sie besonders, wenn ihr Träger ein Gewehr vom Kaliber 22 trägt, wie diese nicht lächelnde Frau es tat. Sie hielt sie locker, mit einer Selbstverständlichkeit, welche auf dieselbe Geschicklichkeit schließen ließ, die sie beim Umgang mit ihrem Boot gezeigt hatte.

»Macht's Ihnen was aus, mir zu sagen, was Sie hier tun?«

»Auf die Polizei warten«, antwortete ich für den Fall, daß sie das zur Sprache bringen wollte. Ich zeigte auf Andy Bynums Leiche, aber sein Skiff versperrte ihr den Blick, und sie begriff die Situation nicht auf Anhieb.

Obwohl die Lautstärke heruntergedreht war, konnte ich das atmosphärische Krächzen eines CB-Funkgerätes am Armaturenbrett ihres Bootes hören, als sie das Gewehr auf den Sitz warf und in das hüfthohe Wasser sprang, das mich hätte zusammenzucken und aufstöhnen lassen. Sie zog ihr Boot rüber, um es an einem Markierungspfahl bei mir festzumachen.

»Was hat das Gesetz mit Andy zu ...?« In dem Moment sah sie ihn.

»Guter Gott! Was ist passiert?«

Sie watete näher. Winzige Fischchen schossen durch

das weiße Haar des toten Mannes, und aus seiner Brust floß immer noch das Rot.

»Sieht aus, als hätte man ihn erschossen«, sagte ich.

»Deshalb ist Mahlon Davis so schnell abgehauen und hat Sie hier allein zurückgelassen.«

»Das war Guthrie, nicht sein Großvater.« Ich ließ mich von meinem Hochsitz hinab und sah sie an. »Macht es Ihnen was aus, mir zu sagen, weshalb Sie uns so genau beobachtet haben?«

Sie deutete auf die Pfähle, die den größten Teil der Sandbank umschlossen. »Mein Mann Hes und ich, das ist unsere Pacht.«

Bevor ich fragen konnte, weshalb das eine bewaffnete Untersuchung erforderte, platschte sie zurück zu ihrem Boot, zog sich hoch und griff nach ihrem CB-Mikrofon. »Hadley an Basis. Over.«

Durch das Knistern hörte ich eine weibliche Stimme. »Was ist los, Mom? Over.«

»Ruf Marvin Willitt an. Frag, ob er schon weiß, daß er hier draußen gebraucht wird. Ende.«

Sie legte das Mikrofon zurück, und ihre verspiegelten Gläser reflektierten mein Bild. Nun, das konnte ich auch. Meine Sonnenbrille hatte ich in mein Haar hochgeschoben, und jetzt zog ich sie wie ein Visier vor meine Augen, während ich fragte: »Wer ist Marvin Willitt?«

»Deputy Sheriff für den unteren Osten. Zuständig für Harkers Island. Sind Sie auf der Insel?«

»Ja.«

»Kannten Sie Andy?«

»Ja, ich kannte ihn.« Meine Füße wurden schon wieder taub. »Hören Sie, könnte ich nicht vielleicht in Ihrem Boot sitzen?«

»Bitte.«

Auch nicht gerade die netteste Einladung, die ich je bekommen hatte.

Sie beobachtete meine nutzlosen Versuche, mich anmutig hochzuziehen, und brummte dann: »Geben Sie mir Ihre Hand.«

Ich wurde auf rissige Vinylsitze gezogen, ausgeblichenes Blau und klumpiger Schaumstoff. Nach dem unebenen Hochsitz kamen sie mir jedoch wie Gänsedaunenkissen vor.

»Ich bin Jay Hadley«, sagte die Frau und schob plötzlich ihre Brille in das von Sonnensträhnchen durchzogene blonde Haar. Meergrüne Augen blinzelten in der plötzlichen Helligkeit, und ich sah, daß sie voller Tränen standen.

»Deborah Knott«, sagte ich.

Das Radio meldete sich krächzend wieder.

»Willitt an Hadley. Jay? Bist du draußen, over?«

Ihre Stimme zitterte nicht.

»Yeah, Marvin. Over.«

»Guthrie Davis sagt, daß bei Eurer Pacht ein Unfall passiert ist. Stimmt das, over?«

»Dieses Mal ja. Over.«

»Dann warte. Wir sind gleich da. Ende.«

Eine Minute später hörte man wieder die junge Frauenstimme durch das Knistern. »Basis an Hadley. Mom? Wer ist verletzt? Over.«

»Sag ich dir später, Becca. Over und Ende.« Sie hängte mit Nachdruck auf.

»Ihre Tochter?«

Wieder das brüske Nicken. »Wo wohnen Sie auf der Insel?«

»In dem gelben Häuschen gegenüber von Andys Haus, schräg gegenüber von Mahlon Davis'.«

Sie musterte mich ganz offen. »Ich dachte, sie heißen Carlette und Celeste.«

»Meine Cousinen. Kennen Sie sie?«

»Das nicht gerade«, sagte sie kurz.

Plötzlich wurde mir klar, daß dies so ziemlich das längste Gespräch unter vier Augen war, das ich je mit einer Inselbewohnerin geführt hatte. Die Männer kamen rüber, wenn Carl auf der Veranda oder im Hof war, an seinem Rasenmäher arbeitete oder mit irgendwelchen Ausbesserungsarbeiten beschäftigt war, die Frauen jedoch selten. Wenn wir unsere Badeanzüge auf die Leine zum Trocknen hängten oder in ein Geschäft kamen, in dem sich eine Frau oder Tochter befanden, die wir kannten, nickten sie oder sprachen uns an, aber nie mehr, als aus Höflichkeit unbedingt notwendig war. Sue hatte sich irgendwie mit Miss Nellie Em, Mahlons Mutter (und Guthries Urgroßmutter) angefreundet, und die alte Frau kommt sogar auf ein Glas Tee herein, aber sie kommt nie, wenn Sue nicht da ist.

Die anderen benachbarten Frauen bleiben, was die Zugereisten betrifft, unter sich, entweder aus Stolz oder aus falschem Clangefühl. Mahlons Frau Effrida (seine einzige Frau) ist eine richtige Einsiedlerin. Ich sehe sie das Haus nur verlassen, um in die Kirche zu gehen oder draußen Wäsche aufzuhängen.

»Kannten Sie Andy gut?« fragte ich.

»Die ganze Insel kennt Andy. Der ganze Sund, besser gesagt. Sogar oben in Raleigh. Er hat die Allianz ins Leben gerufen, und er war in der Marine-Fisheries-Kommission. Er ist ausgetreten, als zu viele Pier-Besitzer und Zugereiste dazukamen.«

Ich war amüsiert. »Sie meinen Sportfischer aus den nördlichen Staaten?«

»Sportler.« Sie spuckte das Wort beinahe aus. »Sie würden uns vom Wasser und aus dem Sund vertreiben, wenn sie nur könnten.«

Andy Bynums Gesicht befand sich jetzt ganz unter Wasser. Kleine Fische schossen über seine offenen Augen und erforschten seine halb geöffneten Lippen. Wenn er drei Tage hier läge, würde nichts übrigbleiben außer seinen Knochen, die vom Ozean schnell ausgehöhlt und zu Kalk würden.

»*Full fathom five thy father lies*«, zitierte Jay Hadley und entsprach damit ganz unerwartet meinen Gedanken.

»Of his bones are coral made.
Those are pearls that were his eyes
Nothing of him that doth fade,
But doth suffer a sea-change
Into something rich and strange.«

Okay, ich geb's zu: ich habe sie mit offenem Mund angestarrt.

Sie setzte ihre verspiegelte Sonnenbrille wieder auf. »Wir sind nicht ganz ignorant hier.« Ihre Stimme war halb verlegen, halb angriffslustig. »Oder denken Sie vielleicht, daß William Shakespeare nur euch Reichen aus dem Norden gehört?«

»Natürlich nicht«, antwortete ich, peinlich getroffen, wie nah sie der Wahrheit gekommen war.

Wir schaukelten in den sanften Wellen. Ein paar Meilen entfernt kam die Fähre von Cape Lookout nach Shell Point am Ende der Insel zurück. Sie manövrierte unser Boot näher an Andys Körper und machte wütende verscheuchende Bewegungen mit ihren Händen. Die kleinen Fische zerstreuten sich.

Ich versuchte, sein blutdurchtränktes Hemd emotionslos zu betrachten.

»Schwer zu sagen, ob das Blut durch den Einschuß oder die Austrittswunde verursacht wurde«, überlegte ich. »Ich hoffe jedoch, die Kugel steckt noch, damit sie die Tatwaffe finden können.«

Jetzt war es an ihr zu starren. »Haben Sie was mit dem Gesetz zu tun?«

»Richterin«, gab ich zu. »Ich werde morgen im Amtsgericht in Beaufort den Vorsitz haben.«

Plötzlich stand Jay Hadley auf, und mit einer geübten Bewegung hob sie ihre 22er und feuerte einen Schuß in Richtung ihrer Muschelbank.

»Stechrochen«, sagte sie gleichgültig.

Ich drehte mich in dem Boot um und sah zwischen den Pfählen und den Markierungen zum anderen Ende der Pacht, wo die Kugel eingeschlagen war, aber ich konnte nichts erkennen. »Wo?«

»Vermutlich nicht getroffen. Seh' ihn jetzt nicht mehr.«

Sie hängte das Gewehr auf zwei Haken unterhalb des Armaturenbretts und zeigte auf einen glänzenden weißen Kreuzer, der aus Nordwesten, also Richtung Beaufort und Morehead City, auf uns zukam.

»Da hinten kommt das Rettungsboot.«

* * *

Seit ich Anwältin bin, habe ich das Vorgehen an mehr als einem Schauplatz des Verbrechens beobachtet. Und obwohl ich zum ersten Mal zusah, wie Polizisten auf dem Meer bei aufkommender Flut Spuren sicherten, hatte ich das Gefühl, ein paar Dinge beisteuern zu können, obwohl Dwight Bryant, der Deputy Sheriff in Dobbs, immer so tut, als würde ich alles durcheinanderbringen, anstatt zu helfen, wenn ich ihm etwas vorschlage.

»Bevor Sie die Leiche bewegen«, sagte ich, »sollten Sie da nicht lieber ein Foto machen, wie er liegt?«

Der Detective in hochgerollten Hosen und einem Sporthemd ignorierte mich, als er nach dem Puls fühlte, der – wie wir alle wußten – fehlte, aber der uniformierte Marvin Willitt sagte: »Guthrie hat erzählt, daß Sie ihn umgedreht haben, als Sie ihn fanden.«

»Das stimmt«, gab ich zu. »Aber wir haben ihn kaum von der Stelle bewegt, sondern nur vom Bauch auf den Rücken gedreht.«

»Sie haben nicht versucht, ihn wiederzubeleben?« fragte der Detective, der vom Rettungsboot herübergewatet kam. Es war zu groß, um ganz heranzukommen, und lag ein Stück vor der Sandbank vor Anker.

Ich schüttelte meinen Kopf. »Seine Haut war kalt, und als wir ihn umdrehten, hatte ich das Gefühl, daß die Totenstarre bereits einsetzte«, erklärte ich.

Sie sahen mich komisch an.

»Sie ist Richterin«, sagte Jay Hadley.

Das brachte mir einen weiteren komischen Blick ein und ich spürte, wie eine Wir-gegen-sie-Front im Wasser gezogen wurde.

Aber der Detective stapfte zum Boot zurück und holte eine Polaroid-Kamera. Während ein weiterer Beamter Willitt half, ein Maßband von Bynums Leiche zu den Pfählen zu ziehen, maß der Detective die Wassertemperatur und begann dann, eine grobe Skizze der Dinge, die er gerade fotografiert hatte, anzufertigen. Er zeichnete die Lage der schweren Harke, des leeren Eimers, der glatten Muscheln und scharfgezackten

Austern, die Position des Ankers und natürlich Andys Leiche.

In der Zwischenzeit war Jay Hadleys Boot mit uns beiden darin neben das Rettungsboot geschoben worden, und ein zweiter Detective, Quig Smith, befestigte eine unserer Leinen an einer seiner Klampen, so daß er uns einfacher befragen konnte.

Guthrie war nicht zurückgekommen, aber er hatte Willitt grob alles berichtet, als er vom Imbiß im Ort angerufen hatte. Im großen und ganzen bestätigte ich nur, was Guthrie ihnen bereits erzählt hatte: nein, ich hatte Bynums Skiff nicht bemerkt, bevor wir ganz dicht dran waren; nein, ich hatte kein anderes Boot dieses Gebiet verlassen sehen; nein, ich würde nicht sagen, daß der Körper ganz steif war, die Totenstarre setzte gerade erst ein.

Danke, Richter, und jetzt zu Miz Hadley.

Ja, sie hatten ein Fernglas am Küchenfenster liegen, sagte Jay Hadley. »Seit diesem Ärger letzten Monat haben wir uns angewöhnt, daß jeder, der vorbeikommt, einen schnellen Blick durchwirft.«

Detective Quig Smith nickte, als sei ihm »dieser Ärger letzten Monat« bekannt. »Haben Sie Andy herkommen sehen?«

»Er stieg gerade von seinem Skiff, als wir so gegen halb eins aus der Kirche kamen«, antwortete sie. »Nachdem ich wußte, daß er es war, mußte ich nicht weiter nachsehen. Ich nahm an, er würde ein paar Stunden bleiben, und so lange würde alles in Ordnung sein.«

Ihr schwacher Inselakzent machte aus sein soin.

»Als ich das nächste Mal daran dachte, nachzusehen, war von Andy keine Spur, nur sein Boot. Ich dachte, er sei vielleicht mit einem seiner Söhne rausgefahren oder so was. Dann beim nächsten Mal war sie da mit einem von den Davis. Ich sah, wie sie ausstiegen, irgend etwas machten – und dann fuhr er alleine zur Insel zurück. Da beschloß ich, herzukommen, um nachzusehen, was los ist.«

»Wieso ist nicht Ihr Mann oder Sohn gekommen?«

»Hes mußte nach Raleigh, und Josh ...«

Ein Ruf des Polizeifunks unterbrach sie, und Smith mußte nach vorne in die Kabine gehen, um abzunehmen. Wer immer es war, er hatte einen solch breiten Dialekt, daß ich nur einzelne Phrasen und Andys Namen verstand.

»Verdammt!« sagte Jay Hadley, als Smith, eine Grimasse ziehend, in das Heck zurückkam.

»Was?« fragte ich.

»Irgendein Idiot hat es über Funk gegeben«, meinte er verächtlich.

»Es geht um Andys Jungen«, erklärte mir Jay Hadley. »Sie sind beide draußen, vermutlich den halben Golfstrom runter, und brauchen Stunden, um zurückzukommen. Sie sollten nicht unbedingt über Kurzwelle erfahren, was mit ihrem Vater geschehen ist. Wer war das Plappermaul?«

»Wahrscheinlich Guthrie«, vermutete Smith. Er seufzte. »Ich kann die Damen jetzt erst einmal wieder ans Ufer zurückkehren lassen.«

Ich wies darauf hin, daß ich keine Transportmöglichkeit mehr hatte.

Smith und Miz Hadley sahen sich einen Moment fest an, dann nickte sie: »Sie kann mit mir fahren.«

* * *

Die Fahrt zurück war ruhiger, als ich nach ihrer halsbrecherischen Ankunft erwartet hatte. Sie lehnte sich in dem blauen Kunststoffsitz zurück, eine Hand am Steuer. Der Wind zerzauste unser Haar kaum. Wir hätten ebenso mit einem Cabrio durch Dobbs fahren können.

Eigentlich mehr, um Konversation zu betreiben, fragte ich: »Wann haben sie angefangen, Parzellen im Sund zu verpachten?«

»Sie meinen, wann der wunderbare Staat North Carolina erkannt hat, daß Fischer sich ihren Lebensunterhalt im Wasser verdienen müssen, auch wenn Sportler, Makler und sogenannte Naturschützer versuchen, uns aus dem Geschäft zu vertreiben?«

Sie klang trocken, aber nicht direkt feindselig.

»Ist es das, was sie tun?«

Sie zuckte die Schultern. »Wir scheinen alle Regeln und Verordnungen abzubekommen. Keine Schildkröten, Fanglimits, Größenlimits, Ausrüstungslimits, Verkaufsberechtigungen – Pachtgründe sind so ziemlich das einzige, was wir zurückkriegen, und jetzt wollen sie sich das auch noch mal überlegen.«

»Kann man sich aussuchen, was man will? Als ich ein Mädchen war, war dies ein sehr beliebter Fleck.«

»Sie haben vielleicht dort Muscheln gesucht, als sie ein Mädchen waren«, sagte sie und drehte das Steuer, so daß wir über den leeren Kanal in Richtung der Hütte abbogen, »aber diese Sandbank ist so ziemlich abgeerntet. Damit Hes und ich sie pachten konnten, mußte ein Biologe der Marine Fisheries bestätigen, daß dies keine produktive natürliche Muschelbank mehr ist. Das bedeutet, sie produziert weniger als zehn Scheffel pro Jahr.«

»Und wie bewirtschaften Sie sie? Streuen Sie Brutmuscheln in den Sand?«

»Könnten wir. Manche tun es auch. Was Hes und ich tun, kostet am Anfang mehr Geld, bringt uns dann aber auch mehr ein. Wir beladen Netzsäcke mit acht- bis zwölfhundert Brutmuscheln und befestigen sie am Boden. Es dauert zwei Jahre, bis sie zumindest einen Zoll dick sind.«

Wenn sie sich für ein Thema begeisterte, wurde die Frau richtig gesprächig.

»Netzsäcke? Wie Kartoffelsäcke?«

»Wir nehmen Zwiebelsäcke, wenn wir sie ernten. Wir lassen sie in großen Nylonsäcken, ungefähr eins fünfzig im Quadrat, wachsen.«

»So kann man sie wohl leicht hochziehen«, vermutete ich.

»Ja, aber vor allen Dingen schützt es die Muscheln vor Krabben und Rochen und Schneckenmuscheln. Die ruinieren eine normale Muschelbank.« Jay Hadley blickte über die Schulter zurück auf das abgesteckte Wassergebiet, das hinter uns verschwand. »Wir erwarten nächstes Jahr eine Ernte von tausend Muscheln pro Sack.«

Ich war nie gut im Kopfrechnen, aber es brauchte keinen Einstein, um zu erkennen, daß bei drei Morgen voller Säcke da draußen und neun bis zwanzig Cents pro Muschel je nach Saison es so war, als hätte man da unten Geldsäcke liegen, die nur darauf warteten, hochgeholt zu werden.

»Klingt, als könnten andere Leute auf diese Art bequem mit einem schnellen Eimer Muscheln nach Hause gehen«, überlegte ich.

»Was Sie nicht sagen.«

»Deshalb haben Sie also ein so wachsames Auge auf

die Stelle.« Und kam sie deshalb mit einem Gewehr raus? »Wird viel geklaut?«

»Nicht so viel wie bei manch anderen.«

Falls der Ärger im letzten Monat etwas damit zu tun hatte, so wollte sie sich offensichtlich nicht darüber auslassen.

Das gelbe Häuschen tauchte vor uns auf, und die Flut war jetzt hoch genug, daß sie ziemlich nah heranfahren konnte.

»Ist hier okay?« fragte sie und schlingerte so weit, daß der Propeller beinahe über den Grund kratzte.

»Foin«, sagte ich.

* * *

Die Sonne versank gerade hinter den Eichen an Mahlon Davis' Bootshaus im Wasser, und einige grauhaarige Männer standen dort und redeten mit ihm, als ich den Weg zur Hütte hochstapfte. Ich nickte ernst. Ebenso ernst nickten sie zurück, sagten oder fragten aber nichts, obwohl sie neugierig auf das Geschehene sein mußten.

Guthries Skiff war am Rande von Mahlons verfallenem Dock festgemacht, in dessen Nähe Jay Hadley mich abgesetzt hatte, aber von Guthrie selbst war nichts zu sehen. Carls zwei Krabbenharken standen an die Veranda gelehnt neben dem Eimer.

Leer natürlich.

Auch egal. Ich hätte zu dem Zeitpunkt sowieso keine Lust gehabt, mich mit Muscheln zu beschäftigen. Statt dessen mixte ich mir, nachdem ich trockene Schuhe und eine Jeans angezogen hatte, einen anständigen Bourbon mit Pepsi light und schüttete eine Büchse Wiener Würstchen auf einen Pappteller. In einer luftdichten Dose befand sich Salzgebäck, das ich dazulegte. Dann brachte ich alles hinaus auf die Veranda und setzte mich auf einen von Sues Holzschaukelstühlen.

Ich aß keine Muschelsuppe, und Andy Bynum würde nie wieder mit einem kalten Bier in der Hand hier sitzen und uns mit langen Geschichten über das Inselleben erfreuen. Nichts würde mich jedoch davon abhalten, hier zu sitzen und mich daran zu erinnern, wie es früher war, während in der Ferne das Licht von Cape Lookout immer heller wurde.

Die Männer bei Mahlon zerstreuten sich, und alles war für ein oder zwei Stunden still.

***

Guthrie kam bei Anbruch der Dunkelheit. Er blieb im Hof stehen und sagte: »Großvater hat heute ein paar Austern mitgebracht, und Granny fragt, ob du welche willst, weil du keine Muscheln bekommen hast?«

»Danke ihr in meinem Namen, aber ich glaube nicht.«

Er fuhr zusammen.

»Guthrie?«

»Ich kann nicht bleiben«, rief er über die Schulter. »Granny hat gesagt, ich soll sofort zurückkommen.«

***

Es war schon ganz dunkel, der Wind blies direkt vom Sund herüber, und ich hatte leicht einen in der Kiste, als sie am Ende der Veranda Gestalt annahmen, zwei Silhouetten gegen das Sicherheitslicht am östlichen Ende des Hofes.

Es war so lange her, seit ich sie das letzte Mal gesehen hatte, daß ich sie nicht erkannt hätte.

»'n Abend«, sagte ich. »Drew und Maxton, nicht wahr?«

»'n Abend«, sagte Andys älterer Sohn. »Man sagt, Sie sind jetzt Richter.«

»Ja.«

»Man sagt, Sie hätten ihn gefunden«, sagte der jüngere.

»Ich und Guthrie.«

»Yeah, gut.«

»Wir würden es lieber von Ihnen hören«, sagte Maxton.

»Wenn es Ihnen nichts ausmacht«, fügte Drew hinzu.

Also erzählte ich noch einmal genau, wie wir auf die Sandbank hinausgegangen waren und wie wir ihren Vater gefunden hatten, im Wasser liegend, tot. »Es tut mir wirklich leid«, sagte ich schließlich. »Ich habe ihn nicht sehr gut gekannt, aber was ich kannte, gefiel mir. Kann ich Ihnen was zu trinken holen?«

»Nein, danke, Ma'am.«

»Aber trotzdem danke.«

Und dann waren sie verschwunden.

Ohne rüberzugehen und mit Guthrie zu sprechen.

Drinnen läutete das Telephon. Ich stand unsicher auf und folgte dem Klingeln zu Sues und Carls Nachttisch.

»Richterin Knott?« fragte eine ruhige, kultivierte Stimme. »Richterin Deborah Knott?«

»Ja?«

»Oh, ich bin ja so froh, daß ich Sie erwischt habe! Hier ist Linville Pope von Pope Properties. Richter Mercer ist ein wirklich guter Freund von mir, und er hat mich gebeten, mich um Sie zu kümmern. Könnten Sie vielleicht am Dienstag nach dem Gericht auf einen Cocktail vorbeikommen? Ich würde Sie gerne kennenlernen.«

Ich sah auf mein leeres Glas. Mein Vater hat mir oft Vorhaltungen gemacht, weil ich auch alleine trinke.

»Ja, sicher«, sagte ich und setzte meine kultivierteste Stimme ein. »Wie freundlich von Ihnen, mich einzuladen.«

From Greenland's icy mountains,
From India's coral strand,
Where Afric's sunny fountains
Roll down their golden sand:
From many an ancient river,
From many a palmy plain,
They call us to deliver
Their land from error's chain.

Reginald Heber

Nach Bath in Beaufort County und New Bern in Craven County ist Beaufort in Carteret County die drittälteste Stadt North Carolinas, gegründet 1721. (Und es heißt Bo-fort, mit einem langen o, bitte schön; nicht Bu-fort wie die andere Küstenstadt so weit unten in South Carolina, daß es schon fast Georgia ist.)

Jahrelang war unser Beaufort nur ein verschlafenes kleines Fischerdorf am Intracoastal Waterway. In den späten Siebzigern dann haben sie die meisten baufälligen Fischerhäuser an Taylors Creek abgerissen, alles an der Front Street im Stile von Williamsburg neu gestrichen, und heute machen Boote aus der ganzen Welt – Fischerboote, Yachten, Segelboote, gelegentlich sogar große Schiffe – an den Docks fest, und die Leute kommen an Land, um in den Bars einen Drink zu nehmen und in den bewußt wunderlichen Läden zu stöbern.

Pensionäre sind von überall hergekommen, reiche Geschäftsmänner haben sich Zweithäuser in den geschützten Buchten gebaut, Makler nannten unsere Küstenlinie die Crystal Coast, und inzwischen ist der Tourismus hier eine Ganzjahresindustrie.

Hinter dem Hafen hat sich die Stadt selbst seit meiner Kindheit kaum verändert, abgesehen davon, daß mehr der alten weißen Holzhäuser als historische Gebäude gekennzeichnet sind. Das Gerichtsgebäude steht immer noch unerschütterlich massig in einem schattigen Eichenhain ein paar Blocks landeinwärts. Es wurde 1907 errichtet, ein roter Ziegelbau mit hohen weißen dorischen Säulen sowohl an der nach Osten als auch an der nach Süden gelegenen Veranda. So wie in dem alten Colleton-County-Gerichtsgebäude in Dobbs wurden dem alten Gebäude moderne Gerichtssäle aufgepfropft, und an seiner Rückseite erstreckt sich ein neuer Gefängniskomplex.

Ein Gerichtsdiener erwartete mich an der östlichen Veranda. Er winkte mich zu einem reservierten Parkplatz unter einer der immergrünen Eichen, nahm meine Aktentasche und Robe und führte mich hinein.

»Miz Leonards Büro ist hier unten rechts«, sagte er diplomatisch.

Obwohl sie durch die Demokraten ihren Posten bekommen hatte, war Carterets Verwaltungschefin nicht sehr politisch, und ich kannte sie nur vom Sehen und Hörensagen.

Ihr kleines Vorzimmer war leer, aber als ich auf die offene Verbindungstür zu ihrem Büro zuging, wurde ich beinahe umgerannt von einem kleinen, sehr wütenden, faßförmigen Mann. Er schoß mit einer gemurmelten Entschuldigung an mir vorbei, und ich sah einen Ausdruck erstaunten Schreckens auf Darlene Leonards Gesicht.

Dieser Ausdruck wurde zu einem warmen Lächeln,

als sie aufstand, um mich von ihrem Schreibtisch her zu begrüßen, der übersät war mit Akten, Computerausdrucken, Bildern von Kindern und Enkelkindern und einer Kristallvase mit Stiefmütterchen. Das Büro war nicht viel größer als der Schreibtisch, aber große Fenster erstreckten sich bis zu einer hohen Decke und vermitteln dadurch das Gefühl von großzügiger Weite.

Die Dinge in Colleton County liefen so ruhig, daß mich mein Vorgesetzter, Richter F. Roger Longmire, von sich aus als Ersatz anbot, als der Bezirksrichter Roydon Mercer sich plötzlich vor drei Tagen einer Not-Bypass-Operation unterziehen mußte. »In Beaufort hatten sie noch nie eine Richterin«, sagte Roger, als er mich bat, das zu übernehmen. »Könnte eine interessante Erfahrung sein.«

Ich vergaß, ihn zu fragen, wer das interessant finden sollte.

Offensichtlich tat es Darlene Leonard.

»Ich habe Ihnen das Richterzimmer mit eigenem Waschraum gegeben.« Das Funkeln in ihren Augen zeugte von einer amüsierten Sensibilität für so ziemlich das schlimmste Murren, das ich manchmal von männlichen Kollegen höre. Sie behaupten, daß sie einen absoluten Horror davor haben, eine Toilette zu benutzen, die eine Verbindungstür hat, weil ich manchmal vergesse anzuklopfen. Wir plauderten ein oder zwei Minuten über Belanglosigkeiten – falls sie von dem Mord vor Harkers Island gehört hatte, schien sie ihn nicht mit mir in Verbindung zu bringen. Ihre Assistentin unterbrach sie mit der Mitteilung, daß ein erwarteter Anruf in der Leitung sei, und Mrs. Leonard sagte: »Lassen Sie mich unbedingt wissen, wenn Sie irgend etwas brauchen.«

Ich sagte, das würde ich tun.

Die höhere Instanz tagte ebenfalls, erzählte mir der Gerichtsdiener, als wir in den modernen Teil des Gerichtsgebäudes gingen. »Versicherungsbetrug. Geht vermutlich heute vor die Jury.«

Ich zog gerade den Reißverschluß meiner Robe zu, als der Richter des oberen Gerichts, Chester Amos Winberry, an meine Tür klopfte und seinen Kopf hereinsteckte, ohne meine Antwort abzuwarten.

»Was wäre, wenn ich hier in meinem Slip gestanden hätte?« fragte ich streng.

»Ich hätte gefragt, seit wann du Slips trägst«, grinste er.

Erwischt. Ich besitze nur einen: einen schwarzen aus Seide, der verhindert, daß mein schwarzes Seidenkleid zu nah am Körper klebt, wenn ich es zu Beerdigungen trage. Ich hätte aber nie gedacht, daß irgend jemand das je bemerkt hätte. Ich sollte wohl in Zukunft meine Silhouette gegen ein besseres Licht prüfen.

Chet ist ein guter Jurist. Einige von uns haben das Gefühl, daß er gegen Wirtschaftsverbrecher weitaus großzügiger ist als gegen andere, aber das ist hier unten nicht ungewöhnlich. Er wird inzwischen ein bißchen grau, und seine Lachfalten verschwinden nicht mehr, wenn er aufhört zu lachen. Trotzdem ist er mit fünfzig immer noch sexy, weiß es und liebt es, den Cowboy zu spielen. Die meiste Zeit hat seine Frau Barbara Jean ihn im Griff, aber sie wird ihn nie davon abbringen, jedes weibliche Wesen Liebling, Schatz oder Süße zu nennen.

»Ich habe gehört, daß du hier unten bist«, sagte er. »Ich habe auch gehört, daß du Andy Bynum erschossen bei den Sandbänken gefunden hast. Bist du okay?«

Ich nickte. »Hast du ihn gekannt?«

»Himmel, jeder kannte den alten Andy.« Er schüttelte seinen Kopf. »Böse, traurige Sache. Barbara Jean ist ganz aufgeregt deswegen. Er war einer der wenigen, dem jeder zuhörte.«

»In welcher Beziehung?« Ich kramte in meiner Tasche nach einem Block und einem Stift, falls ich mir eigene Notizen machen mußte.

»In jeder. Was hältst du davon, um punkt zwölf Pause zu machen und dich von mir und Barbara Jean zu einer der besten Krabbensuppen einladen zu lassen, die du je gegessen hast?«

»Kriegen wir das Essen denn in einer Stunde geregelt?«

»Oh, ich gebe meiner Jury immer neunzig Minuten«, sagte er edelmütig.

»Klingt gut«, sagte ich.

Wir gingen durch ein Labyrinth kurzer Flure, und ich betrat die Stirnseite meines Gerichtssaales durch eine Tür neben der Richterbank.

»Erheben Sie sich bitte«, sagte der Gerichtsdiener.

* * *

Die meisten Verkehrsvergehen folgen im gesamten Staat demselben Muster, und in Beaufort begann es auch nicht anders. Es kamen die üblichen Beschuldigungen wegen Geschwindigkeitsüberschreitung, Fahren unter Alkoholeinfluß, Fahren bei eingezogenem Führerschein, Fahren ohne Sicherheitsgurt oder ohne geeignete Kindersicherung. (Letzteres nehme ich sehr ernst. Es ist eine Sache, das eigene Leben aufs Spiel zu setzen, aber Sie möchten mich bestimmt nicht als Richter haben, wenn Sie dabei erwischt werden, wie Sie das

Leben eines Kindes riskieren.) Einer nach dem anderen wurden die im Prozeßregister verzeichneten Fälle abgehandelt, die von den Bergen bis zu den Sandwüsten, schlicht überall, kopiert werden konnten.

In der Mitte des Vormittags kam ein Fall zur Sprache, der sich nur an der Küste zutragen konnte: Felton Keith Bodie und James Gordon Bodie. Brüder. Zweiundzwanzig bzw. neunzehn Jahre alt. Beschuldigt, betrunken gefahren zu sein, den Verkehr behindert und gesetzwidrig durch das Abfeuern einer Waffe die Öffentlichkeit bedroht zu haben.

Einfach gesagt: der Polizist, der gegen sie aussagte, hatte abseits des Highway 70 ein Verkehrschaos angetroffen, als er letzten Dienstag nachts, kurz vor Mitternacht, Richtung Gloucester fuhr. Ich kenne die Straße und weiß, daß sie teilweise ganz schön dunkel und verlassen sein kann. Und außerdem gibt es tiefe Abwassergräben auf beiden Seiten. Wenn also die Straße blockiert ist, besteht kaum eine Ausweichmöglichkeit.

»Bitte beschreiben Sie dem Gericht, was Sie vorfanden«, sagte der stellvertretende Bezirksstaatsanwalt.

»Nun«, sagte der Polizist mit deutlichem Neuengland-Dialekt und nahm sein Notizbuch zu Hilfe. »Diese beiden fuhren einen 1986er F-150 Ford XL Pickup. Als ich am Schauplatz des Verbrechens eintraf, stand der Pickup quer über die Straße und blockierte den Verkehr in beiden Richtungen. Mr. Felton Bodie versuchte, mit einer Lampe, die an der Seite des Pickups befestigt war, zu leuchten, und Mr. James Bodie schoß auf etwas am Straßenrand.«

»Konnten Sie feststellen, was sein Ziel war?« fragte der Staatsanwalt.

»Ich hatte zuerst überhaupt keine Zeit, etwas zu sehen,

denn als ich zur Fahrerseite des Pickups ging, schrie Mr. Felton Bodie: ›Du hast ihn!‹ und dann sprang er aus dem Wagen und lief zu Mr. James Bodie, der etwas aus dem Graben zog. Sie hatten es gerade hinten auf den Wagen geworfen, als ich an ihre Seite trat und fragte, was los sei.«

An dieser Stelle sah mich der Polizist an und verfiel in Routine. »Der Atem beider Verdächtiger roch stark nach Alkohol. Beide hatten glasige Augen, redeten viel, aber unzusammenhängend, und bewegten sich unsicher.«

Ich nickte ermutigend, und der Staatsanwalt sagte: »Und dann?«

»Dann entledigte ich Mr. James Bodie seiner Waffe und nahm beide in Gewahrsam.«

»Hat einer der beiden eine Aussage gemacht?«

»Mr. Felton Bodie sagte, daß sie auf dem Heimweg nach Gloucester waren, als sie am Straßenrand einen Alligator sahen und beschlossen, ihn zu erlegen. Mr. James Bodie sagte, daß sie ihn häuten und die Haut verkaufen wollten.«

Die beiden Bodie-Brüder saßen auf der Anklagebank und waren mehr als peinlich berührt.

Verwirrt fragte ich: »Gehören Alligatoren nicht zu den geschützten Tierarten?«

»Doch, Ma'am, natürlich«, sagte der Staatsanwalt und wartete darauf, daß ich einschritt.

Ich fuhr mit dem Finger über die Liste. »Werden sie deshalb noch zusätzlich verklagt?«

»Nein, Euer Ehren«, grinste der Polizist. »Es war nämlich kein Alligator, den sie erschossen und hinten auf ihren Pickup geworfen haben. Es war ein vier Fuß runderneuerter Reifen von einem dieser großen Traktoranhänger.«

Ich mußte so lachen, daß ich mich sehr zusammenreißen mußte, bevor ich alle anderen im Gerichtssaal zur Ordnung rufen konnte.

»Hat sich sehr gewehrt, oder?« fragte ich, als die beiden Bodies sich erhoben, um sich zu verteidigen.

Schließlich verurteilte ich sie zu sechzig Tagen Führerscheinentzug, hundert Dollar Strafe, Übernahme der Gerichtskosten und vierundzwanzig Stunden gemeinnütziger Arbeit als Strafe für den Versuch, ein geschütztes Tier unter Gefährdung der Öffentlichkeit zu erschießen. »Und Sie können dankbar sein, daß es kein Gesetz gegen die Ermordung von Reifen gibt«, setzte ich noch hinzu.

Ein weiteres Dutzend Fälle von Geschwindigkeitsüberschreitung, Nichtanhaltens bei Stopschildern oder roten Ampeln, unsicherer Bewegungen, Kontrollvergehen und Fahrens ohne gültige Erlaubnis beschäftigte uns bis zur Mittagspause um zwölf.

* * *

Um 12.08 Uhr saßen Chet und Barbara Jean Winberry und ich an einem Fenstertisch im Ritchie House, einem wunderschönen Gebäude aus dem frühen 19. Jahrhundert, das so sensibel restauriert und modernisiert worden war, daß der ursprüngliche Charme nicht verlorenging. Trotz der relativ hohen Preise waren die Suiten im zweiten und dritten Stock das ganze Jahr über ausgebucht, und zum Mittag- oder Abendessen war es ratsam, vorher zu reservieren. Unser Tisch ging zum Jachthafen hinaus, wo mehrere Millionen Dollar in Booten festgemacht waren. Das Aprilsonnenlicht wurde vom Wasser reflektiert und glitzerte auf strahlendweißen Schiffskörpern und polierten Teakdecks.

Eine Kellnerin hatte uns Eistee und einen Korb mit heißem und knusprigem Brot gebracht, als wir uns hinsetzten. Barbara Jean hatte bereits meine Erzählung über ihre alte Kollegin/Verbündete/Dorn im Auge gehört – ich wußte nicht genau, in welcher Beziehung sie standen, was vielleicht daran lag, daß sie es selbst nicht wußte.

Ich kenne und mag die Winberrys seit sechs oder acht Jahren, obwohl beide mehr als zehn Jahre älter sind als ich. Barbara Jean hatte die Menhaden-Fischfutterfabrik der Familie von ihrem Vater geerbt, aber sie verbrachte viel Zeit zwischen Beaufort und Raleigh, als Chet während Gouverneur Hardisons erster Amtszeit ein offizielles Amt erhielt. Der glücklichste Tag ihres Lebens war der, als der Gouverneur Chet zum oberen Richter hier in der Ersten Kammer ernannte und so beide Raleigh verlassen und ganz nach Beaufort zurückkehren konnten.

Eine verheiratete Tochter lebte im Westen von Harkers Island mit einem kleinen Sohn, benannt nach Barbara Jeans Großvater, der die Fabrik gegründet hatte. Bei all meinen älteren Brüdern und den meisten Freunden habe ich im Laufe der Jahre eine Unmenge an Babybildern gesehen. Dieses befand sich noch im Kaulquappenstadium, aber als Barbara Jean und Chet ihre Brieftaschen hervorholten, gurrte ich angemessen.

Das Restaurant war hell und luftig, blaßrosa Tischtücher und Blumensträuße zierten die Tische, weiße Ventilatoren wälzten über unseren Köpfen die Luft um. Die wenigen Anzüge und Krawatten in diesem Raum wurden von Anwaltstypen getragen. Alle anderen trugen Leinenschuhe, Segeltuch- oder Khakihosen, Pullover und seidene Windjacken mit breiten Streifen in türkis oder korallenrot. Sie konnten doch nicht *alle* Jachten nach Newport oder Martha's Vineyard zurücksegeln?

Einige Tische weiter saß ein gutaussehendes Paar in den Vierzigern, das aus einer Docksider-Anzeige hätte stammen können. Zwischen ihnen, mit dem Rücken zu mir, saß – so wie es aussah – ihre Tochter. Neben der Frau saß ein kleiner Junge im Alter von zwei oder drei Jahren in einem Kinderstuhl. Alle vier hatten dicke, glatte blonde Haare. Der Mann trug es kurzgeschnitten, ebenso der Junge; der stumpfe Schnitt der Frau streifte die Schulterpolster ihres weißen Pullovers, während der lange Pferdeschwanz des Mädchens auf der Hälfte ihres Rückens endete. Lustigerweise hatte das Mädchen eine Puppe dabei, die eine Miniaturausgabe von ihr war: derselbe lange blonde Pferdeschwanz, derselbe korallenrote und weiße Nylonanzug.

»Ist sie nicht goldig?« fragte Barbara Jean, die meinem Blick gefolgt war. Sie biß in ein knuspriges Brot und sagte: »Was hältst du von Jay Hadley?«

Ich warf Chet einen zynischen Blick zu. »Jetzt frage ich sie also, wie gut sie Jay Hadley kennt, und dann erzählt sie mir, daß jeder hier unten Jay Hadley kennt, stimmt's?«

»Nun, die meisten, für die Fischen den Lebensunterhalt bedeutet.« Er sammelte die Speisekarten ein, die die Kellnerin uns gegeben hatte, und sagte zu ihr: »Wir sind ein bißchen in Eile, Süße, bringen Sie doch bitte jedem von uns eine schöne Schale von Ihrer Krabbensuppe, dann einen großen Teller gebackener Austern und Krautsalat für alle. Ist euch das recht, Deborah? Liebes?«

Barbara Jean und ich verkündeten einstimmig, daß das köstlich klang.

Ihre Wurzeln gehen zurück zu den Anfängen von

Beaufort, während Chets Leute politische Abenteurer waren, die nach dem Bürgerkrieg in den Süden kamen. Obwohl Chet sie damit aufzieht, daß sie unter ihrem Niveau geheiratet hat, sind beide eher von der Sorte Sitzungssaal und Erholungsort als Pachtgrund und Muschelharken, und es überraschte mich, daß sie Jay Hadley kannte.

»Jay ist sehr aktiv in der Independent Fishers Alliance, die Andy Bynum mit ins Leben gerufen hat. Ich bin auch Mitglied.«

»Hier unten ist es so«, sagte Chet, »daß die Stimmung in den letzten Jahren immer kämpferischer geworden ist.«

»Und das aus gutem Grund«, mischte sich Barbara Jean ein.

»Jeder möchte einen Teil von den Schätzen und jeder denkt, daß seine Ansprüche berechtigter sind als die der anderen.«

»Manche sind es!« erwiderte Barbara Jean hitzig.

Chet grinste mich an. »Siehst du? Und sie ist eine der Vernünftigen. Iß deine Suppe, Liebes«, sagte er, als die Kellnerin wundervoll duftende Schalen dampfender Köstlichkeiten vor uns hinstellte.

She-Crab-Suppe ist so etwas ähnliches wie Clam Chowder aus den Neuenglandstaaten, nur wird sie aus den gelben Eiern und den köstlichen Schwanzstücken der weiblichen Krabben hergestellt.

Barbara Jean probierte gehorsam einen Löffel voll, bevor sie wieder in die Erörterung der hiesigen Konflikte einstieg.

»Schau, Deborah, seit Jahren hat das Wasser hier den Leuten gehört, die damit gearbeitet haben. Wir haben herausgenommen, was wir brauchten, wenn wir es brauchten und soviel wir brauchten, weil es genügend Fische und Schalentiere gab und nur wenige Regeln oder Einschränkungen. Fischerei war das wirtschaftliche Standbein von Carteret County. Tatsächlich hieß Beaufort einmal Fishtowne. Dann kamen sie mit all den Regeln und Vorschriften ...«

»Weil zu viel gefischt wurde und die Artenvielfalt zurückgeht«, erklärte Chet.

»Wofür wir alle die Schuld bekommen. Es ist nicht die Rede von den Sportlern, die herkommen und nehmen, was *sie* wollen, oder den Maklern, die natürliche Lebensräume zerstören, oder den Pierbesitzern und Wasserskiverleihern und den Ausrüstern, die keine Netze oder großen Boote im Sund wollen, weil sie sagen, wir vertreiben die Touristen. Besonders Schleppnetzfischer wollen sie nicht. Du glaubst nicht, welche Propaganda sie gegen uns verbreiten!«

In Raleigh hatte ich sie noch nie so heftig gesehen.

»Sie werden unsere Menhadenindustrie kaputtmachen. Gott sei Dank hat Chet eine gute Nase für Investitionen, sonst stünden wir auf der Straße. Und was passiert mit den Männern, die bei uns beschäftigt sind? Dreiundzwanzig schwarze Familien ...«

»Und sie ist eine von den Vernünftigen?« fragte ich Chet.

»Vielleicht nicht so vernünftig wie Andy Bynum«, gab er zu, während er noch ein Stück Brot nahm.

»Die Regierung nennt es Schutz und Erhaltung der natürlichen Bestände«, sagte Barbara Jean, »dabei ist es nichts anderes als Einmischung und wirtschaftlicher Mord auf Raten.«

»Trotzdem«, sagte Chet, »als der Staat die Marine Fisheries gründete ...«

»Marine Fisheries Commission«, murmelte ich wissend.

»... sorgte Andy dafür, daß er zu den Berufsfischern gehörte, die darin einen Sitz hatten. Er war realistisch genug, um zu erkennen, daß die Zeiten sich wirklich änderten. ›Die Verordnungen werden kommen‹, sagte er, ›ob wir wollen oder nicht.‹ Und er wollte lieber von innen helfen, diese Verordnungen mitzugestalten, als von draußen zuzusehen, wie die wirtschaftlichen Interessen überstimmt werden. Einige der Bootsleute und Fischer hielten ihn für einen Verräter an ihrer Sache.«

Barbara Jean nickte. »Ich gehörte anfangs auch dazu. Aber einiges von dem, was er sagte, hatte Sinn. So viele andere Interessenten zerren jetzt am Core Sound – Makler, Pierbesitzer, Motels für die Sportler, all diese Brandungsfischer, die meinen, daß Schleppnetzfischen und Netzfischen ihnen den Spaß verderbe, und dann diese Millionäre aus Dare County mit den ihnen treu ergebenen Gesetzgebern ...« Sie schüttelte gereizt den Kopf. »Aber Andy kann – konnte – alle Seiten sehen, und die meisten Leute auf allen Seiten hörten ihm zumindest zu. Ich weiß nicht, wer seinen Platz einnehmen soll.«

»Jay Hadley?« fragte ich.

Barbara Jean schnaubte. »Eine *Frau?* Liebes, du sprichst von der letzten Bastion männlicher Überlegenheit bei uns. Mein Vater ist seit zwölf Jahren tot, aber meine Firma nennen sie immer noch Wash Nevilles Fabrik.«

Ich genoß einen letzten Löffel Suppe. »Die Dame Hadley schien sehr souverän, als sie gestern mit einer 22er herausgerast kam, um zu sehen, wer sich auf ihrem Pachtgrund herumtrieb. Und was ist mit dieser Allianz, die du erwähnt hast?«

»Die Allianz der unabhängigen Fischer. Das war Andys Idee. Die meisten arbeiten allein oder zu zweit, wenn es nicht ein etabliertes Familienunternehmen ist. Ich denke, man kann uns alle hier unten ein bißchen unabhängig nennen.«

»Unabhängig?« Chet schüttelte seinen Kopf, während er begann, die riesige Platte Austern, die die Kellnerin vor ihn hingestellt hatte, aufzuteilen. »Stachlig wie Seeigel und mißtrauisch wie Einsiedlerkrebse.«

»Aber Andy hat uns alle zusammengehalten und eine Küstenversion von Abraham Lincoln abgegeben«, warf Barbara Jean ein. »Ein geteiltes Boot kann nicht segeln: vereint können wir vielleicht schwimmen, aber zerstritten werden wir auf jeden Fall untergehen. Jay Hadley hat eine Menge Sekretariatsarbeit übernommen, als sie vor ein paar Jahren angefangen haben. Und ich denke, sie geht immer noch ein paarmal in der Woche hin, wenn Andy weg ist, um die Sache am Laufen zu halten. Sie ist klug, das ist Jay wirklich. Wenn sie aufs College hätte gehen können, nicht auszudenken, wo sie heute wäre. Ihr Mann hat angefangen wie viele der alten Progger ...«

»Progger?« Ich hatte den Begriff im Laufe der Jahre gelegentlich gehört, aber nie ernsthaft darüber nachgedacht.

»Das ist auch ein elisabethanisches Überbleibsel«, erklärte Chet. »Das sind Leute, die an der Küste herumstöbern, suchen oder herumschnüffeln.« Barbara Jean nickte. »Das ist Jays Mann wirklich – ein traditioneller, unabhängiger Fischer, der so wie sein Vater und Großvater vor ihm im gleichen Gebiet fischen wollte. Es hat sie fünf Jahre gekostet, Heston Hadley davon zu überzeugen, daß gepachteter Grund etwas bringt, aber schließlich hat sie ihn vor zwei Jahren überredet, sein großes Boot zu verkaufen und das Geld in Brutmuscheln und Netzsäcke zu investieren. Sie werden das doppelte Geld mit der halben Mühe verdienen, wenn die Dinge so weiterlaufen.«

Die Austern waren eine brutzelnde Perfektion – außen fest, innen prall und zartschmelzend – und die nächsten paar Minuten wurden die Gaben des Core Sounds gebührend gewürdigt.

»Sie züchten auch Austern auf Pachtgrund«, sagte Barbara Jean zwischen zwei Mundvoll. »Auf Leitern.«

Sie wäre gerne noch tiefer ins Detail gegangen, aber ich wollte es nicht hören. »Wird eure Allianz ohne Bynum weitermachen?«

Sie überlegte. »Wer weiß? Kurzfristig? Vielleicht. Langfristig? Bis irgend jemandes Ruder nicht mehr das Wasser erreicht und auch kein Andy da ist, um den Ozean für ihn anzuheben. Bis der gesamte kommerzielle Fischfang aus dem Sund und von den Bänken vertrieben wird oder bis die Schleppnetzfischer hören, daß sie Schutzvorrichtungen für Schildkröten einsetzen müssen und Krabbenfischer nicht. Jay kann den Papierkram erledigen und vielleicht mit all den Regeln und Bestimmungen, die ständig reinkommen, auf dem laufenden bleiben, bis man jemanden findet, der Andys Platz einnehmen kann, aber jemanden zu finden, dem jeder vertraut ...«

Barbara Jeans letzten Worte blieben unverständlich, dann ihre Aufmerksamkeit war abgelenkt worden. Ich drehte mich um und sah einen untersetzten Mann mit großen Schritten durch das volle Restaurant gehen. Er rempelte dabei Tische und Tischgäste an, und eine Kellnerin ließ seinetwegen beinahe ihr Tablett fallen. Es war derselbe Mann, der mich beinahe im Büro der Verwaltungschefin überrannt hatte, und als er sich jetzt seinen Weg zu einem Tisch bahnte, der eine halbe Raumlänge von uns entfernt stand, schien er noch wütender zu sein.

Dort saß eine Frau allein, wieder blond (aschblond dieses Mal), sehr zierlich, mit einer übergroßen blaßblauen Brille, die einen Großteil ihres Gesichtes verdeckte. Ihr Haar fiel in einem Pagenschnitt bis zur Kinnlinie, als sie dem Mann ihren Kopf zuwandte, aber ihre schmale Hand blieb auf den Papieren liegen, die sie gelesen hatte, bis er sie unterbrach. Kein Lächeln auf ihren dünnen Lippen und auch keine ermutigende oder versöhnliche Körpersprache. Sie saß absolut bewegungslos, bis er sich langsam abregte, und wandte sich dann wieder ihren Papieren zu, wobei sie ihn eindeutig ignorierte.

Er funkelte sie an, die dicken Hände in die Hüften gestemmt, und die Wut ließ seine Stimme dunkler werden. Jeder hörte auf zu essen und starrte einfach nur hin.

»Bei Gott, ich werde Sie wegen kriminellen Betrugs belangen!« schrie er. »Sie wußten, daß ich ein Partyboot daraus machen wollte.«

Wieder wandte sie ihm ihre blaßblaue Brille zu. »Sie haben die *Lucky Linville* gekauft, wie sie ist«, sagte sie ruhig. »Was Sie damit machen wollten, ging mich nichts an.«

Sie erhob ihre Stimme nicht, und wenn es in dem Raum nicht so still geworden wäre, hätte ich sie nicht verstehen können. Der Manager und zwei kräftige Kellnerlehrlinge nahmen den untersetzten Mann zwischen sich, der inzwischen vor lauter Wut fast einen Schlaganfall bekam.

Als sie ihn hinausbrachten, taten wir alle so, als hätten wir nicht hingestarrt. Die Frau las unbewegt weiter. Nach einer Ewigkeit setzte der übliche Unterhaltungsfluß ebenso wieder ein wie das Klirren von Eis in hohen Gläsern und das Klappern von Besteck auf Geschirr.

»Sie hat Zeke Myers die *Lucky Linville* verkauft?« fragte Barbara Jean ihren Mann in dem Moment, als ich fragte: »Was hatte das alles zu bedeuten?«

Chet zuckte die Schultern, aber plötzlich erinnerte ich mich an den Telefonanruf der vergangenen Nacht. »Ist das zufällig Linville Pope?«

»Kennst du sie?«

»Eigentlich nicht. Sie hat mich für morgen abend zum Cocktail eingeladen. Sagte, sie sei mit Richter Mercer befreundet.«

»Ich hoffe, du hast daran gedacht, eine kugelsichere Weste einzupacken«, meinte Barbara Jean honigsüß.

Will your anchor hold in the storms of life,
When the clouds unfold their wings of strife?
When the strong tides lift and the cables strain,
Will your anchor drift, or firm remain?

Priscilla J. Owens

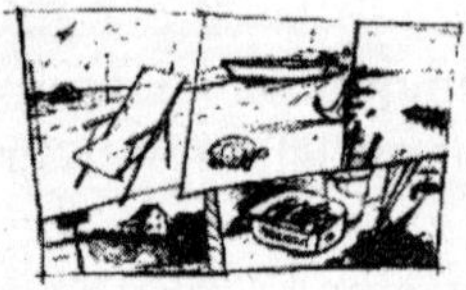

Obwohl das Tageslicht sparsamer wurde, stand die Sonne immer noch hoch, als ich an diesem Nachmittag das Gericht verließ und Richtung Harkers Island fuhr, durch eine Landschaft, die weniger grün war als in anderen Jahren. Erst letzten Monat hatte ein später Wintersturm ganze Abschnitte von Küstenpinien, Stechpalmen, Azaleen und immergrünen Eichen mit einem so salzigen Überzug zurückgelassen, daß ihre Nadeln und Blätter auf der dem Meer zugewandten Seite ganz braun geworden waren. Äste waren abgebrochen, und in mehr als einem Hof waren Frauen damit beschäftigt, Reisig aufzuschichten, während die Männer mit Kettensägen an vom Sturm entwurzelten Bäumen arbeiteten.

Als ich Richtung Osten fuhr, sah ich gelegentlich mit Brettern verschlagene Fenster, Wohnwagen, die auf ihrem Gestell verschoben waren, und Plastikplanen über klaffenden Löchern in Dächern oder Hauswänden.

Mit etwas Verspätung erfaßte ich zum ersten Mal, wieviel Schaden die Küste erlitten hatte. Ich erinnerte mich an Radionachrichten darüber, daß der »Sturm des Jahrhunderts« in unserer Richtung unterwegs war. Dann aber zog er so sanft über Dobbs und Raleigh, daß ich beinahe sofort das Interesse verloren hatte.

Sicher, Dwight Bryant, Colleton Countys Deputy Sheriff, hatte viel über Schnee in Western Virginia geredet (seine Exfrau und der junge Sohn lebten in Shawsville und waren einige Tage eingeschneit gewesen), aber späte Schneefälle sind in den Blue-Ridge-Bergen nichts Ungewöhnliches. Wenn der Wettermann von »Eyewitness« auf Channel 11 es je einen Hurrikan genannt hätte – Hurrikane im März? –, wäre mir das sicher aufgefallen. Wenn man jedoch Chet und Barbara Jean Winberrys Beschreibungen zuhörte, wie ihr Barometer nicht mehr weiter hätte sinken können, die Winde mit einer Geschwindigkeit von 90 Meilen bis über 100 hervorbrachen, was konnte es dann gewesen sein?

Während unserer Nachmittagspause im Gericht hörte ich, daß ein Neunjähriger getötet worden war, als die Winde in Newport eine Pinie abgebrochen hatten, die in den Wohnwagen seiner Familie gekracht war. Häuser wurden abgedeckt, Seitenverkleidungen von Geschäften abgerissen, Blechplatten waren wie Drachen durch das Zentrum von Morehead City geflogen.

»Gott, ja!« sagte einer der Anwälte, die um die Kaffeemaschine standen. »Boote haben sich losgerissen, die Docks entlang Taylors Creek standen alle unter Wasser, und Überlandleitungen?« Er schnippte mit den Fingern. »Wie eine kleine Falle, in die Speerfische geraten.«

Ein großer Teil der Gegend war für mehr als eine Woche ohne Strom, erzählten sie mir, während Störtrupps von überall hergebracht wurden und rund um die Uhr mit örtlichen Störungssuchern arbeiteten.

Irgendwie war es mir peinlich, daß ich von ihren Schwierigkeiten nichts gewußt hatte und ich auch so gedankenlos gewesen war den Problemen gegenüber, die jetzt Barbara Jean und andere beschäftigten, die ihren Lebensunterhalt in den Ozeanbuchten und Meeresengen verdienten.

»Du bezeichnest die Frauen von Harkers Island als reserviert und zurückhaltend«, maßregelte mein innerer Prediger, »aber wann hast du selbst mehr als oberflächliche Gespräche eröffnet?«

Beschämt dachte ich darüber nach, wie ich von ihrem Standpunkt aus wirken mußte. Erst als Kind und dann als Teenager war ich mit meinen Cousinen hergekommen, hatte im Wasser gespielt, mich am Atlantic Beach amüsiert und vergnügt. Ich hatte ihren Lebensraum wie einen Spielplatz zu meinem persönlichen Vergnügen behandelt. Als Erwachsene schwamm ich, fuhr Wasserski, faulenzte, half Carl und meinem jüngeren Cousin Scotty, vor ihrem Haus Wandnetze auszulegen, damit ich ein paar Kühltaschen mit frischen Meeresfrüchten für meine Brüder und ihre Familien mit nach Hause nehmen konnte. Dann fuhr ich nach Hause ins Binnenland zu meinem bequemen Leben zurück und dachte nicht mehr über sie nach, als wären diese Frauen Kostümfiguren in einem Vergnügungspark gewesen.

»Oh, hör auf«, fauchte der zynische Pragmatiker, der immer dann zu spotten beginnt, wenn ich irgendwelche edlen Gedanken hege. »Glaubst du, daß irgend jemandem hier wirklich etwas fehlt, wenn irgendein Upstater nicht versucht hat, ihr bester Freund zu werden?«

Okay, okay. Wie dem auch sei, direkt hinter Otway fuhr ich zu einem Floristen, der noch geöffnet hatte. Die junge Frau hinter der Theke sprach davon, sie habe gehört, daß Andy Bynums Leiche in ein Beerdigungsinstitut auf der Insel überführt worden war und die Beerdigung am Mittwoch nachmittag stattfände. Ich bat sie, einen Korb mit Seidenblumen hinzuschicken: Iris, Butterblumen, roter Mohn und Maiglöckchen.

»Kreditkartenfreundschaft, die einfachste Art«, flüsterte eine Stimme in meinem Kopf.

Prediger oder Pragmatiker?

* * *

Als ich zu dem Cottage zurückkam, sah Bynums Haus bereits sehr verschlossen und verlassen aus. Seine Söhne leben weiter unten auf der Insel, in der Nähe der Fischfabrik, und ich vermutete, daß die Totenwache im Beerdigungsinstitut abgehalten wurde.

Ich war kaum durch die Tür, als das Telefon zu klingeln begann. Klar, es hätte ein Dutzend verschiedener Leute sein können – mir wäre sogar lieb gewesen, wenn mir jemand Aluminiumwandverkleidungen hätte verkaufen wollen –, aber ich hatte das dumpfe Gefühl, daß ich nicht so leicht davonkommen würde.

Es hätte auch einer der Großmäuligeren sein können. Es hätten Andrew oder Herman oder Will oder Jack sein können. Statt dessen war es nur Seth, fünf Brüder älter als ich und derjenige meiner Brüder, der mir immer den meisten Ärger macht.

»Hey Seth«, zwitscherte ich. »Soll ich dir und Minnie am Freitag ein paar Muscheln mitbringen?«

Er machte sich nicht einmal die Mühe, darauf zu antworten. »In was bist du da jetzt wieder reingeraten, Deb'rah?« fragte er streng.

Irgendwann einmal hatten die meisten meiner Brüder dieses Häuschen benutzt oder waren mit Carl fischen gegangen. Also hatte Seth Andy kennengelernt und hörte jetzt schweigsam zu, wie ich die Situation erklärte und daß ich nur am Rande verwickelt sei. »Aber wieso hast du das so schnell erfahren?«

»Irgendein SBI-Agent da unten hat deinen Namen erkannt und es Terry erzählt. Terry hat es Dwight erzählt, und Dwight hat mich angerufen.«

»Ich hätte schwören können, daß SBI-Agenten und Deputy Sheriffs über andere Dinge zu reden hätten. Ich hoffe, niemand hat Daddy deshalb aufgeregt.«

»Noch nicht«, sagte Seth. In seiner Stimme schwang immer noch Besorgnis mit. »Bist du sicher, daß du da nicht mitten in was reingeraten bist?«

Ich versicherte ihm, daß es reiner Zufall war, und er versprach, alles zu tun, damit Daddy nichts davon erfuhr. Und ja, wenn ich Freitag zurückkäme, wären ein paar Muscheln wirklich nett.

* * *

Es war immer noch nichts von Guthrie zu sehen, als ich mit einem Glas Tee auf die Veranda ging, um auszuspannen, aber Mark Lewis und Makely Lawrence, zwei andere Jugendliche aus der Nachbarschaft, kamen den Weg vom Wasser herauf, jeder mit einem Eimer Muscheln, die sie ausgegraben hatten.

»Ihr wollt mir nicht zufällig ein halbes Dutzend verkaufen, oder?« rief ich.

Mark grinste. »Nein, aber ich werde Ihnen sechs geben, wenn das alles ist, was Sie wollen.«

»Ich möchte mir nur eine kleine Portion Muschelsuppe kochen.«

»Du gibst ihr drei und ich gebe ihr drei«, sagte Makely, der sich nicht von seinem Cousin ausstechen lassen wollte.

Sie stellten ihre Eimer auf die Veranda, und jeder suchte seine drei größten heraus. Die Muscheln waren aus dem Matsch gegraben, aber sie hatten die Größe von Untertassen. Wie ich vermutet hatte, wollten die Jungs kein Geld, aber unbedingt Einzelheiten über Andy Bynums Tod erfahren.

»Hat Guthrie euch nichts erzählt?« fragte ich.

»Nun ja ...«, sagte Makely.

»Wieso sagt das jeder?«

Makely sah Mark an, der sagte: »Er hat Ärger, weil er mit dem Skiff seines Großvaters rausgefahren ist.«

»Was? Ich dachte, es sei seins.«

»Isses nich'«, sagte Makely knapp.

Ich ließ das so stehen und erzählte ihnen, wie ich mit Guthrie rausgefahren war, Andy tot aufgefunden hatte, dann von Jay Hadleys Ankunft, gefolgt von dem Polizeiboot.

»Was glaubt ihr, wer könnte ihn erschossen haben?« fragte ich, neugierig zu erfahren, was ihre Eltern wohl sagten.

Wieder Schulterzucken.

»Drogen«, brummte Makely. Er war jünger und beinahe so phantasievoll wie Guthrie.

Mark war nachdenklicher. »Ich weiß nicht«, sagte er langsam. »Viele Leute waren sauer auf ihn, weil er wollte, daß alle eine Lizenz kaufen, um ihre Fische loszuwerden. Wenn das passiert, könnten wir Ihnen keine Krabben oder so was mehr verkaufen, solange wir keine Lizenz haben.«

»Genau«, sagte Makely. »Habe gehört, daß Krabbenfischer sein Haus abbrennen wollten.«

»Nur Gerede«, meinte Mark abwehrend.

Vielleicht. Aber als ich später die Muscheln abschrubbte, dachte ich über den Ruf der Inselbewohner nach, Rechnungen auf ihre eigene Art zu begleichen. Selbst Außenseiter wie ich erinnerten sich an die bittere Wut und die tiefe, tiefe Verletztheit, als Shackleford Banks zu einem Naturschutzgebiet unter dem US Park Service erklärt wurde.

Shackleford war die angestammte Heimat der meisten Inselbewohner, bis die Hurrikans 1896 und 1899 sie zwangen umzusiedeln, und beinahe jede Inselfamilie besaß dort ein primitives Fischcamp. Unglücklicherweise hatten nur wenige beurkundetes Anrecht auf das Land. Den zwei oder drei Bewohnern, die es hatten, wurde lebenslanges Recht gewährt, aber es erging ihnen nicht besser als denen ohne Urkunden und Verträge. Als die Hütten ohne Rechtsanspruch 1985 konfisziert wurden, gingen einige der Enteigneten hin und zündeten alle Camps an.

Hatte Andy Bynum irgendeinen leicht erregbaren Inselbewohner so in Rage gebracht, daß eine simple Brandstiftung nicht ausreichte, um den Groll zu besänftigen?

* * *

Das Telefon klingelte, als ich die Muscheln fertig ausgenommen und in kleine Stücke geschnitten hatte. Dieses Mal war es Carl, der wissen wollte, ob alles in Ordnung war.

»Ja, nachdem Guthrie und ich einmal wußten, wie deine neue Wasserpumpe funktioniert.«

»Ist dieselbe wie immer«, sagte Carl.

Ich seufzte. »Dieser Guthrie scheint ein Realitätsproblem zu haben, kann das sein?«

Carl lachte. »Hat er die Wahrheit ein bißchen verdreht?«

Er war entsetzt, von Andy zu hören, und ich mußte noch einmal alle Details erzählen.

»Du sagst, es war draußen bei Hes Hadleys Pachtgrund?«

Es folgte eine bedeutungsvolle Stille.

»Ja und?« fragte ich.

Ich mußte ein bißchen bohren, aber schließlich wiederholte er ein Gerücht, das er von Mahlon Davis gehört hatte: »Hat gesagt, daß Hes Andy gewarnt hat, die Finger von seiner Frau zu lassen.«

»Andy?« Ich war überrascht.

»Oh verdammt, ja. Andy Bynum mochte die Damen beinahe so gern wie Mahlon. Er war nur nicht so plump.«

Er sagte, ich solle vorsichtig sein und meine Nase nicht in Dinge stecken, die mich nichts angingen – ein Ratschlag, den jeder Mann in meiner Familie bereitwillig erteilt –, dann gab er an Sue weiter, damit ich von ihr das Rezept für Maisklößchen erfahren konnte. (»Ein Teil einfaches Mehl auf vier Teile Maismehl.«)

»Hat Andy je Annäherungsversuche bei dir gemacht?« fragte ich.

»Sicher hat er das«, sagte sie gedehnt. »Ich wäre beleidigt gewesen, wenn nicht, so wie er mit jeder erwachsenen Frau geflirtet hat. Es hat nichts bedeutet. Es war einfach seine Art von Höflichkeit. Wenn es Mahlon Davis gewesen wäre ...«

Es gab keinen Grund, das ausführlicher zu behandeln.

Sie sagte mir, daß noch ein kleines Stück gepökeltes Schweinefleisch in der Tiefkühltruhe sei, falls ich es für meine Suppe wollte, und legte auf, ohne mir auch nur einen Rat zu geben. Und doch waren es paradoxerweise ihre Worte, die mich verwirrten. Nichts versetzt einen schneller in die Kindheit zurück als die unerwartete Einsicht, wie Dinge – Beziehungen – wirklich waren, als man im Paradies lebte, ein Kind blind gegen die Schlange.

* * *

Während die Muscheln auf der niedrigsten Herdflamme köchelten, trug ich die Schalen und Abfälle zum Ufer. Der frische Panzer einer Unechten Karettschildkröte schwamm in dem seichten Wasser. Irgend jemand in der Nähe genoß vermutlich gerade ein heißes Schildkrötenessen – heiß in mehr als einem Sinn, da es sich um eine geschützte Spezies handelte.

Es dämmerte bereits, aber immer noch kamen Möwen kreischend herüber, schubsten und stießen sich gegenseitig zur Seite, um als erste dort zu sein, wo es etwas gab.

Pelikane flogen auf ihrem Weg zum Nachtlager vorbei, den Möwen gegenüber ebenso gleichgültig wie die Schnepfenvögel weiter unten im Sand.

Wie ihre menschlichen Gegenparts hatten sie alle ihre Tagesordnung für das Wasser. Netzfischer, Zangenfischer, Dregger oder Schleppfischer – laut Barbara

Jean war die Allianz, die Andy Bynum ins Leben gerufen hatte, weniger eine gemeinsame Anstrengung als vielmehr der eigennützige Versuch, die persönliche Nische zu behalten, die jede Gruppe als geburtsrechtlich verbrieft ansah.

Draußen im Kanal steuerte ein teures, neues Sportboot auf die Beaufort Marina zu, und seine Positionslichter glänzten tiefrot und -grün in der zunehmenden Dämmerung. Ein paar Augenblicke später brach sein Kielwasser gegen das Ufer, scheuchte Möwen auf und ließ die kleinen selbstgebauten Skiffs, die in der Nähe festgemacht waren, schaukeln.

Ich drehte mich um und sah Mahlons neuen Trawler. Mehr als halbfertig stand er draußen auf Holzblöcken und ließ das kleine Haus winzig erscheinen. Es war nichts Auffallendes daran, die Linien waren klar und solide, und die leere Kabine hob sich kräftig gegen das schwindende Licht des westlichen Himmels ab.

Und da war auch Mahlon selbst, eine hagere, drahtige Gestalt, die halb von dem Endpfosten seines Bootshauses verborgen wurde und bewegungslos in der Dämmerung stand, während er mich anstarrte. Als er merkte, daß ich ihn gesehen hatte, trat er vor. In der Hand hielt er eine Abdichtpistole, und seine Finger waren mit der gelben klebrigen Masse bedeckt.

»Du fütterst wohl immer noch gerne die Vögel?«

»Wie geht es, Mahlon?« fragte ich mit mehr Herzlichkeit, als ich wirklich empfand.

»Es geht. Kommt Carl runter?«

»Dieses Mal nicht.«

»Hab' dich schon lange nicht mehr hier gesehen. Bleibst du lang?«

»Nur bis zum Wochenende.«

Er mußte inzwischen über sechzig sein, und er hatte abgenommen, seit dieses Hemd und die Arbeitshose neu gewesen waren, aber seine dürren Unterarme waren immer noch muskulös, und er machte mich immer noch unbehaglich, genau das tat Mahlon. Er hatte sich mir gegenüber nur einmal danebenbenommen, und ich hatte nie gesehen, daß er seine Frau schlug oder Guthrie mehr als einen gelegentlichen Schlag auf die Kehrseite versetzte, aber ich wußte, welche Gewalt sein unbekümmertes, ruhiges Äußeres verbarg. Seine Mutter, Miss Nellie Em, schien die einzige zu sein, die ihm die Stirn bieten konnte.

Es gab Geschichten von ausschweifenden Trinkgelagen; Nachbarn, deren Netze absichtlich zerrissen oder deren Boote gerammt wurden; seine eigenen Boote hatte er durch leichtfertige Fahrlässigkeit zerstört. Und im Wasser vor seinem Haus konnte man immer noch die letzten rostigen Überreste eines Wagens sehen, der ihn Anfang der sechziger Jahre dermaßen geärgert hatte, daß er ihn, so weit er konnte, rausfuhr, dann mit seiner Stahlaxt attackierte und jedes Stückchen Glas zerschlug.

»Ich war so stinkig«, meinte Mahlon einfach, wenn ihn jemand danach fragte.

Männer erzählten diese Dinge meist mit humorvoller Begeisterung und der leisen Bewunderung, die ein Gesetzestreuer manchmal für einen Abtrünnigen hegt.

Die Frauen waren gewöhnlich weniger amüsiert.

Nehmen wir diesen Hochsommertag. Meine Kusinen und ich waren dreizehn oder vierzehn, wir tobten in der Bucht und genossen unsere sich entwickelnden Körper, als Mahlon Davis auf unsicheren Beinen an das Ufer stolperte und im Sand stehenblieb, um zuzusehen. Mehrere Minuten schwankte er in der warmen Brise und lachte, während wir plantschten und tauchten, um dann einige Meter weiter aus den Wellen wieder hervorzukommen.

»Meerjungfrauen!« bellte er plötzlich. »Hier ist euer König des Meeres!« Als nächstes watete er auf uns zu, in voller Montur, mit Lederschuhen und allem. Wir waren erstaunt, weil wir noch nie einen erwachsenen Inselbewohner im Wasser spielen gesehen hatten. Er machte einen tolpatschigen Satz auf Carlette zu, die älteste und hübscheste, aber sie wich ihm geschickt aus, und seine Füße rutschten ihm weg. Er saß bis zur Brust im Wasser, dann fiel sein Kopf zurück, und er lachte so sehr, daß wir die halbverfaulten Zähne und Zahnlücken sahen.

Gemeinsam tauchten wir und schwammen in tieferes Wasser, bis er schließlich wieder ans Ufer taumelte, die Flasche aufhob, die er im Sand hatte fallen lassen, und hinter der Ecke seines Hauses verschwand.

Später an diesem Abend war ich alleine die Möwen füttern gegangen und hörte ein unzusammenhängendes wütendes Geschrei aus seinem Haus. Mahlons Frau rief: »Nein, tu's nicht!« Dann flog die Tür auf, und eine weiße Katze knallte gegen die Seite des neuen Bootes, das Mahlon baute, und fiel zu Boden wie eine zerbrochene Flasche blutigen Champagners.

Entsetzt floh ich zum Häuschen zurück.

Aber wenn er nüchtern war, faszinierte mich seine Fertigkeit.

Er konnte vielleicht Brady Lewis, dem Urgroßvater von Mark Lewis und Makely Lawrence und einem unwidersprochen genialen Bootsbauer, das Wasser nicht reichen – er schuf den einzigartigen gewölbten Bug von Harkers Island –, aber Mahlon Davis war ein geschickter Handwerker.

Wenn er wollte.

Das Schlimme war, daß er die meiste Zeit nicht so zielstrebig arbeiten wollte.

Ich betrachtete den Kiel des Vierzig-Fuß-Trawlers, den er jetzt baute. Hunderte von Einzelteilen aus Lärchenholz, zwei Zoll breit, keins wie das andere gebogen, und doch lag jede Kante eng an die andere geschmiegt, mit der Oberseite an die inneren Pinienrippen genagelt und noch einmal durch die Kanten.

Mahlons Grundstück war zu klein, um Haus, Bootshaus und einem Boot von dieser Größe genügend Platz zu bieten und dann noch genug Raum zum Manövrieren zu haben. Also hatte er einige der verkümmerten Bäume auf dem Grundstück, das westlich von seinem lag, gefällt. Mickey Mantles Hühnerverschläge standen bereits da – jeder Käfig enthielt einen gereizt dreinblickenden Zwerghahn –, und jetzt reichte der Bug des Trawlers ungefähr drei Meter auf die Lichtung.

»Sie arbeiten noch spät«, beobachtete ich.

»Nur abdichten. Dafür brauch ich kein Tageslicht.« Er drehte sich mit der Abdichtpistole wieder um. Eine bloße Glühbirne mit niedriger Wattleistung hing an der Seite, an der er sorgfältig jeden Nagelkopf wasserundurchlässig abdichtete.

Ich folgte ihm, konnte der Verlockung nicht widerstehen, etwas so Schönes und Praktisches unter seinen rauhen Händen Form annehmen zu sehen. Keine Pläne hingen an der Rückwand des Schuppens, auch keine Fotos. Er brauchte keine Zeichnung, er hatte alles im Kopf. Wenn ich die Holzreste durchwühlen würde, könnte ich vielleicht ein Brett finden mit zwei daraufgekritzelten Zahlenreihen, eine für die Aufkimmung und die andere für den Mittelpunkt, jede Zahl bis auf den Millimeter genau, so daß sie exakt und zuverlässig fahren würde, solange sie in Schuß gehalten wurde.

»Für wen bauen Sie die?« fragte ich.

»Mich. Und meine Jungs.« Er spritzte die gelbe Abdichtmasse auf eine Reihe von Nagelköpfen und verwischte dann jeden Fleck mit seinen Fingern. »Ich höre, du bist jetzt Richter.«

»Ja.«

»Sag mir mal eins, wenn's geht. Jemand kommt und mag mein Zeug auf seinem Grundstück nicht. Kann man alles abholen lassen und mich dafür zahlen lassen?«

»Will das jemand?«

»Ja, irgendeine Ziege aus Beaufort, die dieses Feld gekauft hat.« Er nickte zu dem verwilderten, mit Schutt beladenen Feld. Sein Schutt. Hinter den Hühnerkäfigen stand ein kaputter Pickup voller Schrott, und das seit mindestens acht Jahren. Zwischen den struppigen Büschen türmten sich Baureste, Aluminiumverkleidung und alte Rohre und Fässer. Weiter hinten wuchs ein Yauponbaum aus einem ausrangierten Ofen.

»Sie sagt, wenn ich meinen Kram nicht weghole, bezahlt sie jemandem zweitausendfünfhundert Dollar und hetzt das Gesetz auf mich, wenn ich das nicht bezahle. Ich hab' keine zweitausendfünfhundert Dollar. Dieses Boot nimmt jeden Penny, und ich muß noch den Dieselmotor dafür holen. Andy wollte mir einen aus einem alten Truck von ihm geben, aber jetzt weiß ich nicht, ob seine Jungs das auch tun oder nich'.«

»Nun, sie kann Sie nicht wie einen Verbrecher ins Gefängnis schleppen lassen«, versicherte ich ihm. »Aber sie könnte ein Zivilverfahren gegen Sie anstrengen und ein Urteil erwirken.«

»Was würde das heißen?«

»Es könnte einen Zwangsverkauf Ihres Hauses bedeuten, wenn Sie nicht innerhalb einer bestimmten Frist bezahlen.«

»Ich wußte es!« rief er wütend. »Dahinter ist sie her. Sie hat bereits Anrecht auf zwei oder drei Grundstücke hier. Und wenn sie meins kriegt und vielleicht Carls ...«

»Carl und Sue würden nie verkaufen«, sagte ich.

»Es ist nicht seit hundert Jahren in der Familie«, sagte Mahlon kurz. »Wedel den Leuten mit genug Geld unter der Nase, und du weißt nicht mehr, was sie machen.« Er strich weitere Flecken glatt. »Ist aber auch egal. Mit diesem Boot werden meine Jungs und ich uns ein für allemal aus dem Loch holen.«

»Wie geht es Mickey Mantle?« Niemand von uns wußte je, ob man fragen sollte oder nicht, aber da Mahlon ihn als erster erwähnt hatte ...

Sein sonnengegerbtes Gesicht kräuselte sich zu einem Zahnlückengrinsen. »Läuft viel in letzter Zeit.«

»Aha?«

Wieder strich er eine Reihe von Nagelköpfen glatt. »Mhm. Hat seinen Führerschein wieder weg. Diesmal für ein Jahr. Wenn er nicht mit dem Boot oder per Anhalter wegkommt, muß er zu Fuß laufen.«

»Und Sie glauben, dadurch bleibt er mit seinen Gedanken eine Zeitlang beim Fischen?« lachte ich.

»Sollte zumindest«, antwortete er trocken. »Wenn ich sie nich' bis zur Krabbensaison fertig kriege, wird das Geld beide im Zaum halten.«

Ich zögerte. »Ich hoffe, Guthrie hat gestern keine Schwierigkeiten bekommen, weil ich ihn gebeten habe, mich zu den Muschelbänken rauszufahren?«

Mahlon blickte finster. »War nich' dein Fehler. Er weiß, daß er mein Skiff nich' ohne Fragen nehmen soll.«

»Das war schlimm, daß Andy Bynum erschossen wurde.«

»Mhm.« Er legte die Abdichtpistole zur Seite und begann, die gummiartige Paste von seinen Finger zu ziehen.

»Ich vermute, Sie gehören zu der Allianz, die er gegründet hat?«

»Teufel, nein!« Er sah meine Verwirrung. »Oh, sie haben versucht, uns alle reinzukriegen, aber ich gehe nie in kein so'n Verein und fange verdammt noch mal nich' mit was an, was sich 'n Dreck für mich interessiert.«

»Aber ich dachte, sie sollte den unabhängigen Fischern helfen.«

Er schnaubte. »Klar, das haben sie gesagt, aber ich habe noch nie gesehen, daß der Mann was macht und er nicht schließlich das Geld in der Tasche hat.«

Überrascht versuchte ich mich zu erinnern, ob ich Andy je bei Mahlons Bootsschuppen oder Mahlon bei Andys gesehen hatte. »Sie und Andy waren keine Freunde?« fragte ich.

»Er war der Mann«, sagte er, als erklärte das alles.

Nun, wenn Andy es war, tat es das wohl auch – Dieselmotor hin oder her.

Mahlon wickelte ein Stück Plastik um die Spitze der Pistole und machte es mit einem Gummiband fest. Dann drehte er die Glühbirne aus.

»Glaub', ich geh' besser rein, was essen«, sagte er und erinnerte mich damit an meine Suppe, die auf dem Herd kochte.

Es war jetzt ganz dunkel, aber es gab genügend vereinzelte Lichter aus den umliegenden Häusern, so daß ich die paar Meter vom Strand zu dem Hauptweg fand, nachdem sich meine Augen an das Licht gewöhnt hatten. Ich ging langsam und dachte über »den Mann« nach. Keine unbedingt logische Erklärung. Es gab diesen alten Minenarbeitersong von Ernie Ford, in dem es heißt, daß er seine Seele der Firma schuldet. Und Pächter wissen sicher, was es bedeutet, seine Schulden dem Mann gegenüber nie loszuwerden, der einem die Werkzeuge zur Verfügung gestellt hat, die man braucht, um für ihn zu arbeiten.

Andy Bynum hatte eine Fischfabrik besessen. Barbara Jean konnte mir vermutlich genau sagen, was ihn zu dem Mann gemacht hatte.

Als ich den Weg zum Häuschen hochging, klang der wahnsinnige Schrei eines Seetauchers durch die Bucht.

We are waiting by the river,
We are watching by the shore,
Only waiting for the boatman,
Soon he'll come to bear us o'er.
Though the mist hang o'er the river,
And its billows loudly roar,
Yet we hear the song of angels,
Wafted from the other shore.

Miss Mary P. Griffin

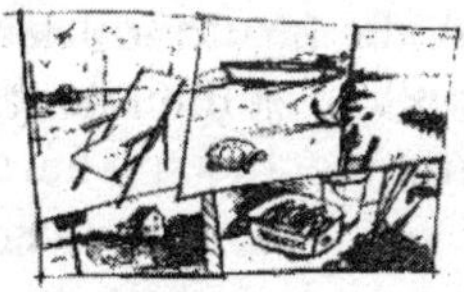

Die Gerichtssitzung am Dienstag ließ sich langsam an. Zuerst beendeten wir die Verkehrsvergehen und kamen dann zu verschiedenen Delikten (deren Angehörige ich vernahm) und zu einigen mit ausreichenden Verdachtsmomenten begründeten Kapitalverbrechen (die von der nächsthöheren Instanz verhandelt werden mußten).

Trotz Mahlons optimistischer Aussage war ich nicht sonderlich überrascht, als eine bekannte Gestalt auf der Anklagebank erschien und das Formular unterzeichnete, mit dem sie auf ihr Recht auf einen Anwalt verzichtete.

Mickey Mantle Davis.

Laut stellvertretendem Staatsanwalt wurde er beschuldigt, ein Fahrrad vom Deck der Rainmaker gestohlen zu haben, einer Vierzig-Fuß-Yacht aus Boston, die zur Zeit am Dock an der Front Street festgemacht hatte. Der Staat hoffte, genügend Beweismaterial zu finden, um ihn eines Kapitalverbrechens zu überführen.

»Wie bekennen Sie sich?« fragte ich.

Er stand mit einem glücklichen Lächeln auf, weil er mich gerade erkannt hatte. »Nicht schuldig, Euer Ehren, Ma'am.«

Rein technisch gesehen hätte ich mich auf der Stelle selbst wegen Befangenheit ablehnen können, aber Mickey Mantle Davis hätte bis zu einem Gericht in den Land- oder Gebirgsregionen gehen müssen, um einen Richter zu finden, der noch nichts von ihm gehört hatte. Seit er vierzehn war und mit Hilfe eines gestohlenen Führerscheins Bier gekauft hatte, hatte Guthries Vater Autos demoliert und Boote zerschlagen und jede zweite Chance zunichte gemacht, die ihm die Leute immer noch zu geben versuchen, weil er bei aller Faulheit doch ein liebenswerter Kerl ist. Er hatte eine Woche lang hart gearbeitet, dann zwei Wochen nur getrunken; Freitag stahl er dann deinen tragbaren Fernseher, Samstag brachte er dir Austern – das wandelnde Klischee des gutmütigen Tunichtguts, der es bisher geschafft hatte, wenn auch nicht dem Ärger, so doch wenigstens dem Gefängnis fernzubleiben.

Viel Glück für Mahlon, der ihn während der gesamten Shrimp-Saison auf dem Kutter halten wollte.

»Rufen Sie Ihren ersten Zeugen auf«, sagte ich dem Staatsanwalt.

Ein Polizist aus Beaufort trat in den Zeugenstand, und nachdem mein Protokollführer ihn vereidigt hatte, bezeugte er, wie der Dienstleiter eine Beschreibung sowohl des Rades als auch des Diebes per Funk durchgegeben hatte. Innerhalb der nächsten Stunde hatte er den Angeklagten auf einem solchen Fahrrad auf die Grayden-Paul-Zugbrücke zuradeln sehen, Richtung Morehead City. Nachdem er angehalten und befragt wurde, hatte Mr. Davis behauptet, er habe das Fahrrad am Straßenrand gefunden und wolle es nach Morehead City bringen, um eine Anzeige in der *Carteret County News-Times* aufzugeben.

»Keine weiteren Fragen«, sagte der Staatsanwalt trocken.

»Ich auch nicht«, sagte Mickey Mantle.

»Rufen Sie Claire Montgomery«, sagte der Staatsanwalt.

Auf der Bank hinter ihm saßen die drei aus dem Modekatalog, die ich am Tag zuvor beim Mittagessen bemerkt hatte. Claire Montgomery war offensichtlich die blonde Jugendliche mit dem Pferdeschwanz. Als sie mitsamt ihrer Handpuppe in den Zeugenstand trat, stellte ich überrascht fest, daß sie nicht, wie ich angenommen hatte, elf oder zwölf Jahre alt war, sondern mindestens neunzehn oder zwanzig. Ich war so sehr damit beschäftigt, im Kopf hin- und herzuschalten, daß der Protokollführer die Beeidigung beinahe vollendet hatte, bevor ich merkte, daß – genau gesagt – nicht Claire Montgomerys Hand auf der Bibel lag, die der Gerichtsdiener hielt. Statt dessen steckte ihre Hand in der Puppe, und diese führte sie so, daß die Puppe die rechte Hand hob und mit der linken die Bibel berührte. Obwohl sich die Lippen der jungen Frau bewegten, nehme ich an, es war die Stimme der Puppe, die schwor, die Wahrheit zu sagen, die ganze Wahrheit und nichts als die Wahrheit.

»Nennen Sie Ihren Namen und Ihre Adresse«, sagte der Staatsanwalt.

Die Puppe nickte mir höflich zu und schien zu sagen: »Unser Name ist Claire Montgomery, und wir wohnen in zweihundertsieben ...«

»Einen Moment bitte, Miss Montgomery«, unterbrach ich. »Dieses ist ein ernsthafter Gerichtssaal, keine Varietébühne. Ich muß Sie bitten, die Puppe wegzulegen.«

»Aber wir haben gesehen, wie er unser Fahrrad genommen hat«, protestierte die Puppe. Ihr langer blonder Pferdeschwanz wippte ungeduldig.

Das Mädchen sah nur die Puppe an, die Puppe sah nur mich an. Das Mädchen war so ruhig (abgesehen von ihren Lippen) und die Puppe so lebendig, daß ich einen Moment lang fast begonnen hätte, mit dem kleinen Plastikgesicht zu streiten – die Illusion war einfach so gut. Claire Montgomery war vielleicht keine Bauchrednerin, aber eine verdammt geschickte Puppenspielerin.

»Trotzdem steht hier ein Mann vor Gericht«, sagte ich streng.

»*Mich* stört keine Puppe nich'«, sagte Mickey Mantle Davis vom Tisch der Verteidigung.

Ich winkte den Staatsanwalt zu mir, der mit eingeübter Lässigkeit herankam. Als sein Kopf nahe genug war, flüsterte ich: »Bin ich die einzige, der es komisch vorkommt, daß eine Puppe eine Zeugenaussage macht? Was zum Teufel geht hier vor?«

Der stellvertretende Staatsanwalt, Hollis Whitbread, war ein Neffe von »Big Ed« Whitbread oben in Widdington, und er schien nicht mehr im Kopf zu haben als sein Onkel. Er zuckte die Schultern, fuchtelte mit den Händen, und murmelte: »In der ersten Reihe, das sind ihre Schwester und ihr Schwager.«

Ich sah hinüber. Mr. und Mrs. Docksider waren in Begleitung eines Mannes mit gepflegtem graumeliertem Bart in Jeans und blauem Blazer.

»Sie sagt, das Mädchen hat eine Art Kindheitstrauma durchgemacht, und seitdem spricht sie nur noch durch die Puppe zu Fremden. Wenn Sie die Puppe wegnehmen, wird sie einfach verstummen, und da sie die einzige ist, die gesehen hat, wie Davis das Fahrrad genommen hat ...«

Ich seufzte. »Die Puppe spricht, oder ihn trifft's nicht?«

»Sie haben's erkannt, Frau Richterin.«

Die Puppe war eine perfekte Zeugin, respektvoll, charmant, beredt, mit einem Auge für Details. Ich habe vor Gericht erlebt, daß mißbrauchte Kinder Puppen benutzen, um zu beschreiben, was ihnen angetan wurde. Dies war das erste Mal, daß ich hörte, wie eine Puppe ihre Aussage alleine machte. Um Barbara Jeans Ausdruck zu benutzen: es war einfach goldig. Und der gesamte Gerichtssaal, einschließlich Mickey Mantle, lauschte jedem Wort, als die Puppe beschrieb, wie sie in Claire Montgomerys Koje auf der *Rainmaker* geruht hatten, während ihr kleiner Neffe in der Koje darunter schlief. Sie waren allein auf dem Boot. Ihre Schwester Catherine Llewellyn und die anderen waren an Land gegangen.

Das Fahrrad, ein zweihundert Dollar teures Teil, stand in einem dafür vorgesehenen Schrank auf dem Steuerborddeck direkt unterhalb von Miss Montgomerys Fenster, das mit einem Gazevorhang versehen war, und sie hatte einen ausgezeichneten Blick, als ein Mann an Bord kroch, das Schloß mit seinem Taschenmesser aufbrach und das Fahrrad stahl.

»Sehen Sie den Mann, der das Fahrrad gestohlen hat, im Gerichtssaal?« fragte der Staatsanwalt dramatisch.

Ohne zu zögern zeigte die Puppe auf Mickey Mantle Davis.

»Keine weiteren Fragen«, sagte Hollis Whitbread.

»Mr. Davis, Sie sind nicht verpflichtet ...«

Mickey Mantle grinste von einem Ohr zum anderen. »Oh, ich *möchte* aber, Frau Richterin.«

Darauf konnte ich wetten.

Mit offensichtlich großer Freude versuchte der reumütige Schurke, die Puppe einzuschüchtern, damit sie zugab, jemand anderen gesehen zu haben und nicht ihn.

Die Puppe schwang ihren Pferdeschwanz und weigerte sich, klein beizugeben.

Nach dem zweiten »Hab' ich wohl«, »Hast du nicht« hatte ich genug gehört.

Moderne Statuten haben die allgemeine juristische Definition von Diebstahl dahingehend erweitert, daß Boote als Behausung zu betrachten sind. Indem er bewies, daß Davis die *Rainmaker* unbefugt aufgesucht, dann den Schrank aufgebrochen und »betreten« hatte, hoffte Whitbread, aus einem niederen Vergehen einen Einbruchdiebstahl zu gestalten und Mickey Mantle eine gehörige Zeit aus dem Verkehr zu ziehen.

»Tut mir leid, Mr. Whitbread«, mußte ich entgegnen, »aber ich sehe keine ausreichenden Beweise, diesen Fall an die nächsthöhere Instanz zu übergeben. Selbst mit einem glaubwürdigen Zeugen befinden Sie sich auf wackligem Boden mit nur einem Fahrradschrank als Beweisstück, und ich kann diese Zeugin nicht guten Gewissens akzeptieren. Ohne weitere Erhärtung steht das Wort von Davis gegen das des Polizisten, daß er auf dem Weg zur Zeitung war und nicht zu einem Pfandleiher. Klage abgewiesen.«

»Hey«, sagte Mickey Mantle. »Bekomme ich eine Belohnung, weil ich das Fahrrad gefunden habe?«

Claire Montgomery sah mich verächtlich an, unser erster direkter Augenkontakt. Dann verließ sie zusammen mit ihrer Familie den Gerichtssaal.

Meine Aufmerksamkeit wandte sich bereits dem nächsten Fall zu, als etwas, das ich nur am Rande gesehen hatte, in mir plötzlich eine Saite anschlug. Ich sah zu der Schwingtür. Zu spät. Die Besatzung der *Rainmaker* war verschwunden. Und warum sollte ihr Abgang plötzlich kaleidoskopische Bilder von New York heraufbeschwören?

»Zeile siebenundzwanzig auf der Tagesordnung, Euer Ehren. Fangen von Zugvögeln ohne gültige Erlaubnis«, sagte Hollis Whitbread, und widerwillig unterdrückte ich die Erinnerung an vier Zoll dicke Sandwiches mit geräuchertem Rindfleisch. Cappuccino an der Upper West Side. Columbias graue Steingebäude …

Was …?

»Der Staat ruft …«, leierte Hollis Whitbread, und ich holte meine Gedanken 500 Meilen zurück in diesen Gerichtssaal von Carteret County.

* * *

Während der Mittagspause (auf 45 Minuten beschränkt, um den gestrigen Tag wiedergutzumachen) ging ich durch die Hintertür des Gerichtsgebäudes und über einen groben Plankenweg zum Büro des Sheriffs, wobei ich Matsch und Bauschutt auswich. Die Steuerzahler von Carteret County bauten ihr neues Gefängnis nicht eine Minute zu früh, wenn dieses schlecht beleuchtete Gehege von winzigen eingeklemmten Büros den Zustand der alten Zellen reflektierte.

»Der Sheriff ist zum Essen«, sagte die grauhaarige uniformierte Beamtin vom Dienst, als ich erklärte, weshalb ich gekommen war. »Soll ich nachsehen, ob Detective Smith da ist?«

Ich nickte, und sie drückte einen Knopf auf ihrer altmodischen Telephonkonsole. »Hey Sweetie, Quig noch da? Richterin Knott ist hier, um ihre Aussage zu unterschreiben. Wegen Andy Bynum. Okey-dokey.«

Sie lächelte mich an. »Sie können rübergehen.«

»Rüber?«

Um ihrem ausgestreckten Finger zu folgen, drehte ich mich um und sah durch das Glas der Außentür einen Wohnwagen, der am Rand des matschigen Hofs geparkt war. Die Aluminiumtür öffnete sich, und Detective Quig Smith winkte mir einladend zu.

Smith war ungefähr 10 Zentimeter länger als meine einsiebenundsechzig. Mitte fünfzig. Wenn sich in diesem dichten Haarschopf graue Haare befanden, so wurde das durch das sonnengebleichte Blond verborgen. Seine Augen waren tiefblau, die Farbe abgetragener Levis. Und er schien zu den etwas gesprächigeren Down Easters zu gehören. Er begrüßte mich wie einen alten Freund, obwohl wir uns nur einmal in der Bucht bei Andy Bynums Leiche getroffen hatten.

Ich wurde in einen kleinen Raum geführt, der ihm vorübergehend als Büro diente, bis sie ihr neues Quartier beziehen konnten. »Obwohl nur Gott weiß, ob das passiert, bevor ich mich zur Ruhe setze.«

Ich murmelte höflich, daß er nicht alt genug aussähe, um sich zur Ruhe zu setzen, und das tat er wirklich nicht.

»Am fünften November sind es dreißig Jahre, und dann bin ich hier weg«, sagte er fröhlich, während er nach meiner Aussage suchte. »Ich werde der größte, gemeinste verdammte Moskito, der dem Staat North Carolina je um die Ohren gebrummt ist.«

»Oh?«

»Ja. Ich werde ein Vollzeitwachhund des Erlasses für sauberes Wasser. Ich habe meinen Computer bereits mit Namen und Adressen gefüttert von jedem gewählten Beamten dieses Wahlbezirks, von jedem, der in Kongreßausschüssen wichtig ist, und von jeder Zeitung des Staates, die eine Auflage von über fünftausend hat.«

Er nahm einen Stapel von Meeresumweltschutzmagazinen von seinem Tisch und legte ihn auf einen Haufen, der auf dem Boden neben seinem Aktenschrank ständig höher wurde.

»Jedesmal, wenn wir eine Verletzung von Bundesgesetzen finden, bekommen sie einen Brief mit Zeit, Datum, Ort und Art des Vergehens. Ich halte auch fest, wie sie antworten. Ein Neffe von mir besucht Computerkurse im Carteret Community College und schreibt mir mein eigenes Spezialprogramm. Wo hab' ich denn bloß …«

Es sah nach einer längeren Suche aus. Von dem einzigen halbleeren Stuhl entfernte ich einen Ausdruck mit dem Titel *North Carolina Fishery Products* und setzte mich hin.

»Sie sind wohl auch dafür, die Fischerei-Industrie zu beschränken«, sagte ich und fragte mich, wie er in diesem überquellenden Abfalleimer, der sich als Büro ausgab, überhaupt jemals etwas finden konnte.

»Nicht direkt.« Er öffnete eine Aktenmappe, blickte stirnrunzelnd auf den Inhalt und warf sie wieder auf den Stapel. »Fischer sind viel realistischer im Umgang mit Ressourcen als Landratten, und was sie aus dem Sund nehmen, erreicht nicht einmal annähernd das Ausmaß, was viel mehr Leute im Binnenland der Fischaufzucht in den Buchten antun, wo ein großer Teil des Meereslebens beginnt. Einige städtische Abwassersysteme sind so überholt, daß sie doppelt soviel ungeklärtes Wasser in die Flüsse leiten wie geklärtes. Dann sind da die Phosphatfabriken, die Pestizide und Dünger von den Farmen, der Abfluß von Parkplätzen, Makler schneiden Kanäle in die Feuchtgebiete, damit jeder Besitzer in jedem Erholungsort seinen eigenen Bootsanlegeplatz hat und ... ah! Da ist es.«

Er gab mir eine einseitige Aussage, die ich las und unterschrieb.

»Irgendwelche Fortschritte bei der Suche nach Andys Mörder?« fragte ich und nutzte das Privileg meiner Stellung, um seinen Umweltmonolog zu unterbrechen. »Oder weshalb er getötet wurde?«

Quig Smith schüttelte seinen Kopf. »Wir fragen natürlich weiter herum und versuchen herauszufinden, wer um Mittag außerdem noch draußen war.«

»Das ist der Zeitpunkt des Mordes?«

»Zwischen zwölf und eins, wie's aussieht, nach seinem Mageninhalt zu urteilen. Er hatte eine Coke und Kekse bei Cab um halb elf oder elf. Man sagt, er hat einmal telefoniert und auf die Uhr gesehen, bevor er ging. Wir vermuten, daß er gegen Mittag bei der Sandbank war, wenn er ohne Umweg von dem Laden gegangen ist. Jay Hadley sah ihn gegen halb eins. Danach ...« Er zuckte die Schultern.

»Das Dumme ist, es war Sonntag. Viele Fischer gehen in die Kirche, viele Sportler – Fremde – fahren durch den Kanal, die nie zuvor jemand gesehen hat. Und die meisten, die hier unten leben und ein Boot haben, haben ihren eigenen Pier, von dem aus sie kommen und gehen.«

»Und das Motiv?«

»Die wenigsten werden sechzig, ohne sich ein paar Feinde gemacht zu haben«, sagte Smith vage.

»Hatte es etwas mit seiner Fabrik zu tun oder mit der Allianz? Oder war es persönlich?« beharrte ich.

Smith strich über sein Kinn. »Wissen Sie, Frau Richterin, hier unten ist das Interesse am Leben eines Mannes eine ebenso persönliche Angelegenheit wie das Interesse an seiner Frau.«

»Und Sie haben nicht vor, mir auch nur eine verdammte Kleinigkeit zu erzählen, oder?«

Ich lächelte, um ihm zu zeigen, daß ich es nicht persönlich nahm, und er rieb sich weiter übers Kinn und sagte dann: »Wir haben jemanden mit einem Unterwasser-Metalldetektor kommen lassen, nachdem Sie und Jay Hadley gefahren waren.«

»Oh?«

»Nun, ich dachte daran, wie Sie gesagt haben, daß Sie und der junge Davis den Körper umgedreht haben, ohne ihn von der Stelle zu bewegen. Also haben wir angenommen, er ist direkt nach vorne gefallen, und ein bißchen nachgemessen und Winkel projiziert, und wir hatten Glück. Zusammen mit ein paar rostigen Nägeln und einem wirklich hübschen kleinen Anker haben wir eine neu aussehende Kugel gefunden. Wir haben sie nach Raleigh geschickt, um herauszufinden, was das SBI-Labor uns darüber sagen kann. Sah für mich wie eine 22er aus, was auch nicht viel hilft, weil das halbe Gebiet irgendwann eine 22er gekauft und die andere Hälfte ein oder zwei gestohlen hat.«

»Jay Hadley hatte eine 22er in ihrem Boot«, erinnerte ich ihn.

»Genau. Und jemand hat gesagt, daß er gesehen hat,

wie sie eine Waffe abgefeuert hat, während Sie da draußen waren.«

Nachdem sie einmal um Hilfe gefunkt hatte, hatten sicher viele Ferngläser die Gegend abgesucht. Deshalb überraschte es mich nicht zu hören, daß wir beobachtet worden waren. Und auch nicht, daß Smith etwas über den Zwischenfall erfahren wollte.

»Sie sagte, sie hätte einen Stechrochen gesehen.«

»Ah ja?«

»Ist vermutlich ein ebenso guter Grund wie jeder andere, wenn man Angst hat, daß irgendein eifriger Gesetzesmann feststellen könnte, daß man eine kürzlich abgefeuerte Waffe im Boot hat«, sagte ich gütig.

Er lachte. »Vielleicht sollte ich Sie auch als Moskito unter Vertrag nehmen.«

* * *

Am Nachmittag ging es vor Gericht um weitere Tierschutzverletzungen (die Jagdsaison für Schwäne war lange vorbei, und für Seetaucher hatte es seit 1919 keine mehr gegeben). Ungedeckte Schecks, geringe Drogenvergehen und ein obszöner Telefonanrufer beschäftigten uns bis zur Vertagung. In der Pause klopfte Chet Winberry an meine Tür, während ich einen Vorladungsbefehl für einen der Anwälte unterschrieb.

»Ich will nicht stören«, meinte er. »Linville hat uns auch zu ihrer Party eingeladen, und Barbara Jean sagt, wenn du nach dem Gericht zu uns kommen willst, um dich frischzumachen, könnten wir zusammen hingehen.«

Das war eine willkommene Einladung. Ich hatte am Morgen einen Kleidersack mit Abendgarderobe in meinen Wagen gelegt, und das würde mich davor bewahren, mich im Richterzimmer umziehen und dann herausfinden zu müssen, wo Linville Pope wohnte.

Chet verließ das Gericht früher als ich, aber er hatte mir eine Wegskizze gezeichnet und runterschicken lassen. Die Anweisungen waren einfach: Richtung Osten auf der Front Street, bis ich bei Lennox Point bald kein Land mehr unter den Füßen hatte, was weniger als zwei Meilen Luftlinie über den North River Channel von Harkers Island entfernt war.

Ich war auf Festen bei den Winberrys in North Raleigh gewesen, als er noch Staatsanwalt war und sie an den Wochenenden immer zwischen Beaufort hin- und herpendelte, aber hier unten besuchte ich sie zum ersten Mal.

Nachdem sie die Liveoak Street, eine Hauptarterie zurück zum Highway 70, passiert hat, windet sich die Front Street an Taylors Creek entlang, und zwar so dicht an Carrot Island, daß man die berühmten wilden Ponys in der spärlichen Vegetation grasen sehen kann. An der Stadtgrenze macht die Front Street eine scharfe Linkskurve und mündet in die Lennoxville Road direkt an der Beaufort Fishery, einer Ansammlung von blechverkleideten Gebäuden innerhalb eines Maschendrahtzauns. Davor lag ein großer Trawler, die *Coastal Mariner.* Ein Stück weiter unten, aber weniger als halb so groß, lag die Neville Fishery, die einzige andere Menhadenfabrik, die es an der Küste von North Carolina noch gab. Der dort vor Anker liegende Trawler war bedeutend kleiner. Und auch rostiger.

Ich fuhr langsam und genoß die Aussicht, die sich zwischen alten, mit Moos bedeckten immergrünen Eichen auftat. Als Kind hatte ich oft Bartflechtenartige Tillandsie von der Küste mit nach Hause genommen und auf unsere eigenen Bäume drapiert, aber unsere Binnenlandluft ist zu trocken und hat sie nie den Winter überstehen lassen. Zu meiner Linken flammten Azaleen um die Fundamente großzügiger Häuser, die etwas von der Straße abgewandt lagen. Zu meiner Rechten zeichnete sich Carrot Island scharf gegen die Aprilsonne ab. Ich drehte meine Fenster herunter, damit ich die kühle Salzluft genießen konnte.

Schließlich passierte ich eine Markierung auf Chets Karte und begann Briefkästen zu zählen, bis ich zu dem kam, der zu einer leicht zu übersehenden Einfahrt gehörte, die sich durch Stechpalmen, Myrten und Zwergkiefern wand. Nachdem ich diesen grünen Wall einmal überwunden hatte, sah ich ein schönes niedriges weißes Steinhaus, das bescheiden in seinem eigenen Hain aus immergrünen Eichen lag. Beete mit roten, rosa und weißen Azaleen, zwischen die Tulpen und weißer Leberbalsam gepflanzt waren, wanden sich extravagant über das Grundstück. Alles in allem war es, abgesehen von dem Pier und dem Wasser dahinter, kaum anders als ihr Haus in North Raleigh.

Barbara Jean empfing mich an der Tür, noch in Jeans und Sweatshirt und mit einem vertrauten Geruch nach Fisch in ihrem Haar. Sie gab mir einen Bourbon mit Pepsi light, so wie ich es mag, und bestand darauf, meinen Kleidersack zu tragen. Wir gingen direkt durch einen breiten Flur in ein zusätzliches Schlafzimmer. Barbara Jean sprach die ganze Zeit.

»Hast du mit Quig Smith gesprochen? Sind sie mit der Suche nach Andys Mörder weitergekommen?«

»Nicht daß ich wüßte«, sagte ich. »Er wurde mit einer 22er getötet, und Smith sagt, jeder hier hat eine.«

»Wir nicht«, rief Chet von der Tür ihres Schlafzimmers aus. »Nicht mehr.« Er deutete auf einen leeren Waffenschrank am anderen Ende des Fensters. »Jemand hat letzte Woche das Schloß aufgebrochen und alle vier Gewehre gestohlen, einschließlich der 22er, die mein Vater mir gab, als ich zwölf war.«

»Wir müssen das noch der Versicherung melden, Liebster«, sagte Barbara Jean, während sie meine Tasche auf eine gesteppte Tagesdecke legte, die ein leuchtendes Narzissenmuster trug. »Du solltest die Nacht hier verbringen, Deborah, anstatt nach Harkers Island zurückzufahren. Warum tust du es nicht? Dann mußt du dir keine Gedanken machen, wieviel du getrunken hast. Ich kann dir eine Zahnbürste und ein Nachthemd leihen. Kein Problem.«

»Wie lange dauern denn hier Cocktailpartys?« fragte ich neugierig.

»Zwischen zwei Stunden und zwei Tagen«, antwortete Chet.

Er hatte bereits geduscht und sich umgezogen und sah überaus gut aus in seinem blauen Blazer mit den grauen Hosen. Barbara Jean sagte es ihm, und er blickte sie lüstern an.

Barbara Jean war größer als ich, mit einem gut geschnittenen Gesicht, hübschen Beinen und einer Figur, die, auch wenn sie Arbeitssachen trug, durchaus einen zweiten Blick wert war.

Einen Moment lang erinnerten die beiden mich an meinen Bruder Seth und seine Frau Minnie. Es muß schön sein, wenn man Großmutter ist und immer noch einen Mann hat, der einen so ansieht.

Sie zeigte mir Handtücher und Fön und ging dann, um ein Bad zu nehmen. Chet folgte ihr. »Um zu helfen«, erklärte er.

Man konnte die Winberrys nicht unbedingt als reich bezeichnen – Chet hatte hauptsächlich für die Neville Fishery gearbeitet, bevor er für das Staatsamt nominiert wurde, und Barbara Jeans kleine Fischfutterfabrik brachte ihr heute vermutlich nicht viel mehr ein als Chets Gehalt. Ich denke, in ihrer Kindheit muß sie jedoch sehr profitabel gewesen sein, und Familieninvestitionen erlaubten ihr und Chet, ihre einzige Tochter in angenehmem Luxus aufzuziehen.

Dies war ihr Schlafzimmer gewesen, und die angrenzende Dusche hatte blaßgelbe Kacheln, von denen jede mit einer Frühlingsblume handbemalt war. Keine zwei waren gleich, so daß es länger dauerte, jede Kachel anzusehen, als meine Haare zu waschen und zu baden.

Fünf Minuten mit Handtüchern und Fön, dann schlüpfte ich in einen cremefarbenen Seidenoverall, der gut zu meinem Haar und meiner Haut paßte. Bodylotion, Make-up, Ketten aus Bergkristall und Perlen, um den strengen Ausschnitt des Blusenoberteils zu mildern, noch mehr Bergkristall für die Ohren und schließlich eine flache mexikanische Tasche, aus Türkis und Rot und Gold gewoben, um ein bißchen Farbe reinzubringen.

»Sehr hübsch«, sagte Chet anerkennend, aber es war klar, daß Barbara Jean ihm besser gefiel. Ihr kurzes dunkelblaues Kleid hatte lange hautenge Ärmel. Vorne hochgeschlossen, um eine Kette aus antiken Perlen zu betonen, enthüllte der tief ausgeschnittene Rücken ihre immer noch weiche und geschmeidige Haut.

Chet war groß, aber Barbara Jean auf ihren hohen Absätzen überragte seine Schultern, als sie den Weg zu ihrem Bootslandeplatz vorausgingen. Er zog sie dicht an sich, und ich hörte ihn murmeln: »Ist das das Parfüm, das ich dir letzte Woche gekauft habe?«

Als sie nickte, lächelte er mich an. »Die alte Dame sieht ganz schön gut aus dafür, daß sie heute eine halbe Million Fische gekocht hat, oder?«

»Hat sie das?« Während wir den Pier entlanggingen, versuchte ich, nicht mit einem Absatz in den Spalten zwischen den breiten, von Salzwasser verwitterten Planken hängenzubleiben.

»Nun, nicht in meiner Küche«, sagte sie trocken. »Aber ja, die *Washington Neville* hat heute ihren größten Fang der Saison eingebracht. Laßt uns hoffen, daß der Wind erst nach Linville Popes Party dreht. Der Geruch nach gekochten Menhaden riecht für die meisten von uns nach Arbeit und Lohn, aber für sie stinkt es. Sie würde unsere schwarzen Arbeiter lieber von der Wohlfahrt leben sehen oder als Handlanger für die weißen Touristen.«

»Schätzchen«, sagte Chet, als er uns in das Heck ihres schnittigen, kleinen Schnellbootes mit Innenbordmotor half. »Du hast versprochen, heute abend lieb zu sein.«

»Ich habe versprochen, Linville nicht ins Gesicht zu spucken«, grinste sie. »Von lieb sein war nicht die Rede.«

»Feuerwerk?« fragte ich hoffnungsvoll und beugte mich von meinem Sitz hinter ihnen vor. »Gläser schmeißen? Faustkämpfe? An den Haaren ziehen?«

»Nicht mit mir.« Barbara Jean parodierte jungfräuliche Tugendhaftigkeit. »Meine Fabrik liegt mitten in einem ausgesuchten Küstenbesitz, den Linville Pope für ihr Leben gern erschließen möchte, aber du wirst nicht hören, daß ich das Thema aufbringe.«

Chet startete den Motor mit gemäßigtem Dröhnen,

das zu einem leisen, teuren Surren abebbte, als wir sanft von dem Pier wegglitten. Die niedrigstehende Sonne warf goldene Strahlen wie Pfeile durch Bänder aus malvenfarbenen und blaugrauen Wolken. Der Wind war so sanft, daß er unsere Haare kaum zerzauste, und Chet hielt die Geschwindigkeit knapp über einem strammen Spaziergang, während wir die Landspitze umrundeten und Richtung Nordwesten fuhren.

»Also erzähl mir was über Linville Pope«, sagte ich. »Abgesehen von der Tatsache, daß du sie nicht leiden kannst, was muß ich noch wissen, damit ich nicht ins Fettnäpfchen trete?«

»Willst du die offizielle Version oder lieber die aus dem Dreck gewühlte?«

»Oh, unbedingt die gehässige Version.«

»Zugmüll aus Cherry Point«, sagte sie gleichmütig.

Chet, der hinter dem Steuer saß, lachte und zerzauste ihr mit einer Hand die blonden Locken. »Deb'rah hat gesagt, gehässig, nicht biestig.«

Sie lenkte ein. »Okay, vielleicht kein Zugmüll, aber ihr Vater war Berufssoldat – einige sagen Feldwebel, *sie* sagt Oberst –, und als er versetzt wurde, stand sie ein Jahr vor ihrem Abschluß am East Carolina, also blieb sie. Sie hatte damals bereits Midge Pope in ihren Fängen. Er erbte ein heruntergekommenes altes Motel am Atlantic Beach, und nachdem sie geheiratet hatten, erwarb sie eine Maklerlizenz und benutzte das Motel, um auf Ritchie House Druck auszuüben. Inzwischen arbeiten ungefähr sechs Agenten für sie, und Pope Properties kümmert sich um einige der teuersten Grundstücke der Gegend.«

»Ich bin beeindruckt. Ritchie House muß eine Genehmigung zum Gelddrucken haben.«

»Ja, Chet hat versucht, den alten Mr. Janson davon

abzubringen, so billig zu verkaufen, aber sie hat ihn ausgestochen.«

Sie sah Chet an. »Was noch?«

»Gelenke an den Absätzen?« schlug er vor, während eine Reihe brauner Pelikane unseren Bug kreuzte.

»Oh Gott, ja! Ein Mann muß sie nur berühren, und schon liegt sie flach. Eins muß man ihr jedoch zugute halten. Zumindest ist sie nicht so dumm, ihren eigenen Pier zu versauen.«

»Das bedeutet, daß sie sich nicht mit Männern von hier einläßt«, übersetzte Chet. Er seufzte übertrieben. »Gott weiß, ich habe oft genug versucht, sie umzustimmen.«

Wir lachten.

»Und wo ist ihr Mann?«

»Midge? In der Nähe von Asheville, um trocken zu werden, war das letzte, was ich gehört habe. Sie ist im Moment hinter einem Juden her. Einem Anwalt aus Boston, nicht, Liebster?«

Chet fing meinen Blick auf und Barbara Jean seinen.

Sie drehte sich in ihrem Sitz um. »Deborah weiß, daß ich das nicht böse meine, nicht wahr, Deborah? Wenn Midge Pope sich nicht darum kümmert, wer oder was seine Frau bumst, warum sollte ich? Aber dieser Neue *ist* jüdisch, und er *ist* aus Boston. Was ist also verkehrt daran, es zu sagen?«

»Solange einige deiner besten Freunde schwarz sind«, sagte ich ironisch.

Ich glaube, sie hat es nicht verstanden, weil sie begann, über jemanden namens Shirl Kushner zu reden.

Trotzdem war es schön, so an der Küste entlangzugleiten. Das Schlagen des Wassers gegen unseren Rumpf, das Flattern der Flagge im Heck und das Schreien der Möwen zeigte die Unterschiede überdeutlich auf, aber einen Moment lang erinnerte es mich an eine Zugfahrt, bei der man Hinterhöfe und kleine Gassen durchschneidet, die dem Blick normalerweise verborgen bleiben. Wären wir über die Straße durch diesen selben Landstrich gefahren, hätten wir nur die öffentliche Fassade, maskiert von immergrünen Eichen und Stechpalmen gesehen, nicht diese ausladenden Terrassen, üppigen Blumengärten und massiven Landeplätze, an denen immer irgendeine Art von Wasserfahrzeug festgemacht war.

Aus irgendeinem Grund hatte ich immer angenommen, Linville Pope lebte drüben in Morehead. Statt dessen schien es, daß wir kaum auf dem Wasser gewesen waren, bis Chet an einem langen Privatpier mit einem weißen Plankengeländer anlegte. Andere Boote waren vor uns da und viele Hände streckten sich aus, um die Leine zu fassen, die Chet warf, und uns an Land zu helfen, als das Boot festgemacht war.

Noch mehr Menschen befanden sich auf der breiten, gefliesten Terrasse, die am Ende des Plankenwegs begann. Jeder begrüßte Chet und Barbara Jean, und Namen und Gesichter verschwammen, während meine Freunde Vorstellungen herunterrasselten.

Eine ältere weißhaarige Dame – »Miss Louisa Ferncliff, dies ist Richterin Knott« – griff dramatisch nach meinem Arm. »Meine Liebe, wie um alles in der Welt konnten Sie im Gericht sitzen, nach diesem schrecklichen, schrecklichen Erlebnis?«

Es klang bei ihr, als hätte ich wider den guten Geschmack gehandelt, weil mir nicht schlecht geworden war, als ich Andy Bynums Leiche gefunden hatte. Ich lächelte vage und trottete hinter Barbara Jean her.

Zwei schwarze Männer in weißen Jacken reichten Tabletts mit Weißwein herum oder nahmen Getränkebestellungen entgegen. Der ältere sprach herzlich mit Barbara Jean. Sie schien ebenfalls wirklich erfreut, ihn zu sehen.

»Deborah, dies ist Micah Smith«, sagte sie. »Er war Seemann, als mein Daddy das hier übernahm. Half, die Netze zu ziehen, bevor alles hydraulisch geregelt wurde, dann hat er beim Kochen geholfen, bis er sich letztes Jahr zurückzog. Er sagte, er würde den Rest seines Lebens auf einem Pier sitzen und fischen.«

»Schön, Sie kennenzulernen, Ma'am«, sagte er zu mir. »Und ich habe herausgefunden, daß jeden Tag fischen keinen Spaß mehr macht, wenn man jeden Tag fischen *kann.* Jetzt helfe ich Miz Pope, wenn sie Partys gibt. Und was kann ich den beiden hübschen Damen heute abend bringen?«

Ich entschied mich für eine Bloody Mary, weil ich außer einem English Muffin zum Frühstück und einem Hörnchen mit Joghurteis zu Mittag noch nichts gegessen hatte. Barbara Jean wollte eine Margarita. »Und wo ist unsere Gastgeberin, Micah? Richterin Knott hat sie noch nicht kennengelernt.«

Er deutete auf eine Verandatür, die ins Haus führte. »Sie ist da drin.«

»Komm, Deborah. Wir werden lieb sein, und dann werde ich dich einem der reichsten und erstklassigsten Junggesellen hier vorstellen. Willst du dir was angeln? Du solltest dir einige dieser Millionen-Dollar-Boote aus der Nähe ansehen.«

Ohne auf eine Antwort zu warten, zog sie mich durch die Menge und lachte nur, als ich murmelte: »Wenn das nur ein paar Freunde auf einen Drink sind, was ist dann eine richtige Party?«

* * *

Einen Drink in der Hand, stand Linville Pope mit Blickrichtung zu uns, als wir das lange Wohnzimmer betraten, aber ihre Aufmerksamkeit schien sich vollkommen auf den Mann zu konzentrieren, mit dem sie sprach. Ich erinnerte mich, wie ruhig sie gestern in dem Restaurant dagesessen hatte, als dieser wütende Schreihals sie anbrüllte. Eine ungewöhnliche Begabung, diese Fähigkeit, eine Aura der Ruhe und Stille um ihren schmalen Körper zu bilden.

»Wie schön, daß Sie kommen konnten«, meinte sie, als Barbara Jean uns bekannt gemacht hatte. »Als wir Sonntag abend telefonierten, wußte ich nicht, daß Sie in Andy Bynums Tod verwickelt waren. Wie schrecklich für Sie.«

Ich hörte kaum zu, weil ihr Gesprächspartner sich umdrehte und es derselbe Mann war, der heute morgen im Gerichtssaal neben den Llewellyns gesessen hatte, dem Paar, das mit der Puppenspielerin verwandt war. Nicht viel größer als ich, hatte er kurzes drahtiges Haar, das, ebenso wie sein gepflegt gestutzter Bart, grau durchsetzt war.

Ich hatte plötzlich das Gefühl, als hätte man mir einen Schlag versetzt, als Linville Pope vorstellte: »Und das ist Levi Schuster. Ich glaube, Sie beide kennen sich?«

Lev lächelte und sagte: »Hallo, Red. Und – bekomme ich keinen Kuß wegen der guten alten Zeiten?«

Jesus calls o'er the tumult
Of our life's wild, restless seas …
In our joys and in our sorrows,
Days of toil and hours of ease.

Mrs. Cecil F. Alexander

»Red?« fragte Barbara Jean. »Aber sie ist doch blond.« Kritisch betrachtete sie mein Haar. »Zumindest irgendwie. Sandfarben. Weshalb also Red?«
Man hätte schon ausgesprochen dämlich sein müssen, um die Wellen nicht zu spüren, die zwischen uns aufwogten, und Barbara Jean ist alles andere als dämlich.

Ihre Frage gab mir die Zeit, wieder so weit zu Atem zu kommen, daß meine Stimme ruhig klang – ich *denke*, sie klang ruhig –, bevor ich seine ausgestreckte Hand ergriff und sagte: »Hallo, Lev.«

»Es ist die Abkürzung von Redneck«, erzählte Lev Barbara Jean. Meine Hand verschwand in seiner. Ich hatte vergessen, wie groß seine Hände waren. Er war nur eindreiviertel Zoll größer als ich, aber seine Hände waren beinahe doppelt so groß wie meine. Hände, die mich aufgehoben hatten, als ich auf diesen eisigen Stufen ausgeglitten war, Hände, die mich später auf ihn hinuntergezogen hatten, Hände, die mich geführt hatten …

»Genug davon jetzt!« warnte der Prediger.

Abrupt zog ich meine Hand zurück.

»Redneck?« Linville Pope wollte offensichtlich amüsant unterhalten werden. »Ich bin sicher, das ist eine schöne Geschichte.«

»Sie war die einzige in meinem Ethikkurs«, erklärte er.

»Lev war Assistent, als ich an der juristischen Fakultät an der Columbia studierte«, sagte ich. »Und Redneck war nicht die einzige Kategorie, in die ich paßte.« Ich hatte mich jetzt wieder unter Kontrolle und war bereit, die anderen schlagfertig zu unterhalten. »Ich weiß nicht mehr, um welches Thema es ging – Demographie vielleicht oder das Abkapseln urbaner Religionsgemeinschaften –, auf jeden Fall war es eine dieser großen Vorlesungen, als Lev für den Professor einsprang. Er bat alle Juden, die Hand zu heben, und zwei Drittel reagierten. Dann bat er alle Katholiken, und ein weiteres Drittel der Hände ging in die Höhe. Dann fragte er nach den Protestanten, und vier zeigten auf: ich, ein Schwarzer und zwei Asiaten, was bedeutete, daß ich auch die einzige weiße Protestantin war.«

»Und da ich noch nicht besonders viele weiße Protestanten aus der Nähe gesehen hatte, habe ich sie nach der Veranstaltung dabehalten«, sagte Lev und verdrehte die Wahrheit wie eine von seiner Tante Ida hausgemachte Brezel. »Und da ist sie jetzt, eine Richterin.«

»Und da bist *du*, ein – was bist du jetzt, Lev?«

»Ein potentieller Investor in ein sehr schönes Projekt, das ich gerade zusammenstelle«, sagte Linville Pope sanft.

»Wenn wir uns in den Einzelheiten einig werden«, stimmte er zu und sah mich mit halb geneigtem Kopf an.

»Aber nicht heute abend«, meinte Linville Pope.

»Nicht jetzt, da Sie eine alte ... Studentin wiedergefunden haben?«

Sie mußte ihn gut kennen, dachte ich, um diesen Unterton in seiner Stimme aufzufangen. Entweder das, oder sie hatte eine natürliche Begabung zu spüren, wann sie den Haken auswerfen und wann sie die Leine nachlassen sollte, denn sie zog sich ohne ein Anzeichen der Frustration zurück, falls sie gehofft hatte, heute abend mit ihm über Geld reden zu können.

Wenn es um Geld ging.

(Wenn es ums Reden ging.)

Statt dessen tätschelte Linville anmutig Barbara Jeans Arm, als diese nach mehr Details aus unseren Studententagen in New York bohrte. »Wenn Sie beide meinen Begleiter mit Beschlag belegen, werde ich einfach Chet suchen und ihm ein Angebot machen, das er nicht ablehnen kann.«

»Das wird nicht schwer sein«, lachte eine kräftige Brünette, die offensichtlich eine alte Freundin der Winberrys war und die auf das Ende unserer Unterhaltung gewartet hatte. »Komm, meine Liebe, wir wollen ihn uns schnappen, während Barbara Jean uns den Rücken zudreht.«

Wenn Linville Pope nur halb so feinsinnig und überlegt war, wie sie mir erschien, konnte ich mir nicht vorstellen, daß sie sich einen Mann schnappte. Nicht mal im Spaß. Trotzdem ging sie mit der Brünetten davon.

Während sie in der Menge verschwanden, beanspruchte ein ehemaliges Mitglied der gesetzgebenden Körperschaft aus Goldsboro, der meine Mutter gekannt hatte, sofort meine Aufmerksamkeit, und ich ließ mich von einem dieser kleinen Bewegungsstrudel mitreißen, die alle großen Partys durchwirbeln.

Offensichtlich hatte ich den Drang, zwischen mir und Lev Schuster Abstand zu schaffen, noch nicht überwunden.

Der luftige Raum, den wir passierten, führte in einen vom Haupthaus abgelegenen Flügel und hatte gegenüberliegende Fenster und Verandatüren auf den beiden langen Seiten. Die Möbel waren zwanglos zusammengestellt und reflektierten die Nähe zum Meer. Seelandschaften, in verblichenes Treibholz gerahmt, hingen an den blaßgrauen Wänden, der tieftürkisfarbene Teppich war vermutlich nach Maß in Burlington gewebt worden, die weißen Korbstühle und Sofas waren geräumige Originale aus der Zeit der Jahrhundertwende mit modernen Kissen aus blauem und seegrünem Segeltuch. Die transparenten Glasfüße der Tischlampen waren mit Muscheln gefüllt, und eine Sammlung alter Eisenwerkzeuge hing über dem grauen Steinkamin. Ich erkannte eine Axt und einen Holzhammer, die man zum Bootsbauen braucht, eine Säge, Zwingen, einen Bohrer mit Einsatz, sogar ein altes Spaltmesser, dazu noch einige Werkzeuge, die ich nicht identifizieren konnte.

Am gegenüberliegenden Ende stand auf Glasregalen eine erstaunliche Sammlung von Lockvögeln, von einer rotköpfigen Ente, die aus Holz geschnitzt war, bis zu einem alten Schwan mit hölzernem Kopf und einem bemalten Körper aus Segeltuch und Draht, der in einem Museum hätte stehen sollen, war alles vertreten.

(»Wie schmeckt geschmorter Schwan?« hatte ich Andy Bynum einmal gefragt.

»Nun, ich persönlich mag ihn nicht so gern wie geschmorten Seetaucher«, hatte er allen Ernstes geantwortet.)

Der ältere Politiker murmelte freundlich, er habe

meine Mutter und meine Tante Zell gekannt, als sie gegen Ende des Zweiten Weltkrieges auf dem Seymour Johnson Air Field gearbeitet hatten. Er beteuerte immer wieder, er könne es gar nicht fassen, »wie ähnlich Sie doch der kleinen Susan Stephenson sind.«

Normalerweise hätte ich jeder Silbe gespannt gelauscht. Meine Mutter starb, als ich achtzehn war, und obwohl sie mir die meisten ihrer Geheimnisse erzählt hatte, wußte ich, daß es Dinge aus den Seymour-Johnson-Tagen gab, die ungesagt blieben. Und doch konnte ich mich nicht auf seine Worte konzentrieren.

»Darf ich Sie besuchen, damit wir uns etwas ungezwungener unterhalten können?« fragte ich durch das dumpfe Dröhnen so vieler gleichzeitiger Unterhaltungen.

»Natürlich, meine Liebe. Warten Sie nur nicht zu lange. Ich bin dreiundachtzig«, warnte er.

Wir tauschten Visitenkarten aus, als Micah Smith mit meiner Bloody Mary herankam. »Ich habe Sie für ein paar Minuten aus den Augen verloren«, sagte er, um sich für die Verspätung zu entschuldigen.

»Kein Problem.« Dankbar nahm ich einen Schluck und ging auf die offene Verandatür an der zum Meer gewandten Seite des Raumes zu. Ich hörte nur halb zu, als die Gesprächswellen im Vorbeigehen meine Ohren überfluteten.

»... 'türlich hat mein Vater immer gesagt, daß ein Kammuschelsucher nichts anderes ist als ein Fischer, der seinen Verstand verloren hat.«

»... angenommen 70 Prozent Auslastung, das ist immer noch mehr als sechzig Millionen Dollar allein hier in Carteret County, und wenn man allein die Motels dazurechnet von hier bis Dare ...«

»Na gut, aber dann soll der sogenannte ›private Sektor‹ privat bleiben, anstatt den Profit abzugraben und die wirklichen Kosten stromabwärts den Steuerzahlern zuzuschieben.«

»Die Menschen in diesem Staat haben eine Verpflichtung – die Pflicht, verdammt! –, eine Vision zu entwickeln, was aus diesem Gebiet werden soll.«

»... aber ich verstehe nicht, weshalb der gesamte Taylor's Creek eine Schiffsschraubenfreie Zone werden soll. Weshalb sollten Wasserskiläufer *nicht* das Recht haben, zu laufen, wo sie wollen. Einer meiner Kunden ...«

»Oh, sie werden *sagen*, ein Menhaden ist die Sojabohne des Meeres, aber versuch mal, um dieselben Subventionen zu bitten, die diese Heulsusen von Farmern bekommen, und sieh zu, ob ...«

»... eine Sache, für deine Wähler einzutreten, aber wenn Basnight die Legislatur ins Spiel bringt, wenn ...«

»Ja, aber wenn die Marine Fisheries nur die Macht einsetzen würden, die sie bereits haben ...«

Ich trat zurück, um zwei Handelskammertypen vorbeizulassen (grüne Blazer, karierte Hosen), und landete zwischen einer engagierten jungen Sozialwissenschaftlerin und dem Besitzer eines Geschäftes für Fischereiausrüstung.

»Kommerzieller Fischfang hatte seine Zeit«, sagte der Geschäftsmann. »Carteret County erzielt hundertmal mehr Geld aus dem Tourismus als ...«

»Nur weil die Umweltverschmutzung im Norden die Meeresbuchten tötet und die Freizeitindustrie traditionelle Seeleute vom Wasser vertreibt«, unterbrach die Soziologin. »Wenn Sie ein schwarzer oder weißer Arbeiter ohne vernünftige Ausbildung sind, besteht ihr einziges Stück vom Kuchen Tourismus darin, Motelzimmer zu putzen oder an der örtlichen Seven-Eleven-Tankstelle für Niedrigstlohn zu arbeiten. Wir brauchen bessere Jobs für Arbeiter, wenn wir jemals ...«

Sie machte eine Pause, um sich ein Glas Weißwein von einem vorbeigereichten Tablett zu schnappen, und der Geschäftsbesitzer nutzte die Chance. »Hören Sie, wenn die unbedingt arbeiten wollen, wie kommt es dann, daß die Krabbenfabriken Mexikaner anheuern müssen, um das Krabbenfleisch zu pulen?«

»Denken Sie nicht, daß es daran liegt, weil Mexikaner wie Sklaven unter sklavenähnlichen Bedingungen arbeiten?« fragte gedehnt ein großer weißhaariger Mann, der aussah, als käme er gerade von einer Plantagenveranda.

Soviel zu Stereotypen.

Ich schob mich vorbei auf die Terrasse, auf der weniger los war. Die Luft war kühler, aber durchsetzt mit Zigarettenrauch und noch etwas anderem.

»Uh-oh, der Wind dreht«, sagte jemand, als der vertraute Geruch von gekochtem Fisch über die Parkanlagen zog.

Es war kein unangenehmer Duft, aber ich mußte zugeben, daß es Linville Popes Cocktailparty einiges von der idyllischen Atmosphäre nahm.

Ich hatte die Llewellyns, Mr. und Mrs. Docksider, noch nicht gesehen, aber unten am Wasser saß Claire Montgomery im Gras wie Alice im Wunderland, den weiten Rock ihres blauen Kleides um sich ausgebreitet. Aus der Entfernung sah es aus, als trüge die Puppe auch ein blaues Kleid, und sie schien eine angeregte Unterhaltung mit einem der jüngeren männlichen Gäste zu führen.

Über die Terrasse klang heiseres Lachen aus dem

Kreis um den Wildschützer, der heute nachmittag in meinem Gerichtssaal eine Zeugenaussage gemacht hatte. Ich erkannte ein paar Anwälte und einen der Staatsanwälte, aber als ich mir den Weg hinüberbahnen wollte, wurde ich von einem Mann aufgehalten, der mich freundlich anlächelte. »Frau Richterin.«

»Guten Abend, Mr. – hm –«

»Hudpeth«, erinnerte er mich. »Willis Hudpeth. Und das ist mein Bruder Telford.«

Die Familienähnlichkeit war nicht zu übersehen. Beide Männer schienen Ende Dreißig, Anfang Vierzig zu sein. Dunkelbraune Haare und die gebräunten Gesichter von Männern, die im Freien arbeiten. Recht gutaussehende Gesichter, wenn man genauer hinsah. (Kann nie schaden.)

Telford Hudpeths Händedruck war angenehm fest, als sein Bruder sagte: »Diese ungedeckten Schecks – der Kerl aus Kinston, der zwei Angelruten kaufte und dann am nächsten Tag wiederkam und mir einen weiteren Schüttelscheck für eine 60-Dollar-Rolle gab. Richterin Knott hat diese Sache heute verhandelt und mir ein wenig Gerechtigkeit verschafft.«

Jetzt konnte ich mich erinnern. Hudpeth besaß einen Fischereipier am Atlantic Beach.

»Ich denke, es ist schwer, sich an jeden Fall zu erinnern«, sagte Willis Hudpeth.

»Nein, ich erinnere mich an Ihren. Ich habe das Urteil für den Angeklagten aufgeschoben, abhängig davon, ob er einen Rückzahlungsplan mit Ihnen ausarbeitet und eine Strafe zahlt. Sie müssen in der Saison eine Menge solcher Kunden haben.«

»Nicht so viele, wie Sie vielleicht denken. Die meisten Sportler sind ziemlich ehrlich.«

Ich schüttelte den Kopf. »Seit ich hier unten bin, habe ich praktisch nur über den Konflikt zwischen Freizeit- und kommerziellem Fischen gehört. Ich nehme an, Sie wollen die Schleppnetzfischer auch loswerden.«

»Nein, Ma'am, eigentlich nicht«, antwortete er und überraschte mich damit nicht schlecht.

»Aber ich dachte, die Pierbesitzer ...«

»Sehen Sie«, sagte er geduldig. »Fahren Sie zum Atlantic Beach. Der erste Pier ist Sportman's Pier, das erste, was Sie sehen, ist ein großes Schild: ›Sie hätten gestern hier sein sollen‹. Der Grund ist der, daß die Fischer immer murren, wenn sie nichts fangen. Vielleicht haben sie nicht die richtige Ausrüstung, vielleicht haben sie nicht die geringste Ahnung, oder vielleicht beißen die Fische an dem Tag einfach nicht. Sie geben ein paar hundert Dollar aus, um an die Küste zu kommen, und dann fangen Sie nur Meerbrassen. Dann sind Sie sauer auf sich selbst oder sauer auf die Fische oder sauer auf den Pierbesitzer. Aber wenn der Pierbesitzer sagt: ›Hey, Kumpel, es sind die Netzfischer, die all eure Fische fangen‹, wem wollen Sie die Schuld in die Schuhe schieben?«

»Aber Stopnetze halten die Fische auf«, sagte ich und erfreute mich der Neuartigkeit seiner Stellungnahme genug, um den Advokat des Teufels zu spielen.

»Natürlich tun sie das. Aber wenn sie alle Fische aufhalten würden, wären die Mannschaften im Osten reicher als Midas und die im westlichen Teil von Bogue Banks ärmer als Hiobs Katze.«

»Sie sind ein höchst ungewöhnlicher Pierbesitzer, Mr. Hudpeth. Ich bin überrascht, daß Sie heute abend hier sind.«

»Weil ich Linville Popes Problemlösungen nicht

immer zustimme? Lerne deinen Feind kennen, heißt es bei uns.«

»Ist sie eine Feindin?«

»Nicht Willis'«, sagte Telford Hudpeth. »Und meine auch nicht unbedingt. Nein, er meint, sie ist diejenige, die wissen will, wer was denkt. Deshalb lädt sie Leute aus allen Richtungen ein.«

»Und welches ist Ihre Richtung?« fragte ich ihn.

»Oh, ich bin einer dieser unabhängigen Fischer, über die die anderen Pierbesitzer sich aufregen.«

Es waren nicht nur ihre gemäßigten Ansichten, die mich faszinierten. Vielleicht stolperte ich wieder über Stereotypen, aber Telford und Willis Hudpeth in ihren gutgeschnittenen Jacketts, den Oxford-Hemden und den tadellos gebügelten Hosen schienen meilenweit entfernt von Harkers-Island-Bewohnern wie Mahlon Davis.

»Fischerei kann es also wirklich mit einem Landjob aufnehmen?«

Er nickte. »Um Klassen besser als Hamburgerumdrehen.«

Sein Bruder lachte. »Kauft sich alle paar Jahre ein neues Auto, schickt seine Söhne jeden Sommer nach Europa – ja, das sind schon Klassen.«

»Aber wie können Sie Geld verdienen, während so viele andere sich beklagen, daß Sportler sie vom Wasser vertreiben?«

»Ich betrachte es als Geschäft, und ich fische ganzjährig«, antwortete er sachlich. »Shrimps im Frühling, Schleppnetz im Sommer, Senknetz im Herbst, Kammuscheln im Winter.«

Willis Hudpeth nickte zustimmend. »Die meisten Inselbewohner warten auf einen Shrimps-Platz und warten und warten, bis sie die Goldmine gefunden haben, und vielleicht bringen sie zwei- oder dreihundert Pfund heim. Zwei oder drei Nächte lang, manchmal auch länger, und verdienen vier- oder fünfhundert Dollar in nur einer guten Nacht.«

»Und?«

»Dann fahren sie eine Woche oder vielleicht auch zehn Tage nicht mehr raus. Nicht, bis all das Geld wieder aufgebraucht ist. Telford wirft seine Netze jede Nacht aus. Vielleicht kriegt er in manchen Nächten nur vierzig oder fünfzig Pfund, aber im Durchschnitt hat er hundertfünfzig, zweihundert Dollar pro Nacht, fünf Nächte die Woche in der Shrimp-Saison. Seine Arbeitszeit ist ebenso regelmäßig wie meine. Vielleicht ebenso wie Ihre.«

Telford schaute ein wenig verlegen drein bei den lobenden Ausführungen seines Bruders. »Willis arbeitet ebenso hart. Niemand hat ihm diesen Pier geschenkt. So sind wir aufgewachsen. Und wir sind nicht die einzigen auf Harkers Island, die am Ende des Jahres etwas vorzuweisen haben. Es ist nur so, daß die Down Easters schon immer irgendwie unabhängig waren und ...«

»Unabhängig?« schnaubte ich. »Ein Haufen Anarchisten, habe ich mir sagen lassen.«

Er lächelte. »Nun, es stimmt. Wir lassen uns nicht gerne sagen, was wir tun sollen – von keinem Boß, keiner Regierung, und manchmal nicht einmal von unserem eigenen Verstand. Deshalb arbeiten viele Inselbewohner nicht so regelmäßig, wie sie könnten. Sie sagen, daß sie ebensogut eine Stechuhr in Cherry Point drücken könnten, wenn sie nicht fischen können, wann sie wollen, und es lassen, wenn sie nicht wollen.«

Einige Leute in der Nähe machten ein paar weiße Segeltuchgartenstühle frei, und wir nahmen sie in Beschlag. Das Eis in meiner Bloody Mary begann zu schmelzen, aber ich war an dieser anderen Betrachtung des Wassers zu interessiert, um mir einen neuen Drink zu besorgen. Außerdem hatten ihre Worte mich an Mahlons erinnert.

»Wo verkaufen Sie Ihren Fang?«

»An verschiedenen Stellen«, sagte Telford Hudpeth. »Wer immer den besten Preis zahlt.«

»Bynum?«

»Das stimmt«, erinnerte sich Willis. »Sie waren als erste bei Andy, nicht wahr? Ich frage mich, ob sie den wohl finden, der das gemacht hat.«

»Weshalb könnte ihn ein Fischer den Mann genannt haben?«

»Kommt darauf an, wer es ist«, meinte Telford. Jeder, der eine Fischfirma hat, wird zur einen oder anderen Zeit so genannt. Sehen Sie, eine Fischfirma kann nicht überleben, wenn sie keine Leute hat, die draußen fischen. Also wiegen einige die Netze ein bißchen zu ihren Gunsten – unterstützen einen Mann beim Erwerb neuer Netze, geben ihm Benzin auf Kredit, helfen ihm vielleicht sogar, ein Boot zu kaufen, und kassieren einen Teil seines Fangs.«

Willis Hudpeth stimmte zu. »›Ich nehme nur zehn Prozent, bis du das Boot abgearbeitet hast‹, wird er sagen.«

»Nur muß man dann seine neunzig Prozent an ihn verkaufen, und zwar zu seinem Preis«, sagte Telford Hudpeth.

»Und sein Preis ist niedriger als der, den andere Fischfirmen vielleicht zahlen würden?«

»Einige schulden dem Mann ihr Leben lang«, antwortete Telford düster. »Ich möchte so nicht leben.«

Micah Smith blieb mit einem Tablett heißer Krabbenpastetchen stehen, von denen wir alle ein paar nahmen. »Kann ich Ihnen noch so was holen, Frau Richterin?« fragte er und zeigte auf mein Glas.

Ich schüttelte meinen Kopf. »Aber ich könnte ein großes Glas Eiswasser brauchen.«

»Kommt sofort. Und die Herren?«

Beide zeigten, daß ihnen die Drinks reichten, die sie hatten.

Ich biß in das köstliche Stückchen aus sahnigem Krabbenfleisch und zarter Kruste.

»Eins hat mein Bruder noch nicht erwähnt«, sagte Telford, während er sein Krabbenpastetchen mit einem Biß verschlang. »Der Mann kann auch ein regelrechter Betrüger sein, dessen Waage nicht richtig geht. Zu seinen Gunsten natürlich. Denn die halbe Zeit weiß man nicht, wieviel man gefangen hat, bis er am Samstag morgen mit dem Geld auftaucht. Er bestimmt, wieviel der Fang eingebracht hat. Was man bekommt, hängt von dem Preis ab, den der Großhändler *ihm* bezahlt, und in manchen Wochen gibt es eine solche Fischschwemme, daß man nicht einmal das Benzingeld wieder reinbekommt, wenn man für den Mann arbeitet.«

»War Andy Bynum unehrlich?«

Willis blickte unsicher, aber Telford schüttelte seinen Kopf. »Mich hat er nie betrogen, soviel ich weiß, aber ich *mußte* ihm meinen Fisch nicht verkaufen, versteh'n Sie? Viele mußten es jedoch.« Er schwieg und fügte dann geheimnisvoll hinzu: »Und viele denken immer, daß es der Fehler des Mannes ist, wenn die Dinge nicht so laufen, wie sie sich das vorgestellt haben.«

»Sie müssen Mitglied der Allianz sein.«

»Ja, Ma'am. Ich weiß nicht, wieviel Wadenfischer mit

Zangenfischern gemeinsam haben, aber *alle* Seeleute sind unter Druck, egal was Willis sagt. In diesem Punkt werden wir Andy wirklich vermissen. Er konnte ja fast einen Einsiedlerkrebs aus seiner Muschel herausreden.«

Micah kam mit einem großen Krug Wasser zurück, und Telford reichte ihn mir mit einem besorgten Ausdruck in seinen klaren blauen Augen. »Sie haben mich gefragt, ob Andy unehrlich war. Vielleicht nicht, was Geld angeht und Betrug beim Wiegen, aber ich muß sagen, wenn er wußte, daß er der Allianz helfen konnte, indem er etwas verdreht, dann hätte er es, glaube ich, getan, meinst du nicht, Will?«

Willis Telfords Anwort verlor sich im plötzlichen Knall eines Gewehrs. Ich sprang auf, hörte eine Frau schreien: »Los!«, dann wieder das Krachen des Gewehrs, und eine Tontaube explodierte in der Luft über dem Wasser.

Von uns dreien unbemerkt war der größte Teil der Gesellschaft hinaus auf den Landesteg gegangen.

»Tontaubenschießen?« Ich habe Wachteln und Kaninchen mit meinen Brüdern gejagt, aber ich habe nie aus Spaß geschossen.

»Teil der Unterhaltung«, sagte Telford Hudpeth. »Sie hat ein paar Gewehre, und die meisten schießen gerne, aber wir halten uns normalerweise da raus. Außerdem werden wir die Flut verpassen, wenn wir noch länger warten.« Er streckte die Hand aus. »War mir ein Vergnügen, Ma'am. Sie wohnen unten auf der Insel in dem kleinen gelben Haus neben dem von Mahlon Davis, stimmt's?«

Ich nickte und war nicht überrascht, daß er es wußte. Fischer und Farmer haben eine Menge gemeinsam.

»Vielleicht bringe ich Ihnen ein paar frische Shrimps vorbei«, sagte er.

Ich ging mit ihnen bis zum Landesteg, so daß ich die Tontaubenschützen sehen konnte, die vom Steg aus über das dahinterliegende Sumpfland schossen.

Es waren zwei Männer und zwei Frauen. Jeder trug ein Gewehr, das unsere Gastgeberin zur Verfügung gestellt zu haben schien. Eine der Frauen war Barbara Jean, und sie rief: »Komm, Deborah, laß uns sehen, wie gut dein Auge ist.«

Ich protestierte schwach. Die Wahrheit ist, daß es nach Spaß aussah, und sie mußte mich nur zweimal drängen, ihren Platz einzunehmen.

Selbst ein Zwanziger-Kaliber kann einen netten kleinen Rückstoß erzeugen, aber ich war an ein Sechzehner gewohnt, so daß es mir nichts ausmachte. Es war ein einfacher Wettbewerb. Einige Yards strandabwärts und außerhalb der Schußlinie bediente ein Mann einen kleinen mechanischen Tontaubenwerfer, und wir vier feuerten nacheinander, bis wir danebenschossen.

Ich weiß, es ist politisch nicht korrekt, Spaß am Schießen zu empfinden, und wenn ich die Wahl hätte, würde ich auf jeden Fall für eine schärfere Waffenkontrolle stimmen. Aber wir wissen alle, daß es grundsätzlich kein verfassungsrechtliches Problem ist. Weshalb sonst würden so viele Männer Waffenbilder einsetzen, um Sex zu beschreiben?

»Heißer als eine Pistole.«

»Hab' meine Ladung abgeschossen.«

»Fehlschüsse.«

All diese Macht, all diese Kraft, und man mußte nur den Abzug betätigen.

Zu meinem Vergnügen traf ich meine erste Keramikscheibe genau in der Mitte. Und meine zweite. Tatsächlich flog ich erst in der vierten Runde raus. Es half meinem Ego, daß zwei der anderen drei ebenfalls in der vierten Runde danebenschossen.

Als ich meine Waffe abgab und auf das Haus zuging, um mir noch ein Glas Wasser zu holen, hörte ich Levs spöttische Stimme hinter mir. »Gewehre? Du bist eine richtige Eingeborene geworden, oder, Red?«

»Absolut.« Ich drehte mich um und ließ meine Augen seinen Körper absuchen, von seinem teuer frisierten Kopf bis zu seinen italienischen Schuhen. »Du nicht?«

Sein Lächeln verschwand. »Touché.«

»Ich habe dich heute im Gericht nicht einmal erkannt«, sagte ich anklagend. »Und es war nicht nur der Bart.«

»Ich habe dich erkannt.«

Trotz der krachenden Gewehre breitete sich zwischen uns eine unangenehme Stille aus, während wir uns gegenseitig auf Veränderungen untersuchten. In seinem dunklen Haar waren graue Fäden und noch mehr in einem Bart, der mir neu war, Falten um die intensiven tiefliegenden Augen, die nicht da gewesen waren, als wir zusammengelebt hatten, ein ungewohntes Achten auf Kleidung.

Und was sah er?

Mein Haar – hellbraun oder dunkelblond je nach Jahreszeit – war inzwischen kürzer, ich war vermutlich fünf Pfund schwerer, und mein Gesicht zeigte ähnliche Zeichen der vergangenen Jahre, obwohl ich die Linien jetzt unter Make-up verbarg, das ich einst ebenso verachtet hatte wie er Markennamen.

Dann zuckte er wieder so komisch die Schultern, und plötzlich war er einfach nur Lev.

»Friede?« sagte er.

»Friede.« Fast gegen meinen Willen spürte ich, wie meine Lippen sich zu einem Lächeln reiner Freude bogen. »Wie geht es dir, Lev? Und was tust du in Beaufort mit diesem komischen Montgomery-Mädchen?«

»Vergnügen, zum größten Teil. Ein bißchen Geschäft. Und Claire ist nicht komisch.«

»Jemand, der nur durch eine Handpuppe sprechen kann?« Mir kam ein Gedanke. »Du bist doch nicht etwa mit ihr verheiratet, oder?«

Er lachte. »Gott, nein! Sie ist die Schwester meines Partners. Sie waren heute auch im Gericht.«

»Ich habe sie gesehen«, erinnerte ich ihn trocken. »Ich habe auch dieses abstoßend vulgäre Boot gesehen. *Rainmaker*? Deins oder das von Llewellyns?«

Er sah befangen aus. »Unseres. Als Ersatz für Honorare, genauer gesagt.«

Mir fiel ein, daß er meine frühere Frage noch nicht beantwortet hatte. Ich stellte sie noch einmal. »Was für eine Kanzlei hast du, daß du ein solches Boot anstelle von Honoraren kassierst?«

Ein Ausbruch von Gelächter in der Menge erstickte seine Antwort.

»Was?«

»Wir kümmern uns um Scheidungen.«

»Du machst Witze. Das ist alles?«

Okay, wir sind alle älter geworden, zynischer und mehr auf Sicherheit bedacht vielleicht, weniger interessiert an Moral, aber Totalausverkauf? »Irgendwie habe ich dich nie als Teil dieser *Ich-Ich-Ich-Dekade* betrachtet.«

Wieder das sonderbare Achselzucken. »Ich dachte, wir hätten Waffenstillstand.«

»Tut mir leid.«

»In der Zeitung stand, daß du Sonntag nacht eine Leiche gefunden hast?«

»Ja.« Ich wollte nicht darüber reden. Wollte nicht, daß Andy Bynums Tod und die Art, wie ich ihn gefunden hatte, Teil von oberflächlichem Cocktailgeplauder wurde.

Als könne er immer noch meine Gedanken lesen, wechselte Lev wieder das Thema. »Deine Freundin hat mir erzählt, daß du seit fast einem Jahr Richterin bist?«

»Seit letztem Juni, ja.«

»Gefällt dir die Aussicht von dieser Seite der Richterbank besser?«

Eine neue Runde Schießen begann, und Lev fuhr angewidert zusammen. »Ich habe gehört, daß jeder verdammte Pickup hier im Süden auf der Ladefläche ein Gewehrgestell hat, aber ich wußte nicht, daß Frauen auch so auf Waffen stehen.«

Jeden anderen hätte ich des Chauvinismus beschuldigt. In Levs Fall vermutete ich, es lag daran, daß er sich auf unbekanntem Terrain bewegte.

Von unserem Platz aus hatten wir eine gute Sicht, und die Schützen waren jetzt zwei Juristentypen, Barbara Jean und Linville Pope. Nach vier weiteren Runden waren nur noch die zwei Frauen dabei. Chet hatte gesagt, ihnen wären vier Gewehre gestohlen worden, und jetzt wurde mir erst klar, daß eins davon Barbara Jean gehört haben mußte. Linville reichte Barbara Jean kaum bis zur Schulter, aber ihr Lauf folgte dem Bogen der Tontaube ebenso ruhig, als sie ihre fünfte hintereinander zertrümmerte.

Es war so widersinnig. Barbara Jean mit Perlen, hohen Absätzen und einem gewagten Seidenkleid; das spätnachmittagliche Sonnenlicht ließ ihre blonden Locken erdbeerfarben erscheinen, als sie ihren sechsten »Vogel« in Serie tötete. Linville, in einem seidenen

Cocktailkostüm mit Blumenmuster, strich ihre Haare sorgfältig hinter die Ohren und aus den Augen, bevor sie lud und ein sechstes Mal feuerte.

Als die achte Runde begann, traf Barbara Jean daneben.

»Los«, sagte Linville und schoß ihre Waffe, ohne auf die Tonscheibe zu sehen, einfach in die Luft ab.

Die Menge applaudierte ihr für das Zeichen guter Sportlichkeit, und Barbara Jean schüttelte den Kopf, aber ihr Lächeln war ein bißchen zu strahlend, als sie ihre Waffe Chet gab, der für die nächste Wettkampfrunde antreten wollte.

Da das Schießen eine zusammenhängende Unterhaltung so gut wie unmöglich machte, gingen wir zurück ins Haus und Richtung Bar. Beide Barkeeper waren unten, um mit den Waffen zu helfen, also goß Lev sich selbst einen Whiskey Soda ein und füllte mein Glas mit frischem Eiswasser. Dann gingen wir durch die gegenüberliegende Verandatür auf eine kleinere Terrasse. Sie war auf allen drei Seiten von kopfhohen Azaleen eingezäunt, die das Auge mit klarem Pink und Korallenrot, kraftvollem Rot und kühlem Weiß blendeten.

Gedämpfte Schüsse und üppige Azaleen.

Lev schüttelte seinen Kopf und sang: »Und das mag ich so gern am Süden!«

Als unsere Augen sich trafen, hörten wir das Klirren von Glas und dann Stimmen in dem Raum hinter uns.

»Ich brauche keine Scheißkonzessionen von Ihnen«, sagte eine Frau wütend. Ich erkannte Barbara Jeans Stimme.

»Nein? Aber Sie werden sie von jedem anderen annehmen?« antwortete Linville Popes leise seidige Stimme.

Ein fragendes Geräusch.

»Die Art und Weise, wie Sie den geplagten Wohltäter für dreiundzwanzig schwarze Familien spielen – *ist* es nicht so, daß Sie es jedesmal so darstellen, wenn jemand versucht, Ihre Kutter zu reglementieren? Dreiundzwanzig schwarze Familien, die nicht einmal eine Gallone Milch kaufen könnten, wenn Sie nicht die Schecks unterschrieben? Es ist so einfach, die Rassenkarte zu spielen, wenn es Ihnen paßt, aber ich habe mich ein bißchen über die Neville Fishery informiert. Was ist mit all den schwarzen Familien geschehen, die auf der Straße standen, als Ihr Vater auf hydraulische Winden umgestellt hat, um die Netze hochzuziehen, und begann, die Fische mit Schläuchen aus diesen Netzen zu saugen?«

»Lassen Sie meinen Daddy aus dem Spiel.«

»Sehen Sie, Barbara Jean ...« Ihre Stimme klang wie die eines geduldigen Erwachsenen, der versucht, ein widerspenstiges Kind zur Vernunft zu bringen. »Die Flut geht zurück. Fischen war eine wunderbare Art zu leben. Im *letzten* Jahrhundert. Menhaden bringen was? Vier Millionen im Jahr? Tourismus bringt eine halbe Milliarde. Schauen Sie den Tatsachen ins Gesicht, meine Liebe, Sie sind Vergangenheit. Vielleicht nicht dieses Jahr, vielleicht nicht nächstes, aber es wird so kommen. Ihre kleine Fabrik sitzt mitten in ...«

»Ich sterbe lieber, als an Sie zu verkaufen«, schnaubte Barbara Jean.

»Das verlangt niemand«, beruhigte Linville sie. »Meine Auftraggeber sind diejenigen, die es so sehr wollen, daß sie Ihnen mehr anbieten, als es wert ist.«

»Mein Großvater hat die Fabrik gebaut, und meine Enkel ...«

Ich verpaßte den Rest, weil Lev seine Lippen dicht an mein Ohr brachte und flüsterte: »Es muß irgendwo durch diese Blumenbüsche einen Weg geben. Vielleicht da an der Ecke?«

Ich zögerte.

»Wissen ist Macht«, erinnerte mich der Pragmatiker und strengte sich an zu hören, was hinter diesen offenen Türen gerade gesagt wurde.

»Und du hast IHN wegen sinkender Moral angeklagt?« schulmeisterte der Prediger.

Widerwillig folgte ich Lev auf Zehenspitzen über die Terrasse und durch die Büsche.

Schließlich durchbrachen wir die Blumengrenze und erreichten eine grüne Rasenfläche von der Perfektion eines Billardtisches.

»Lust, mit mir zu essen?« fragte Lev.

»Du meinst, einfach weggehen, ohne jemandem Bescheid zu sagen, und einen Ort finden, an dem die einzige Diskussion über Fisch darin besteht, ob man ihn gegrillt oder gebraten haben möchte? Abgemacht!«

Wir gingen über den Rasen zu der kreisförmig gepflasterten Auffahrt, auf der acht oder zehn glänzende Wagen geparkt waren.

»Welcher ist deiner?« fragte er.

Ich hätte wissen müssen, daß es nicht so einfach werden würde.

Lev zog seine Augenbrauen seltsam zusammen, als ich lachend unter einer von Moos bewachsenen Eiche stehenblieb. »Was ist so komisch?«

»Ich bin mit dem Boot gekommen. Du auch?«

Er nickte. »Mit Catherine, Jon und Claire.«

»Ich kam mit Barbara Jean und Chet Winberry«, erklärte ich.

»Was du nicht sagst. Barbara Jean ist die, die mit unserer Gastgeberin diese – hm – Diskussion hatte?«

»Ich fürchte ja.«

»Hmmmmm.«

* * *

Wir brauchten einige Minuten, um wieder in die Eingangshalle zu gelangen und von da aus auf die seewärts gelegene Terrasse, ohne in die Nähe der Glasveranda zu kommen. Irgendwie bezweifelte ich, daß Linville Pope es bemerken würde, wenn ich mich nicht für die Einladung bedankte. Ich entdeckte Barbara Jean, die auf dem Weg zum Anlegeplatz war, und eilte ihr nach. Lev rief ich schnell noch »Bis später« über die Schulter zu.

Draußen in der Auffahrt hatten wir beschlossen, daß wir versuchen wollten, unsere jeweiligen Fährmänner zu frühem Aufbruch zu drängen. So würden wir auf dieselbe Art zurückkehren, wie wir gekommen waren, und uns dann in einem der Restaurants abseits der Front Street treffen, sobald wir uns höflich loseisen konnten.

Barbaras energischem Schritt nach zu urteilen würde ich nicht lange drängen müssen. Ich sah sie mit Chet sprechen, der seinen Arm um sie legte und dann zurück zum Haus sah, um mich zu suchen. Ich winkte, daß ich kommen würde, und traf sie bald an ihrer Anlegestelle.

Barbara Jean war so wütend, daß sie beinahe vor unkontrolliertem Zorn weinte. »Diese Hure!« sagte sie dauernd. »Diese Hure. Diese absolute *Hure!*«

Chet machte beruhigende Geräusche und warf mir einen entschuldigenden Blick zu, als er ablegte.

»Irgendwas nicht in Ordnung?« Ich legte meine Unterarme auf die Rücklehne ihres Sitzes und sah von einem Profil zum anderen.

»Diese ... diese ...«

»Hure?« bot ich hilfreich an.

Chet lachte, und selbst Barbara lächelte reumütig.

»Ja«, sagte sie.

Sie drehte sich in ihrem Sitz um, so daß sie uns beide ansah, und erklärte: »Erst sagte sie, meine Fabrik sei Vergangenheit, und jetzt versucht sie, mich dahingehend zu erpressen, daß ich sie ihr verkaufe.«

»*Was?*« rief Chet.

»Erpressung?« fragte ich. »Das ist ein ziemlich harter Ausdruck.«

Sie wedelte ungeduldig mit der Hand. »Nicht Erpressung. Wie lautet der Ausdruck? Zwang? Das ist es, was sie versucht – mich zu zwingen.«

»Aber wie?« fragten Chet und ich gleichzeitig.

»Jill«, sagte sie, und Tränen der Wut liefen ihr plötzlich über die Wangen.

»Liebes?«

»Oh Chet, sie hat Gib Epsons Grundstück gekauft!« klagte sie. »Sie sagt, sie hat bereits die Genehmigungen, und räumt mir für meine Entscheidung noch Zeit bis zum ersten Juni ein. Dann wird sie eine Startrampe bauen und Lagerraum für hundert Boote. Es werden Autos hin und her fahren, Tag und Nacht, das ganze Jahr über!«

Chet schlug mit der Faust auf das Steuer. »Aber Epson hat geschworen, er würde nie verkaufen.«

»Sie hat ihm ein dickes Angebot gemacht und ihn in dem Glauben gelassen, eine Umweltschutzgruppe wolle es so. Er denkt wahrscheinlich, er tut uns einen Gefallen.« Sie griff nach Chets Taschentuch in seiner Jackentasche und trocknete sich die Augen in nachdenklichem Schweigen.

Wir fuhren ein bißchen schneller um die Landspitze als bei der Hinfahrt. Der Wind zerzauste unser Haar und war kühl genug, daß ich mich jetzt nach einem Pullover sehnte, da die Sonne hinter den Bäumen verschwand.

»Was hat eure Tochter damit zu tun?« fragte ich.

»Meine Mutter stammte von Harkers Island«, erklärte Barbara, »und sie hatte das Haus dort geerbt. Der ursprüngliche Teil des Hauses stammt aus den neunziger Jahren des letzten Jahrhunderts. Sie hat es wirklich geliebt und wollte immer dort leben, aber Daddy hatte hier die Fabrik, und irgendwie haben sie es nie geschafft, das Haus so zu restaurieren, wie sie es sich vorstellte. Sie hat Jill oft mit dort hingenommen und ihr die ganzen alten Familiengeschichten erzählt, und Jill war auch ganz wild darauf. Als Mutter starb, hat sie es Jill vermacht, und sie und ihr Mann haben jeden verfügbaren Groschen in die Renovierung gesteckt. Sie sind gerade erst fertig geworden.«

Mehr Tränen sammelten sich in ihren Augen, und sie wischte sie wütend weg. »Und jetzt hat diese Hure …!«

»Ich nehme an, der neue Besitz der Hure grenzt an euren?«

»An einer Ecke umschließt er ihn sogar«, sagte Chet grimmig.

»Aber eure Bauordnung wird doch sicher …«

Chet schüttelte den Kopf. »Harkers Island ist wie der Rest von Down East. Die Bewohner sind so unerbittlich gegen jede Form der Regierungseinmischung, daß sie einer solchen Ordnung niemals zustimmen würden.«

»Das ist Wahnsinn«, sagte ich. »Es ist die einzige Möglichkeit für eine Gemeinde, Wachstum zu kontrollieren und mitzubestimmen, was gebaut wird.«

»Nun, warum läufst du nicht hin und erzählst ihnen das, wenn du ein paar Minuten vom Gericht wegkannst?« fragte Chet schroff. »Glaubst du, die Leute hätten es nicht versucht? Jedesmal, wenn die Kreisplaner eine Anhörung zu dem Thema veranstalten und erklären wollen, wie eine Bauordnung sie schützen würde, können sie von Glück sagen, wenn sie mit dem Leben davonkommen.«

»Die Down Easters glauben nicht, daß sie eine Bauordnung brauchen«, meinte Barbara Jean, als Chet den Motor drosselte und auf ihren Anlegeplatz zusteuerte. »Mein Cousin in Marshallburg sagte, wann immer jemand versuche, etwas zu bauen, was die anderen nicht wollen, würden sie es einfach niederbrennen. Und das tun sie auch.«

»Vielleicht sollten wir deinen Cousin auf Linvilles Bootshaus hetzen«, schlug Chet vor.

»Hey!« wandte ich ein. »Ich bin Gerichtsbeamtin und habe nichts von dem gehört, was ihr gesagt habt, okay?«

Chet legte geschickt an und band eine Leine am Pfahlwerk fest. Ich kletterte vom Boot, und Chet streckte Barbara Jean, die sich nicht bewegt hatte, eine Hand entgegen. »Liebes?«

Sie nahm seine Hand und stand langsam auf. »Plötzlich ist mir etwas eingefallen, was Andy gesagt hat.«

»Andy Bynum?«

»Erinnerst du dich, wie er den ganzen Monat im Gerichtsgebäude rumgewühlt hat? Und letzte Woche beim Treffen der Allianz – erinnerst du dich, als du mich abgeholt hast und ich mit Andy und Jay Hadley und ihrem Sohn draußen stand?«

Chet nickte.

»Du mußt es gehört haben. Andy sagte, er habe etwas gefunden, das Linville Popes kleinen roten Wagen ein für alle Male festsetzen würde und – oh mein Gott!«

Fest umklammerte sie Chets Arm. »Was ist, wenn Andy wirklich auf etwas Illegales gestoßen ist? Sie hat ein Boot, sie hat ein Gewehr, und sie hat das Gewissen eines Sandhais – vielleicht ist sie diejenige, die ihn da draußen erschossen hat.«

Launch out into the deep,
Oh, let the shoreline go;
Launch out, launch out in the ocean divine,
Out where the full tides go.
But many, alas! only stand on the shore
And gaze on the ocean so wide;
They never have ventured its depths to explore,
Or to launch on the fathomless tide.

A.B. Simpson und B.B. McKinney

»Also habe ich das richtig verstanden«, sagte Lev. »Dieser Andy Bynum war Fischer, richtig?«

»Fischer, der Besitzer einer Fischfirma und der Präsident der Independent Fishers Alliance«, sagte ich und knabberte an einem Shrimp von meiner Offiziersplatte (Krautsalat, Hushpuppies und drei verschiedene Meeresfrüchte aus einer Auswahl von acht; bei der Kapitänsplatte kann man vier aussuchen, bei der Admiralsplatte fünf.)

»Und deine Freundin Barbara Ann …«

»Barbara Jean.«

»Wie auch immer. Ihr Mann ist Richter, und sie besitzt eine Fischfutterfabrik, richtig?«

»Richtig.«

»Und was haben die Interessen der Fischer mit Pope Properties zu tun?«

Wir saßen bei Kerzenlicht im Long Haul, das einen Block von der Front Street entfernt liegt. Im Moment war es wie im vierten Stock des alten Hauses ohne Aufzug an der Upper West Side in Manhattan, wo wir Essen vom Chinesen verspeisten, während Lev mir half, die

Fakten eines Falles für den nächsten Tag zu durchleuchten.

Er hob seine leere Bierflasche, als die Kellnerin vorbeikam und sie nickte. »Für Sie auch noch ein Glas, Ma'am?«

Mein Glas Hausrosé war immer noch halbvoll, daher verneinte ich und fuhr fort, eine Situation zu erklären, die ich selbst nicht ganz verstand, obwohl ich eine Menge Fragen gestellt und mir eine Menge Polemik angehört hatte in der kurzen Zeit, die ich hier verbrachte.

»So wie ich es verstehe, gibt es vier Hauptinteressen, warum um die Küstengewässer hier in North Carolina gestritten wird: Umweltschutz, kommerzieller Fischfang – das sind die Arbeiter an Land und auf dem Wasser –, Freizeitfischerei – Motels, Piers, Marinas, Bootsverkäufer, Ausrüster und all die anderen zum Tourismus gehörenden Berufszweige – und schließlich die Makler, die das Wachstum regulieren wollen, solange es die anderen sind, die diese Regeln einhalten müssen.«

»Und was ist neu daran?« fragte Lev zynisch.

»Das Schlimme ist, daß es nicht so einfach bleibt. Je nachdem, was besprochen wird, scheinen die Allianzen mit der Flut zu kommen und zu gehen. Die Umweltschützer verbünden sich entweder mit einer oder sogar mit beiden Gruppen der Fischer gegen die Makler. Die Fischer tun sich wiederum mit ihnen zusammen, weil sie erkannt haben, wie die Umweltverschmutzung ihre Buchten belastet, und weil sie bereits zu viele Schalentierbänke verloren haben. Und die Artenschützer ...«

»Sind das nicht dieselben wie die Umweltschützer?«

»Ich glaube nicht. Zumindest nicht so, wie es hier definiert wird. Die Artenschützer wollen wohl auch das Wasser retten, aber ihr Hauptinteresse scheint den gefährdeten Arten zu gelten, besonders den Schildkröten. Sie bereiten den Kuttern Probleme, weil die Netze besondere Vorrichtungen haben müssen, damit die Schildkröten entkommen können. Oder die Netzmaschen müssen so groß sein, daß sie bestimmte Arten durchlassen, solche Sachen. Und sie verärgern die Sportler, weil sie ständig auf Größen- und Fangbegrenzungen drängen und während der Brutzeit am liebsten alle Freizeitfahrzeuge vom Strand fernhalten wollen. Die Fischer hassen die Schildkrötenvorschriften, aber sie tun sich mit den Artenschützern zusammen, um die Brandungsfischer davon abzuhalten, so tiefe Furchen im Sand zu hinterlassen, daß die kleinen Schildkröten nicht mehr rechtzeitig zum Meer gelangen.«

Lev lachte. »Kümmert es sie wirklich, oder ist es nur wie du mir, so ich dir?«

»Nun, wenn die Sportler es unterstützten und keine speziellen Maßnahmen wegen der Schildkröten ergriffen werden müßten, würden sich die Fischer wohl nicht mehr allzusehr den Kopf wegen der kleinen Turkles zerbrechen.«

»Turkles?«

»Das sagen die Inselbewohner, wenn sie über Schildkrötengerichte sprechen«, erklärte ich und dachte an den Panzer der Unechten Karettschildkröte, den ich in der Nacht zuvor im seichten Wasser bei Mahlons Anlegestelle gesehen hatte.

»Warte mal. Du hast doch gerade gesagt, daß sie eine gefährdete Spezies sind.«

»Sind sie auch. Ebenso wie Seetaucher. Aber sie sind auch eine traditionelle Delikatesse auf der Insel, weshalb man beiden nach wie vor den Kopf abschlägt.«

Er rollte amüsiert die Augen. »Weiter.«

»Es wird schlimmer. Ich schwöre zu Gott, daß jede Interessengruppe hier unten auf die eine oder andere Art von Seetauchern schießt – jeder denkt, was er tut, ist nicht *wirklich* schlimm, sondern die anderen verderben es für alle. Fischverarbeiter verbünden sich mit Maklern gegen Umweltschützer, weil sie nicht wollen, daß irgend jemand sich ihre Abfallbeseitigungsanlage zu genau ansieht. Dann aber drehen sich die Makler um hundertachtzig Grad und reden über Umweltschutz, wann immer sie können, weil sie wissen, wenn unsere Küste aussieht wie die New Jerseys, ist die Crystal Coast eine gekochte Gans, die keine goldenen Eier mehr legt.«

»Ich verstehe immer noch nicht, weshalb die arme Linville es auf einen Fischer abgesehen haben soll«, beklagte er sich.

»Dazu komme ich gleich. Nimm noch einen Hushpuppy und hör zu«, sagte ich gereizt und fragte mich, was dieses *Arme-Linville*-Getue sollte. »Sie hat sich mit den Sportfischern gegen die Menhadenboote zusammengetan.«

Er hatte alle Gräten aus seiner gegrillten Makrele entfernt und sagte: »Was zum Teufel ist überhaupt ein Menhaden? Ich habe noch nie einen auf der Menükarte gesehen.«

»Weil du kein Huhn bist. Nachdem das Öl herausgepreßt wurde, wird das übriggebliebene Mehl für Futter und Dünger verwandt.«

»Und das stellt Barbara Wieheißtsienoch in ihrer Fabrik her?«

»Stimmt. Aber die ganze Kontroverse entwickelt sich zu einem Klassenkampf – traditioneller Lebensunterhalt gegen privilegierte Freizeit.

Schau, was du im Kopf behalten mußt, ist, daß dieser

Ort erst Ende der Siebziger/Anfang der Achtziger boomte und zur Crystal Coast wurde«, sagte ich. »Down Easters lebten so isoliert auf ihrer Insel, daß sie einfach angenommen haben, Gott habe ihnen Core Sound gegeben, als Er damals das Wasser schuf, und daß Er es zu ihrem persönlichen Gebrauch gedacht hatte, bis die letzten Trompeten erklingen. Dann kamen diese Sportler aus den Neuenglandstaaten, die es sich erlauben können, drei- oder vierhundert Dollar für ein Angelwochenende auszugeben. Sie sind hinter demselben Fisch her, den ein Fischer zu fangen versucht, um seine Familie zu ernähren und vielleicht eine Hypothek oder das Boot abzubezahlen. Und damit fängt der Ärger zwischen Einheimischen und Besuchern an.«

»Aber wenn Menhaden nicht eßbar sind«, sagte Lev und nahm seinen Gesprächsfaden wieder auf, »weshalb …«

»Laut Barbara Jean steht die Menhadenfischerei in schlechtem Ruf bei den Sportlern und einigen reichen Pensionären an der Küste, die sich die Aussicht von ihren Decks nicht durch große, alte, rostige Boote vor *ihrem* Strand verderben lassen wollen. Der Bestand ist gesund, es ist nicht zuviel gefischt worden, und sie sind leicht zu fangen, weil sie in Schwärmen dicht an der Küste entlangziehen. Und das scheint den Ärger zu verursachen. Ungefähr fünfundsiebzig Prozent werden innerhalb einer Viertelmeile vor dem Strand gefangen. Hier kommt Barbara Jeans klapprige alte *Washington Neville*. Oder die *Gregory Poole* von Beaufort's Fisheries. Das große Boot schickt zwei kleine aus, die den Fischschwarm mit einem langen Netz umschließen, das sie auf dem Grund wie ein Portemonnaie zuziehen können. Dann saugt das Mutterschiff die Fische mit einem großen Schlauch ein. Die Menschen am Strand sind nahe genug, um genau zu beobachten, was geschieht, und sie denken: ›Oh mein Gott! Sieh nur, wie dieses häßliche gierige Schiff all diese Fische verschlingt!‹ Und der Sportler, der in der Brandung seine Angel auswirft und bei dem nichts anbeißt, denkt: 'Sie haben gerade alle Sportfische verschlungen.'«

»Und haben sie das nicht?« fragte Lev und goß sich ein frisches Glas Bier ein.

»Die Fischer hier witzeln, daß jeder, der meint, einen Menhaden an den Haken zu kriegen, es gerne versuchen kann, und nein, was zufällig an Sportfischen mit reingerät, ist unglaublich wenig – nullkommadrei Prozent, weil in diesem Schwarm nichts *außer* Menhaden schwimmt.«

»Aber wenn ein Netz reißt …«

»Ich habe mir sagen lassen, daß es seit 1983 keinen nennenswerten Zwischenfall gegeben hat, und das war oben in Virginia.«

»Aber weshalb …?«

»Ich weiß, ich weiß. Weshalb die arme Linville?«

»Und?«

»Weil sie eine lautstarke Befürworterin der Beschränkungen ist, wie nahe Menhadenboote kommen dürfen. Sie ist sogar nach Raleigh gefahren, um bei den Gesetzgebern eine Lobby zu bekommen, und man sagt, sie ist sehr überzeugend. Wenn Leute wie Barbara Jean oder Andy Bynum in diesen Anhörungen kopflos werden, bleibt sie ganz kühl und schafft es, ruhig und objektiv und wunderbar vernünftig zu klingen. Wenn die Boote aus der Bucht und in eine Entfernung von zwei oder drei Meilen vom Strand verbannt werden, wird dies der Industrie einen solchen Schaden zufügen, daß viele Betriebe nicht überleben können. Aber Andy dachte, wie auch Barbara, daß Menhaden nur ein Vorwand sind, sozusagen ein Fuß in der Tür.«

»Wofür?«

»Nun, wenn man hört, wie jeder über jeden schimpft, ist vermutlich zuviel los hier im Wasser. Besonders seitdem in die Meeresbuchten soviel verseuchtes Abwasser fließt und die Fischpflege nicht mehr ersetzen kann, was entnommen wird. Wenn sie all die gewerblichen Fischer loswerden könnten, wäre es wirklich ein Sportlerparadies. Du hast Linville heute abend gehört – im Moment ist der Tourismus hier in der Gegend eine halbe Milliarde wert, Menhaden nur vier Millionen mit fallender Tendenz. Aber aus dem, was sie zu Barbara Jean gesagt hat, schließe ich, daß es um mehr geht, als nur Carteret County aufzumöbeln. Sie möchte diesen speziellen Besitz, auf dem die Neville Fishery steht, nicht wahr? Ist das Teil des Investmentdeals, in den du dich einkaufen sollst, wenn es nach ihr geht?«

Lev wirkte nachdenklich. »Wie du schon sagst, sie ist sehr überzeugend. Ich dachte, die Dinge seien ein bißchen subtiler.«

»Wie etwa Ansprüche auf Grundstücke zu erheben, die sie nicht hat?«

»Oh nein. Dafür ist sie zu scharfsinnig.« Er sah mich spöttisch an. »Du hast immer noch nicht gelernt, Schach zu spielen, oder?«

»Ich erinnere mich an die Züge«, log ich.

»Nun, Linville Pope ist ein Naturtalent im Schach. Sie denkt immer acht Züge voraus. Sie sieht die Verzweigungen, weiß, daß dieser Zug unausweichlich jenen nach sich zieht. Ich werde sie genauer beobachten müssen, als ich dachte. Interessante Dame.«

Es hatte ihn immer verletzt, daß ich Schach niemals

ernstgenommen hatte. Er liebte die Komplexität des Spiels und bewunderte bei seinen Gegnern Verschlagenheit.

Ich persönlich finde, daß Bridge und Poker ebensoviel Verschlagenheit verlangen. Natürlich erfordern sie auch mehr als zwei Spieler. War das ein fundamentaler Unterschied?

»Und wie interessant ist sie, was würdest du sagen?« fragte ich und schob meinen Teller zur Seite. »Würde sie töten?«

»Nicht aus einem der Gründe, die du dargelegt hast. Die Frau ist klug, schön und scheint hart *und* schnell zu arbeiten. Vielleicht ist sie ein bißchen zu gerissen in ihrer Art, Besitz zu erwerben, aber was sie deiner Freundin anbietet, klingt für mich nach einem guten Geschäft. Ich habe die Fabrik von außen gesehen und selbst, wenn weiter Fischerei betrieben wird, hat sie einige große Reparaturen nötig. Ich wette, das gesamte Unternehmen würde im jetzigen Zustand keine halbe Million bringen auf dem heutigen Markt.«

Wie lässig er eine halbe Million Dollar abtat. Ich erinnerte mich plötzlich an die Tonnen von Pasta, die wir gegessen hatten, weil sein Stipendium immer schon aufgebraucht war, bevor der Monat zu Ende war.

»Hast du dieses Buch noch – *Pasta auf hundert verschiedene Arten*?«

»Ist das wieder eine Anspielung auf meinen jetzigen Lebensstandard?«

»Nicht zu reden von den momentanen moralischen Standards, wenn du nichts Schlimmes daran findest, jemanden zum Verkauf zu zwingen.«

Er fiel in seinen Daniel-Webster-Stil. »Du glaubst nicht, daß deine Freundin übertrieben haben könnte?«

»Barbara Jean *kann* vorschnell hochgehen«, gab ich zu. »Aber nicht ohne Grund. Sie hat diese Geschichte über eine Bootsrampe und ein Bootshaus direkt neben dem Haus ihrer Ahnen sicher nicht geträumt.«

»Aber Linville zu beschuldigen, Fischer umzubringen, klingt dann doch mehr wie Wunschdenken für mich.«

Erst war es die arme Linville und dann war es Linville, die Kluge und Schöne. »Wie lange kennst du diese Frau eigentlich?« fragte ich gehässig.

»Lange genug, um zu wissen, daß sie etwas so Gemeines oder Dummes nicht tun würde.«

»Kaffee?« zwitscherte unsere Kellnerin.

Ich nickte. Lev sagte: »Cappuccino?«

»Tut mir leid, Sir.«

»Dann Espresso.«

»Tut mir leid, Sir, wir haben nur normalen Kaffee und koffeinfreien.«

»Dann eben koffeinfreien«, sagte er ungnädig, und als sie ihn gebracht hatte, brummte er: »Wenn diese Stadt will, daß die Touristen wiederkommen, sollte sie sich einmal ernsthafte Gedanken um ihren Kaffee machen.«

»Wenn die ganze Welt wie Manhattan wird, wie weiß man dann, daß man im Urlaub ist?« fragte ich süß.

Mit einer vertrauten Geste der Gereiztheit fuhr er mit der Hand durch sein Haar, so daß störrische Büschel wütend hochstanden. Einige Dinge kann eben auch ein Fünfzig-Dollar-Haarschnitt nicht ändern.

Er sah meine Belustigung, wollte sich ärgern, lächelte dann aber plötzlich. »Warum zum Teufel reden wir über Linville Pope und Barbara Jean Wieheißtsienoch und Fischfutterfabriken, wenn wir doch eigentlich über uns reden sollten? Weißt du, daß ich mir tausendmal vorgestellt habe, dich wiederzutreffen? Ich hätte nie erwartet, dich in einer kleinen Stadt am Intercoastal Waterway auf der Richterbank zu finden.«

Ich war bereit mitzuspielen und lächelte ihn über meine Kaffeetasse hinweg an. »Wie *hast* du es dir denn vorgestellt?«

»Daß wir beide zu Besuch in New York wären und an der Käsetheke bei Zabar's zufällig zusammenstoßen oder während wir für *Cats* anstehen oder ...«

»Nur in Manhattan?« stichelte ich sanft.

»Mich hat nichts nach Raleigh gezogen, und ich konnte mir dich nicht in Boston vorstellen. Warst du da?«

Ich schüttelte den Kopf.

»Was ist mit Clara Bartons Raststätte auf dem Jersey Turnpike vor sieben Jahren gegen Ende August?«

Seine großen Hände spielten mit dem gläsernen Kerzenhalter, während er versuchte, ganz selbstverständlich zu klingen.

»Warst du wirklich da?« fragte ich ungläubig. »Warum um alles in der Welt hast du mich nicht angesprochen?«

Er zuckte die Schultern. »Du warst mit ein paar anderen Frauen da.«

»Drei von meinen Schwägerinnen«, erinnerte ich mich. »Wahrscheinlich *waren* wir auf dem Weg, um *Cats* zu sehen.«

»Ich hatte gerade eingeparkt, und du gingst genau vor meinem Wagen vorbei. Du trugst weiße Shorts und ein rotes Hemd und hattest noch lange Haare.«

»Es tut mir leid«, flüsterte ich.

»Ach, was soll's?« Er schob den Kerzenleuchter weg und verlangte nach der Rechnung. »Laß uns gehen.«

Es erstaunt mich immer wieder, was für gute Spaziergänger Städter sind. Wir haben die weite Landschaft, und Farmarbeit erfordert einiges an Fußmärschen, aber das ist nicht vergleichbar mit dem Leben in der Stadt. Wahrscheinlich deshalb, weil wir Füße nicht als echtes Verkehrsmittel ansehen. Wenn es Zäune unten am Bach zu reparieren gibt oder wenn man einen Krug Wasser zu jemandem bringen muß, der gerade hinter der Weide neuen Boden pflügt, springt man in seinen Pickup mit Vierradantrieb. Städter – besonders New Yorker – denken sich nichts dabei, zwei Meilen zu laufen, um ein Buch aus der Bibliothek zu holen.

»Können wir nicht den Bus nehmen?« quengelte ich früher regelmäßig, da Taxis für uns sowieso unerschwinglich waren.

»Aber es sind doch nur dreißig Blocks«, antwortete Lev dann herzlos.

Wenn wir uns allerdings nicht beeilen mußten, um noch irgendwo hinzukommen, bevor die Türen sich schlossen, konnte das Gehen in der Stadt wunderbar sein. Beaufort war natürlich keine Stadt, aber wir spazierten durch die kühle Nachtluft und freuten uns an den alten weißen Holzhäusern, den antiquierten Fenstern der Geschäfte, den verlassenen Gehwegen vom Wasser herauf. Die Touristensaison begann erst, und so hatten wir die meisten dieser Seitenstraßen für uns, obwohl es nicht einmal zehn Uhr war.

Einvernehmlich beschränkte sich unsere Unterhaltung auf das Leben in Boston, das Leben in Colleton Country, wie ich auf die Richterbank gekommen war, wo bloß all die Leute abgeblieben waren, die wir kannten, und was glaubst du, wer in diesem großen weißen Haus wohnt?

Schließlich kamen wir in die Nähe des Ritchie House,

des einzigen Ladens, der noch geöffnet hatte und Getränke servierte. Aber als er die Glastür zum Gastraum öffnen wollte, sagte Lev: »Zum Teufel!« und trat schnell zurück.

Durch das Glas sah ich die Docksiders an einem der Tische sitzen, zusammen mit ein paar Anwälten, die ich aus dem Gericht kannte. Mrs. Llewellyns Haare wirbelten wie goldener Löwenzahn, als sie ihren Kopf zurückwarf und über etwas lachte, das einer der Männer gesagt hatte. Von Claire Montgomery war nichts zu sehen.

»Du bist nicht in der Stimmung für noch mehr Cocktailgeplauder, oder?« fragte Lev.

»Eigentlich nicht.« Und schon gar nicht mit Leuten, gegen die ich im Gericht entschieden hatte.

Wir gingen zurück am Boardwalk entlang, wo alle Boote festgemacht waren. Eine Brise aus Nordost zerzauste mein Haar, und leise Musik aus irgendeinem Radio vermischte sich mit dem Geräusch des plätschernden Wassers. Auf ein paar Decks saßen Leute draußen und genossen die ruhige Nacht, aber die meisten waren in ihren Kajüten, und hinter den Vorhängen der unteren Fenster schien nur ein schwaches Licht.

Unter einer Laterne blieb ich stehen und sah auf die Uhr. Kurz vor elf.

Lev nahm plötzlich meine Hand und sagte: »Geh noch nicht. Laß uns noch einen Schlummertrunk auf der *Rainmaker* nehmen.«

»Laß uns das lieber verschieben«, erhob ich Einspruch. »Ich habe keine Lust auf Small Talk mit einer Puppe.«

»Oh, Claire wird nicht dasein. Wenn wir im Hafen sind, kneifen sie aus und bleiben an Land. Ihr Baby – also eigentlich ist Nicky kein Baby mehr –, aber es ist immer noch einfacher, mit ihm im Hotel zurechtzukommen. Es war einfach Zufall, daß Claire überhaupt an dem Tag hier war, als das Fahrrad gestohlen wurde. Nein, sie haben eine Suite im Ritchie House. Linville ist mit den Besitzern befreundet.«

Kein Zweifel. Barbara Jean hatte erzählt, daß das Ritchie House vor ein paar Jahren ihr erster großer Coup gewesen war.

»Ohne Bedingungen«, versprach er, als ich zögerte.

»Keine gute Idee«, sagte der Prediger.

»Das Thema ist erledigt«, stimmte der Pragmatiker zu. »Bist du sicher, daß du es wieder aufgreifen willst?»

Ich ignorierte beide Warnungen und folgte Lev den Pier hinunter zu der Schlippe der *Rainmaker*. Ich sagte mir selbst, daß ich es nur deshalb tat, weil ich noch nie ein Privatschiff dieser Größe besichtigt hatte. Es würde interessant sein, die Ausstattung zu sehen.

»Tja, wir wissen, an welcher Ausstattung du interessiert bist«, grinste der Pragmatiker anzüglich.

Und wenn schon? gab ich zurück. Es war einmal gut mit uns gewesen, und wie es in dem alten Ray- Price-Song heißt: Was ist schlimm an einem weiteren Mal, um der schönen Male willen?

* * *

Abgesehen davon, daß statt eines Ford ein Dingi hinterhergezogen wurde und sie anstelle von Rädern einen Kiel aufwies, war die *Rainmaker* von außen nicht viel mehr als eine elegantere Ausgabe des Wohnmobils, mit dem meine Tante Sister und Onkel Rufus immer nach Florida fahren. Diese Ähnlichkeit war der wirkliche Grund dafür gewesen, daß sie mir beim ersten Mal aufgefallen war. Das und der Name natürlich, der auf einen Wirtschaftsanwalt schließen ließ.

An Bord wurden die Ähnlichkeiten sogar noch deutlicher. Der Innenraum war größer als Tante Sisters Winnebago – bei ihr konnten nur vier schlafen, auf der Rainmaker sechs, erzählte Lev –, aber abgesehen von der sanft schaukelnden Bewegung hätte man Schwierigkeiten, prägnante Unterschiede aufzuzählen. Jeder Zentimeter war ausgenutzt, kein Platz vergeudet, und doch wirkte es nicht vollgestopft, weil die Hauptkabine den Eindruck eines kleinen Wohnzimmers machte. Die versenkten Wandlampen waren gedimmt. Eine große gepolsterte Bank wurde zu einer Schlafcouch, wenn der Tisch aus dem Weg geklappt wurde, und Kissen milderten die Ecken.

Ich schob mir eins dieser Kissen unter den Kopf und beobachtete faul, wie Lev Eiswürfel aus dem winzigen Kühlschrank zog und Gläser aus einem niedrigen Schrank.

»Immer noch Bourbon und – war es Coke?« fragte er.

»Pepsi, aber Coke ist in Ordnung. Ein bißchen auf den Bourbon.«

Der Prediger stimmte zu, aber der Pragmatiker ließ sich nicht narren. Er wußte, daß ich immer noch nicht entschieden hatte, ob ich noch fahren würde.

Lev brachte unsere Drinks und setzte sich neben mich. Er stieß mit mir an, und seine dunklen Augen wirkten unergründlich in dem sanften Licht.

»Auf die schönen Zeiten«, sagte er wie ein Echo auf meine Erinnerungen.

Ich nahm wohl zwei gute Schlucke, bevor ich mein Glas vorsichtig so absetzte, daß es nicht umgestoßen werden konnte.

»Ich glaube, der Bart gefällt mir«, sagte ich und beugte mich vor, bis unsere Lippen sich trafen – zart, zögernd erst, dann mit immer stärker werdendem Verlangen, daß mich brennende Ströme rein fleischlicher Begierde durchzuckten, die jede Stimme der Vernunft und Vorsicht ausschalteten und mich nur noch sinnlich und leichtsinnig machten.

Seine Hände. Seine großen und wunderbar vertrauten Hände waren überall, brannten durch die dünne cremefarbene Seide meines Overalls, berührten mich, wo mich seit viel zu langer Zeit niemand mehr berührt hatte. Ich zerrte an seinem Hemd, voll wilder Ungeduld, seine Haut wieder zu spüren und zu schmecken. Sein Haar verfing sich in den Kristallperlen auf meinen Brüsten. Ich versuchte, die Kette abzunehmen, und er öffnete meine Knöpfe, als wir über uns das Öffnen der Luke hörten.

Eine helle Stimme rief: »Ahoi, *Rainmaker!*«, und schlanke Beine kamen die Leiter herunter. In einer Hand befand sich eine Flasche Champagner, in der anderen eine große Handtasche.

»Hast du gedacht, ich habe mich verirrt, Liebling?« lockte Linville Pope. »Eine dieser umständlichen …«

Sie erreichte die unterste Stufe, und das Lächeln auf ihren Lippen gefror, als sie uns sah.

»Oh«, sagte sie schließlich, als es schien, die bleierne Stille würde für immer dauern. »Ihr habt schon ohne mich angefangen.«

Punkte für ihre Haltung.

Lev hatte sich so abrupt aufgesetzt, daß meine Kette riß und sich ein Schwall Kristall in meinen Schoß ergoß.

»Ich dachte, du hast gesagt, du kommst nicht«, sagte Lev barsch.

»Ich sagte, ich könnte mich vielleicht nicht loseisen«, berichtigte sie ihn ruhig. »Offensichtlich hätte ich erst anrufen sollen. Tut mir leid.«

Sie preßte die Tasche an ihre Brust, eine Tasche für alle Fälle, die vermutlich eine Zahnbürste und ein paar andere notwendige Kleinigkeiten enthielt, falls aus dem Champagner eine Übernachtung werden sollte, stellte die Flasche auf eine Theke und wandte sich zum Gehen um.

»Meinetwegen müssen Sie nicht gehen.« Ich hatte mein Oberteil wieder zugeknöpft und schaufelte jetzt Perlen in meine mexikanische Tasche. »Ich gehe selbst.«

»Nein«, protestierte sie.

»Doch«, sagte ich fest. Die Leidenschaft war verschwunden und ich ebenso, sobald ich meinen fehlenden Schuh gefunden hatte. Eine kalte Wut überkam mich.

Lev sah in mein Gesicht und gab mir schweigend den hochhackigen Schuh, den ich vorher verloren hatte. Das hatte er also zumindest im Laufe der Jahre gelernt.

Noch mehr Perlen funkelten auf dem Boden, als ich aufstand, aber ich war zu wütend, um zu bleiben. Alles was ich wollte war, dort rauszukommen. Linville trat zur Seite, um mich vorbeizulassen, aber dann hörte ich ihre Schritte hinter mir, als sie mir die Leiter hinauf und vom Boot hinunter folgte.

Wir gingen über die halbe Länge des Plankenweges in steinernem Schweigen, bis mir plötzlich die gesamte groteske Lächerlichkeit der Situation bewußt wurde, und ich begann zu kichern.

Nach einem erstaunten Blick gurgelte Linville Pope wenig damenhaft, und als wir den Parkplatz erreichten, lachten wir beide so heftig, daß wir uns aneinander festhalten mußten, um nicht umzufallen.

»Gott! Was für Bastarde sie sein können«, meinte sie schließlich, als wir uns wieder unter Kontrolle hatten. »Kommen Sie mit zum Ritchie House, und ich besorge uns noch eine Flasche Champagner.«

»Ich bin schwer in Versuchung«, sagte ich aufrichtig, »aber ich glaube, ich sollte morgen nicht mit einem Champagnerkater im Gerichtssaal auftauchen.«

* * *

Auf der langen Fahrt zurück nach Harkers Island wünschte ich mir jedoch fast, ich hätte Linvilles Einladung angenommen. Ich konnte sie noch nicht richtig einschätzen, aber ihre Art gefiel mir langsam.

Viele waren zu ihrer Party gekommen, aber Barbara Jean fand, daß sie manipulierend und fordernd war. Chet schien sie amüsant zu finden, solange sie nicht Barbara Jeans Gleichgewicht störte. Selbst Lev, der Teufel soll ihn holen, fand sie schön und klug, nur vielleicht »ein bißchen zu gerissen in ihrer Art, Besitz zu erwerben». Da hatte es diese wütende Szene im Ritchie House gegeben, irgend etwas wegen eines betrügerischen Bootsverkaufs. Und ich hatte das Gefühl, daß Mahlon Davis' »Biest drüben in Beaufort« sich wohl auch als Linville Pope herausstellen würde.

Aber jeder, der die Absurdität der Situation heute nacht erkennen und so darüber lachen konnte, konnte nicht so schlecht sein.

Es war weit nach Mitternacht, als ich am Häuschen ankam. Abgesehen von der vereinzelten Sicherheitsbeleuchtung an hohen Strommasten waren alle benachbarten Häuser dunkel. Kein Licht bei Mahlon, aber ich sah die Umrisse von Mickey Mantles Pickup hinter dem Bootsschuppen und fragte mich, ob sein Triumph vor Gericht ihn veranlaßt hatte, wieder ohne Führerschein zu fahren.

Zu hören war nur der Wind in den Eichen und die kleinen Wellen, die an den Strand schlugen. Ich verließ den Wagen, ging auf die Veranda, schloß die Tür auf und stellte meinen Kleidersack hinein, ohne Licht anzumachen. In diesem Moment begann das Telefon zu klingeln – ein durchdringendes, mechanisches, beinahe unheimliches Geräusch inmitten der stillen Natur der Insel. Als ich den Hörer abnahm, sagte Levs Stimme: »Red, ich ...«

Ich unterbrach die Verbindung, legte den Hörer unter das Kissen und ging von dem hartnäckigen Piepsen weg.

Der Wind blies kräftig vom Wasser, und es war kalt, aber ich schlüpfte wieder in Sues alte Windjacke und ging hinaus zu einem der alten Schaukelstühle auf der Veranda in der Hoffnung, daß das rhythmische Flackern des Leuchtturms und das Geräusch der Brandung mich schläfrig machen würden. Lev nach all diesen Jahren wiedergesehen zu haben hatte so viele alte Erinnerungen und widersprüchliche Gefühle aufgewühlt, daß ich wußte, wenn ich versuchte, vernünftig ins Bett zu gehen, würde ich mich bis zum Morgen nur hin und her wälzen.

Als wir uns kennenlernten, litt ich immer noch an den Auswirkungen einer wirklich dummen Heirat, lebte von Teilzeitjobs und dem Geld, das mir Tante Zell schickte. Es war ein bitterkalter Winter, und die New York Public Library war ein guter Ort, um sich aufzuwärmen. Aus irgendeinem Grund hatte ich mir in den Kopf gesetzt,

Proust lesen zu müssen, und in jenem Winter tat ich es. Von *»In Swanns Welt»* bis zu *»Die wiedergefundene Zeit»*, obwohl ich bis heute keine einzige Szene beschreiben oder sagen könnte, was diese sieben Bücher aussagen. Und doch, während ich sie las, war ich völlig süchtig, und das schien mein Heimweh zu lindern.

Und dann hob ich eines Tages meinen Kopf, und am anderen Ende des großen muffigen Raums saß Lev, und mir wurde klar, daß auch er den ganzen Winter über dagewesen war, am späten Nachmittag, beinahe immer in demselben Stuhl. Störrische Haare, ständig zerzaust, gut gebauter Körper, dunkle Augen, die so tief unter dem First seiner Brauen lagen, daß sie wie zwei geheimnisvolle intelligente Wesen wirkte, die aus einer Höhle herausblickten.

Er hatte mich nicht bemerkt, aber nachdem ich mich einmal auf ihn konzentriert hatte, war es um mich geschehen. Ich ging umher, um zu beobachten, was er las. Zwei meiner Cousins in Dobbs waren Anwälte, und ich erkannte, daß es juristische Bücher und Grundentscheidungen waren und er vermutlich irgendwo in der Stadt Jura studierte.

Kein Ring an seinem Finger und keine Studientermine in jenem Winter.

Oh zum Teufel, dachte ich. Ich ließ Proust auf dem Tisch liegen und folgte Lev an jenem Abend aus der Bibliothek. Als wir fast die letzte Stufe erreicht hatten, ließ ich mich so gegen ihn fallen, daß wir beide in einem Gewirr aus Büchern und Schals zu Boden gingen und Entschuldigungen lachten.

Ich muß auf dem Eis ausgerutscht sein, sagte ich, und nein, es schien nichts gebrochen zu sein, konnte ja auch gar nicht, oder, mit all den schweren Mänteln und

Handschuhen, die man hier trägt? Er hörte meinen Akzent (wie sollte er auch nicht, so dick wie ich auftrug?) und fragte, wie lange ich schon in New York sei, und ich konnte nur daran denken, daß ich noch nie so dunkle und durchdringende Augen gesehen hatte, und der Duft seines After-Shaves – ich konnte ihn jetzt beinahe riechen, konnte beinahe ...

Ich hörte abrupt auf zu schaukeln.

Es war nicht Levs After-Shave, das ich wahrnahm, sondern ein süßlicher, ebenso bekannter Duft. Ich stand auf, schnüffelte und durchstöberte den Wind wie einer der Jagdhunde meines Vaters.

Nichts.

Und doch, im Schaukelstuhl sitzend, konnte ich es wieder riechen, ein flüchtig bekanntes Aroma.

Insektenvertilger?

Ich ging zum nahen Ende der Veranda. In dem dämmrigen Licht, wirkte das Gras dort zertreten. Wenn ich nicht genau dort hinuntergesehen hätte – ein dunkler Umriß, den ich für einen Fels oder ein Stück Treibholz gehalten hatte –, wäre mir nicht aufgefallen, wie es sich ganz, ganz langsam zurückzog und unter der Ecke der Veranda verschwand.

Ein Fuß in einem Stiefel.

Ich setzte mich wieder in den Schaukelstuhl und dachte über diesen Fuß eine Minute nach. Dann ging ich zu dem Kofferraum meines Wagens und holte die geladene 38er, die mein Vater mir ein paar Jahre zuvor gegeben hatte, als ich klargestellt hatte, daß ich nicht aufhören würde, nachts alleine zu fahren oder an ungemütlichen Orten nach Zeugen zu suchen.

Wieder zurück auf der Veranda schaukelte ich noch ein paar Minuten, entsicherte dann die Waffe und sagte in leisem Unterhaltungston: »Ich weiß nicht, weshalb Sie unter meiner Veranda sind, aber wenn Sie jetzt nicht rauskommen, werde ich direkt durch diese Planken schießen.«

Ich hörte ein gedämpftes »Scheiße!« und kratzende Geräusche, dann schob sich ein Mann heraus, mit den Füßen zuerst. Als er in seine Tasche griff, sagte ich: »Lassen Sie die Hände in der Luft, Mister!« und zog an der Vordertür.

»Nein! Kein Licht, okay?« Sein drängende Stimme war kaum ein Flüstern. »Bitte, Lady.«

Er bildete eine große und schlaksige Silhouette gegen das schwache Licht, das aus einem Geschäft eine Viertelmeile entfernt kam. »Wenn Sie mich nur ...«

»Officer ...« Ich mußte nach seinem Namen suchen. »Chapin, sind Sie's?«

Es war derselbe Wildhüter, der an diesem Nachmittag im Gericht gewesen war. Er sah mich angestrengt an.

»Oh *Scheiße!*« fluchte er wieder. »Frau Richterin? Entschuldigen Sie die Frage, Ma'am, aber was zum Teufel tun Sie *hier*?«

»Ich wohne hier«, antwortete ich. »Zumindest diese Woche. Aber um auf den Punkt zu kommen, was zum Teufel tun *Sie* hier?«

Er kam auf die Veranda und drückte sich gegen die Wand, wo die Schatten am dunkelsten waren. »Ich versuche, ein paar Seetaucher und Schwäne zu retten. Macht es Ihnen was aus, das Ding woandershin zu richten?«

»Oh, tut mir leid.« Ich sicherte die Waffe wieder und legte sie neben meinem Stuhl auf den Boden.

»Wir haben einen Tip bekommen, daß jemand auf diesem Teil der Insel schon seit ein paar Jahren damit durchkommt, Seetaucher zu schießen. Steht einfach auf seiner Veranda und ballert. Wenn er einen erbeutet, braucht er nur ein paar Schritte raus und ist wieder zurück, bevor wir feststellen können, woher der Schuß kam. Ich habe beschlossen, daß wir *ihn* dieses Jahr zur Strecke bringen, verdammt.«

»Sie sprechen von Mahlon Davis, oder?«

»Nun, in die Richtung läuft unser Verdacht. Nehme an, Sie haben ihn nicht dabei gesehen?«

»Das nicht, aber ...«

»Aber was, Ma'am?«

»Mir fiel gerade ein, daß ich sowohl gestern als auch heute beim Aufwachen Schüsse gehört habe. Allerdings dachte ich mir nichts dabei.«

»Das geht den meisten hier so«, sagte er bitter. »Es ist das Geräusch des Frühlings – Frühlingspiepsen, ziehende Seetaucher, Gewehrschüsse.«

»Wollten Sie wirklich die Nacht unter dieser Veranda verbringen?«

»Ich wußte nicht, daß hier jemand wohnt, obwohl ich es mir hätte denken können, so wie Ihr Telefon in der letzten Stunde verrückt gespielt hat. Ich dachte, das Haus gehört jemandem aus dem Norden, der nur am Wochenende runterkommt. Sich an diese Gauner heranzupirschen ist wie die Pirsch auf wilde Truthähne. Nur daß sie gerissener und nervöser sind als jeder Truthahn und einen Wildhüter aus einer Meile Entfernung entdecken können. Die einzige Chance, die man hat, ist, sich an einem Ort zu verstecken, wo sie einen nicht sehen können, und sie dann zu krallen, während der Vogel in ihren Händen noch warm ist.«

»Gesprochen wie ein Mann, der seine Arbeit liebt«, lachte ich.

»Wir verlegen uns da sicher nicht aus Sport drauf, aber die meisten von uns lieben die Jagd. Und das ist eine Jagd.«

»Ja, ich habe von einem Steuerbeamten gehört. Er legte sich eine Woche lang im Wald auf die Lauer, um jemanden zu fangen.«

»Es ist nicht so übel. Ich habe einen Schlafsack da unten.«

»Wo ist ihr Wagen?«

»An der Shell Point Rangerstation geparkt. Einer meiner Partner hat mich oben an der Straße abgesetzt, ungefähr zehn Minuten bevor Sie kamen. Das einzige was ich tun konnte war, dort unterzutauchen, bevor Sie mich sehen konnten. Ich dachte, Sie würden zu Bett gehen, und ich könnte wieder hervorkommen. Wie haben Sie mich entdeckt?«

»Sie waren ein bißchen zu großzügig mit Ihrem Aftershave«, sagte ich ihm.

Die ganze Zeit über sprachen wir leise. Der Wind wurde jetzt stärker, und ich fror langsam und wurde plötzlich ziemlich müde.

Ich stand auf und zog die Windjacke fester um mich. »Nun, viel Spaß. Wenn ich jetzt nicht ins Bett gehe, kann ich morgen im Gericht die Augen nicht offenhalten.«

»Sagen Sie mal, Frau Richterin ...« Chapins Stimme war zurückhaltend, aber ich kannte diesen schmeichelnden Ton. Ich hatte ihn weiß Gott oft genug von meinen Brüdern und Neffen gehört.

»Nein«, sagte ich.

»Aber wir sind beide Gerichtsbeamte, auf derselben Seite, oder etwa nicht?«

»Bis zu einem gewissen Punkt«, sagte ich. »Wenn sie Seetaucher auf Teufel komm raus schießen würden, könnten Sie die Nacht drinnen auf der Couch verbringen, aber diese Leute essen, was sie schießen, und …«

»Die meisten Diebe geben aus, was sie gestohlen haben«, sagte er vernünftig.

Ich seufzte. »Sie werden mich hassen.«

»Sie werden nicht einmal wissen, daß Sie es waren«, versprach er. »Ich werde durch die Hintertür hinausschlüpfen. Sie werden nicht wissen, woher ich kam.«

»Es wäre besser, wenn Sie nicht schnarchen, und ich gehe als erste ins Badezimmer«, sagte ich ihm.

Er zog seinen Schlafsack unter der Veranda hervor, schüttelte ihn aus, und wir gingen hinein, immer noch ohne Licht einzuschalten.

Our life is like a stormy sea
Swept by the gales of sin and grief,
While on the windward and the lee
Hang heavy clouds of unbelief;
But o'er the deep a call we hear,
Like harbor bell's inviting voice;
It tells the lost that hope is near,
And bids the trembling soul rejoice.
»This way, this way, O heart oppress'd,
So long by storm and tempest driv'n;
This way, this way, lo, here is rest,«
Rings out the Harbor Bell of heaven.

John H. Yates

Als ich am nächsten Morgen aufwachte, drang nicht das Geräusch von Gewehrschüssen über dem Wasser durch mein Fenster, sondern das Kreischen diese sehr lauten Bantamkampfhähne, die Mickey Mantle in Käfigen zwischen den Büschen am Rande von Mahlons Grundstück hält.

Ich bin sicher, daß er sie irgendwo auf der Insel kämpfen ließ, aber das ging mich nichts an. Die Uhr zeigte erst zehn nach sechs, also zog ich die Steppdecke über meinen Kopf und versuchte ihr durchdringendes Krähen zu ignorieren.

Nicht so einfach zu ignorieren war eine Stunde später das Aroma frisch aufgebrühten Kaffees, das sich seinen Weg unter meiner geschlossenen Tür hindurch und unter meine Decke bahnte, bis ich mich wach fühlte, einen Pullover über mein Nachthemd zog und ihm in die Küche folgte. Unglücklicherweise handelte es sich um ein Phantomaroma, denn als ich dort ankam, war die Kanne leer, eine Tasse tropfte von dem Geschirrständer in der Spüle, und auf dem Tisch lag ein Zettel:

6:45

Danke für die Couch. Alles ruhig heute morgen. Ich werde versuchen, mich rauszuschleichen, ohne Ihren Ruf zu ruinieren.

Kidd Chapin

Es gab genügend Bäume und Büsche zwischen der Hintertür und dem fünfzig Fuß entfernten Wohnwagen. Da Clarence und sein Sohn die ganze Woche fort waren, hatte Chapin eine ganz gute Erfolgschance, falls nicht zufällig jemand genau in dem Moment auf die Tür sah, wenn er sie öffnete. Sobald er einmal draußen und durch die Büsche war, gab es genügend Fußgänger zwischen der Straße und dem Wasser, so daß niemand wissen würde, ob er kam oder ging.

Der Ruf also noch einen weiteren Tag intakt. Meine Brüder würden erfreut sein.

Ich duschte, während eine frische Kanne Kaffee durchlief, zog dann meine Jeans und Schuhe an und ging zum Wasser hinunter mit der ersten heißen Tasse zwischen meinen Händen. Die Luft war kalt, und der Wind kam immer noch vom Wasser, stärker noch als letzte Nacht, aber die Sonne nahm den leichten Dunstschleier weg, und es würde ein schöner Tag werden.

Eine Tür schlug, und ich drehte mich um, um den jungen Guthrie da stehen zu sehen mit seinen Büchern unter dem Arm, den blonden Schopf gebürstet, fertig für die Schule. Er zögerte einen Moment, als sei er unsicher, ob er meine Anwesenheit zur Kenntnis nehmen sollte oder nicht. Es war das erste Mal, daß ich ihn seit Sonntag sah, aber ich grüßte ihn ungezwungen, und er kam mit zumindest einem Teil seiner üblichen Selbstsicherheit zu mir ans Wasser.

»Frei heute?« fragte er.

Ich lächelte. »Schön wär's.«

»Stimmt. Ich hasse die Schule.«

»Ja, hab ich auch.«

Er sah mich schnell an, bevor seine Augen wieder abschweiften. »Und wie bist du dann Richterin geworden?«

»Ich habe nicht gesagt, daß ich das Lernen haßte. Ich sagte, ich haßte die Schule. Besonders an Tagen wie heute. Da wollte ich lieber draußen sein und nicht drinnen eingesperrt.«

»Ja«, sagte er und sah sehnsüchtig zu den Sandbänken.

Ich betrachtete ganz offen sein Gesicht und was von seinem Hals unter dem langärmeligen Hemd sichtbar war, sah aber keine frischen Verletzungen. Nur weil Mahlon körperlich strafte, war er noch kein Kinderschänder. Mein Vater hat uns allen auch hin und wieder eins draufgegeben für Dinge, die nicht viel schlimmer waren, als ein Boot ohne Erlaubnis zu nehmen. Aber wir haben seine Liebe zu uns nie in Frage gestellt. Unglücklicherweise gab es keine Möglichkeit, Guthrie zu fragen, ob er sich geliebt und sicher fühlte.

»Manchmal, muß ich sagen, habe ich im Gerichtssaal das Gefühl, wieder in der Schule zu sein«, erzählte ich ihm.

Als hätten meine Worte ihm die Eröffnung geliefert, die er brauchte, sagte er: »Danke übrigens.«

»Wofür?«

»Mein Vater hat mir erzählt, daß du ihn gestern gesehen und laufen lassen hast.«

»Ich habe ihn nicht laufen lassen. Die Staatsanwaltschaft konnte ihm nichts beweisen.«

Er sah zweifelnd drein, gab aber keinen Kommentar.

Den Weg zur Straße hinauf schlugen weitere Türen. Mark Lewis winkte, sprang dann in den Wagen, in dem seine Mutter wartete, um ihn zu einer Schule, die nicht auf der Insel lag, zu fahren. Ein Haus weiter fuhr auch Makelys Mutter den Wagen aus der Garage. Ich habe in zu vielen Jugendgerichten gesessen, um zu glauben, daß jede Frau, die ein Kind trägt, *ipso facto* eine liebende Mutter aus der Hallmark-Werbung ist. Trotzdem tat es mir für Guthrie in der Seele weh, diese beiden Mütter zu sehen, während er von einer einsiedlerischen Großmutter und einem ungeduldigen Großvater aufgezogen wurde.

Wenn es Guthrie etwas ausmachte, zeigte er es nicht. Irgendwo, nicht allzuweit entfernt, hörten wir die Hupe eines Schulbusses.

»Ich geh jetzt besser.« Als er den Weg zur Straße hinaufging, blieb er stehen und sagte: »Hast du Muscheln bekommen? Ich habe Mark und Makely gesagt, sie sollen dir welche bringen.«

»Und wieder eine Lüge«, seufzte der Prediger mißbilligend.

»Aber denk einmal, warum«, drängte der Pragmatiker.

»Das war wirklich aufmerksam von dir«, sagte ich zu Guthrie. »Danke schön.«

Er nickte und beeilte sich. Einen Moment später sammelte der orangefarbene Schulbus ihn ein und rumpelte die Straße hinunter.

Während ich noch herumstand, kam Mahlon heraus, warf einen fachmännischen Blick auf Himmel und Wasser und schlenderte mir dann entgegen.

»Dreht sich bald«, meinte er. »Bei Anbruch der Nacht regnet es.«

»Bei dem strahlenden Sonnenschein?«

»Ändert sich schneller als die Meinung einer Frau.« Er grinste verschlagen und zeigte seine Zahnlücken, aber es war zu früh am Morgen, um mich zu ärgern.

»Schau, da unten!« sagte er abrupt und zeigte auf ein Paar von Wasservögeln am Strand. »Seetaucher!«

Sie flogen ungefähr in Augenhöhe und weniger als fünfzig Fuß entfernt an uns vorbei. Ich hatte sie noch nie aus der Nähe gesehen und freute mich an ihrer Schönheit: rußschwarze Köpfe, schwarzweiß gescheckter Rücken. Aber irgend etwas an ihrer unbeholfenen Silhouette – Kopf tiefer als der bucklige Körper, die Beine hinterherziehend – erinnerte mich an eine klagende Taube im Hat-nicht-ganz-geklappt-Flug. Sie schienen auch nicht schneller zu fliegen als Tauben.

»Hätt' ich doch bloß meine Knarre«, sagte Mahlon.

»Sie würden doch nicht vor den Augen einer Richterin auf einen Seetaucher schießen?« fragte ich.

Wieder das schräge Grinsen. »Is' nich' gegen das Gesetz, drauf zu schießen. Nur wenn man trifft.«

Als die beiden Seetaucher in der Entfernung verschwanden, folgte Mahlon ihnen mit sehnsüchtigem Verlangen. »Gott, ist das ein schöner Anblick.«

»Wie kommt's dann, daß Sie drauf schießen?«

»Hab' ich mein ganzes Leben getan«, sagte er. »Meistens kamen sie am Strand entlang wie die beiden, nur 'n bißchen weiter weg, grade noch in Schußweite, reizten dich einfach. Und irgendwie isses, als ob sie die Federn härten oder so was, daß der Schuß einfach abprallt. Ich sag' Ihnen, wenn ein Junge zum erstenmal einen nach Hause bringt, denkt er, jetzt ist er wirklich 'n Mann.«

Initiationsriten mögen wichtig sein, »aber sie sind eine bedrohte Tierart«, argumentierte ich.

Er schnaubte verärgert. »Sie sind nicht bedrohter als Schildkröten, und ich wünsche beim Teufel, Schildkröten fräßen Menschen, dann würden manche vielleicht endlich den richtigen Sinn dafür kriegen. Schildkröten und Seetaucher sind nicht bedroht – *wir* sind in Gefahr.«

Damit stapfte er in Richtung seines Bootsschuppens davon, und einen Moment später hörte ich das gleichmäßige Schlagen seines Hammers.

***

Die Küstenlinie vor dem Häuschen ist zu schmal und durch Felsen und Anlegestellen zu unwegsam, um zu einem längeren Spaziergang einzuladen, also ging ich den Pfad zurück, ließ meine Tasse auf der Veranda, kürzte durch den Seitenhof der Willis' ab und wanderte zu Cab's, meinem Lieblingsladen auf der Insel. Neben Lebensmitteln und Haushaltswaren dient eine Hälfte des Geschäfts ausschließlich der erwerbsmäßigen Fischerei: Gummistiefel und hohe Schuhe, Seile und Netze für jeden Zweck, Schwimmer und Senker in jeder Größe, Muschelharken und Flundergigs; ein weiterer Raum enthält alle Arten von Angeln, Winden und Ködern, die man sich nur vorstellen kann, ebenso wie elektronische Fischaufspürer und andere Gerätschaften für Boote.

Es ist lehrreich, einfach nur durch die Gänge zu streifen und sich die sechs oder acht unterschiedlichen Sorten Baumwoll-, Leder-, Nylon- oder Gummihandschuhe anzusehen – einige dick, um mit Austern umgehen zu können, andere schwer und mit rauher Oberfläche für glitschige Fische und Aale.

Außerdem ist es ein Ort, an dem einer aus dem Norden den Klatsch der Down Easters belauschen kann, wenn sich die Ohren einmal darauf eingestellt haben, den schnellen Fluß dieses wunderbaren Akzents zu übersetzen.

Ich kaufte eine Ostausgabe des *News and Observer* und war gerade bei den T-Shirts (*I'm Mommicked!* stand auf einem), halb lauschend und halb die Schlagzeilen lesend, als jemand sagte: »Morgen, Frau Richterin.«

Es war Jay Hadley mit einem Krug Milch in der Hand.

»Wie geht's?« fragte ich.

Sie hob den Krug. »Gut, wenn man die Kinder nicht mitzählt, die auf Milch für ihr Müsli warten.«

Ich trat zurück, um sie vorbeizulassen, aber sie zögerte. »Schau'n Sie, ich habe jetzt keine Zeit zu reden, aber Sie werden doch heute abend bei Andys Beerdigung sein?«

»Erinnern Sie mich noch mal, wann es ist«, sicherte ich mich ab.

Sie nannte eine Kirche am Westende der Insel. »Um vier Uhr.«

Ich sagte, ich hoffte auf jeden Fall, dort sein zu können, wenn ich rechtzeitig vertagen könnte.

»Gut.« Sie nickte kurz und eilte zur Kasse.

* * *

Als ich vierzig Minuten später vom Hof fuhr, arbeitete Mahlon immer noch hart an seinem Kutter. Bei Andys Haus schräg gegenüber bemerkte ich einen Streifenwagen und einen Pickup, der einem der Bynum-Jungen gehörte. Gut, daß Jay Hadley mich an die Beerdigung erinnert hatte. Meine Kusine Sue würde es zu schätzen wissen, wenn ich hinging.

»Sonnenschein an der Crystal Coast heute morgen«, sagte der Sprecher in meinem Radio, »mit aufziehenden Wolken am Nachmittag. Regenwahrscheinlichkeit fünfzig Prozent, ansteigend auf achtzig Prozent bis Mitternacht.«

Noch ein Punkt für Mahlon.

Als ich im Gerichtsgebäude meinen Kopf in Chets Zimmer steckte, erklärte er, er habe ebenfalls vor, früh Schluß zu machen. »Barbara Jean möchte zur Beerdigung gehen.«

»Wie geht es ihr heute morgen?« fragte ich.

Sein Gesicht war ein wenig verzerrt, und sein Lächeln erreichte seine Augen nicht, als er sagte: »Ich hoffe, du hast sie letzte Nacht nicht ernst genommen. Aus irgendeinem Grund läßt sie sich immer von Linville aufregen.«

»Ich weiß ja, wie verrückt sie mit eurer Tochter ist«, erwiderte ich diplomatisch.

»Ich versuche, mich da rauszuhalten«, sagte er mit plötzlicher Entschlossenheit, »aber wenn Linville Barbara Jean weiterhin so in die Quere kommt ... ich schwöre bei Gott, ich wünsche mir wirklich, Midge Pope hätte dieses Motel verloren, bevor er Linville getroffen hat. Oder wenn ich den Verkauf des Ritchie House blockiert hätte, dann würde sie in diesem Moment als Klofrau arbeiten.«

»Denkst du das wirklich?«

»Nein, wahrscheinlich nicht. Aber es war die Hilfe, die sie brauchte, und ohne das, glaube ich ganz ehrlich, stünde sie heute nicht da, wo sie ist, und könnte Barbara Jean nicht so verrückt machen.« Er seufzte. »Die Sache ist so: was mich betrifft, so wäre es nicht das Ende der Welt, wenn Barbara Jean die Neville Fishery verkaufen *würde*. Jill möchte sie nicht leiten. Ihr Mann ist Biologe hier in Duke's Marinelabor. *Er* will sie auch nicht.«

»Euer Enkel?«

»Er ist ein Jahr alt, um Himmels willen! Wer weiß, was er im Jahre 2015 machen wird? Ich bezweifle ernsthaft, daß es etwas mit Menhaden zu hat.«

Ich überlegte, wie ich mich fühlte, wenn ich Land der Knotts verkaufen müßte. »Aber wird es Barbara Jean nicht umbringen, wenn sie die Fabrik ihres Vaters aufgibt?«

»Nur, wenn sie an Linville Pope geht«, sagte er grimmig.

* * *

Die Vormittagssitzung verlief im großen und ganzen ruhig. Eine junge Frau trat vor und bat das Gericht um eine unangefochtene Scheidung. Sie war zweiundzwanzig, laut den Papieren seit vierzehn Monaten verheiratet, und alles schien in Ordnung zu sein.

»Keine Kinder?« fragte ich, um die Dokumente zu überprüfen.

»Nein, Ma'am«, antwortete sie sanft.

»Und kein Besitz?«

»Nein, Ma'am.« Ihre dünnen Finger strichen über das weiche Blumenmuster ihres Rockes.

Ich unterschrieb die Papiere. »Scheidung gewährt.«

Sie blieb stehen und sah mich unsicher an. »Ist das schon alles?«

Ich wußte, wie sie sich fühlte. Selbst wenn man mit einem Mann durchbrennt, den man weniger als zweiundsiebzig Stunden kennt, und aus einer Laune heraus von einem Standesbeamten getraut wird, den man noch nie gesehen hat, werden doch Schwüre wiederholt, Ringe getauscht, alles ein Ritual. Dieses Kind hatte vermutlich einen weißen Schleier, ein Seidenkleid, sechs Brautjungfern in rosa Tüll, und ihre und seine Mutter hatten die Kerzen angezündet, von denen sie Flammen nahmen und für immer zu einer Flamme verschmolzen. Und jetzt, weniger als zwei Jahre später, wurden nur ein paar Papiere bei Gericht eingereicht und unterzeichnet, und ein Richter sagte: »Scheidung gewährt.«

»Das war's?« wiederholte sie.

»Das war alles«, sagte ich freundlich. »Sie sind jetzt rechtmäßig geschieden.«

Sie ging aus dem Gerichtssaal, immer noch benommen.

* * *

In der Mittagspause wollte ich auf keinen Fall in einem der am Wasser gelegenen Restaurants Lev in die Arme laufen, und außerdem war ich zweimal am Tag Fisch langsam satt. Also schlich ich mich an die Salatbar in einem der Fast-Food-Restaurants. Zu meiner Überraschung saß Linville Pope allein in einer Ecke.

Sie sah mit einem erfreuten Lächeln auf, räumte ein paar ihrer Papiere, die über den Tisch verstreut lagen, zur Seite und lud mich ein, mich zu ihr zu setzen.

Als ich bemerkte, daß man sie nicht unbedingt in einem Shoney's vermuten würde, zog sie eine Grimasse und sagte: »Ich hoffe, Sie haben recht. So ein Spinner hat herausgefunden, wo ich normalerweise einkehre, und macht ständig Szenen. Es ist, glaube ich, einfacher, hier zu essen, bis er drüber weg ist.«

»Zeke Myers?« fragte ich und streute Alfalfa-Sprossen über meinen Salat.

Ihre Augenbrauen hoben sich. »Sie kennen ihn?«

»Nein, aber ich war am Montag im Ritchie House und habe sein Geschrei gehört. Irgend etwas von einem Boot?«

»Oh ja. Es ging tatsächlich um ein Boot.« Ihre kleinen Finger zerteilten ein heißes Brötchen in mundgerechte Stücke, die sie ganz exakt mit Butter bestrich. »Aber ich möchte Sie nicht langweilen.«

Als ich ihr versicherte, daß dies nicht der Fall wäre, erzählte sie mir von dem großen Kabinenkreuzer, den sie und ihr Mann in Florida gekauft hatten.

»Midge wollte Tagestouren zum Cape machen oder kleine Privatgesellschaften für einen Tag zum Fischen in den Golfstrom hinausfahren, aber es hat nicht funktioniert – mein Mann war nicht gesund genug, um seine Pläne durchzuführen –, und das Boot ist viel zu groß für mich allein, also habe ich es an Zeke Myers verkauft, der dachte, er könne es mit Erfolg vermarkten. Er kaufte es wie begutachtet und hat ein hervorragendes Geschäft gemacht, was auch immer er im Augenblick darüber denkt.«

Sie schluckte einen Bissen ihres Brötchens und begann, ein weiteres mit Butter zu bestreichen, während ich ein Salatblatt hochhob und eine dritte schwarze Olive suchte.

»Warum regt er sich dann so auf?«

»Weil er, als er eine Geschäftslizenz für das Boot beantragte, entdeckt hat, daß es in Taiwan gebaut wurde.«

Ich sah das Problem immer noch nicht.

»Anscheinend gibt es Bundesschiffahrtsgesetze in diesem Land, die verhindern, daß ein im Ausland gebautes Boot für kommerzielle Zwecke in heimischen Gewässern benutzt wird. Hat vielleicht irgend etwas damit zu tun, Arbeitsplätze in unseren eigenen Werften zu schützen.«

Sie sprach ohne großes Interesse. Ich dachte daran, wieviel Geld Zeke Myers selbst für »ein hervorragendes Geschäft« ausgegeben haben mußte.

Ich stellte mein Glas Eistee ab und sagte: »Kein Wunder, daß er wütend ist.«

Sie zuckte die Schultern. »Es gibt Lösungen, wenn er nur die Möglichkeiten erforschen würde, aber es macht ihm viel zuviel Spaß, das Gefühl zu haben, daß ich ihn über den Tisch gezogen habe.«

»Haben Sie das nicht?«

Ihre Lippen bogen sich zu einem Katze-im-Sahnetopf-Lächeln. »Vielleicht«, sagte sie freimütig. »Aber nicht dramatisch. Anstatt mich durch die ganze Stadt zu verfolgen und zu belästigen, könnte er nur die halbe Energie darauf verwenden, seinen Kongreßabgeordneten anzurufen und darum zu bitten, für ihn eine Ausnahmeregelung von den Küstenschiffahrtsgesetzen zu erwirken. Man hat mir gesagt, so würde es ständig praktiziert. Es mag ihn ein bißchen Zeit und Mühen kosten, aber schließlich bekäme er die Lizenz, die er braucht. Genauso wäre mein Mann verfahren, wenn wir dieses Gesetz gekannt hätten.«

»Spielen Sie eigentlich Schach?« fragte ich.

»Nein, ich hatte nie die Zeit für Brettspiele«, sagte sie. »Ich spiele lieber in der Wirklichkeit.«

»Sie meinen um Geld.«

»Warum nicht? Geld zu haben ist auch eine Art, Punkte zu sammeln, und es macht viel mehr Spaß, als ohne dazustehen. Macht ist natürlich noch besser.« Ein Schatten glitt über ihr ebenmäßiges Gesicht, als sie ihren Teller zur Seite schob und ihren Tee genau vor sich stellte. Eine Erinnerung an frühere Jahre der Unterordnung?

»Seien Sie ehrlich«, sagte sie. »Weshalb sonst sind Sie Richterin geworden?«

»Ich dachte, ich könnte etwas verändern«, antwortete ich steif. »Für das Allgemeinwohl.«

»Das tun wir alle, Deborah. Das tun wir alle.« Sie lehnte sich zurück, so daß ihr feines aschblondes Haar nach hinten fiel und ihre schön geschnittene anmutige Kopfform direkt unter der zarten Haut betonte. »Das macht neunundneunzig Prozent des Problems hier unten aus: jeder denkt, er weiß, was für alle anderen gut ist. Es wäre amüsant, wenn es nicht so traurig wäre.«

»Und wenn es nicht um die Einmischung in den Lebensunterhalt der Leute ginge«, fügte ich schroff hinzu.

»Keiner mischt sich in den Lebensunterhalt ein«, korrigierte sie mich freundlich. »Nein, nein, es geht um Macht. Jeder von diesen Menschen, die alle so stimmgewaltig sind, könnte einen anderen Weg finden, sein Auskommen zu erzielen. Sie wollen nur einfach nicht. Sie wollen so weitermachen, wie sie es gewohnt sind. Was ihre Väter getan haben. Ohne eine einzige Veränderung, obwohl die Veränderungen, auf die ich hinarbeite, langfristig für jeden vorteilhaft sein werden und vielleicht auch ihre Lebensqualität verbessern. Sehen Sie sich Ihre Freundin Barbara Jean an. Wenn sie morgen an mich verkaufen würde, gäbe ich ihr fünfzig Prozent mehr, als die Neville Fishery wirklich wert ist, und sie könnte aus dieser Kontroverse als wohlhabende Dame hervorgehen. Aber sie will nicht. Und warum?«

»Macht?« fragte ich und spielte die Rolle, die sie mir zugedacht hatte.

Linville beugte sich vor, die Finger um ihre Teetasse verschränkt.

»Nun, was würde sie tun, wenn sie den Betrieb nicht hätte? Um was würde sie sich kümmern? Geld kann nicht einmal *annähernd* die psychische Befriedigung ersetzen, die sie daraus ziehen muß, Lohnschecks für dreiundzwanzig schwarze Männer und ein halbes Dutzend Weiße auszustellen. Sie zollen ihr Respekt. Ihre Familien zollen ihr Respekt. Die Leute hören zu, wenn sie bei einer Versammlung spricht. Sie wird das nie aus eigenem freiem Willen aufgeben. Nicht alleine für Geld.«

Ich setzte mich von meinem Teller zurück. »Sie wollen sie also zwingen? Sie hat mir erzählt, daß Sie ihr angedroht haben, Bootsstellplätze auf Harkers Island zu errichten, direkt neben dem Haus ihrer Tochter.«

»Ich drohe nicht, Deborah. Ich stelle nur fest. Außerdem wird es eine sehr hübsche Anlage. Landschaftsgerecht. Abgeschirmt von blühenden Büschen. Es wird keine Beleidigung fürs Auge. Ehrlich.« Wieder das ruhige, selbstzufriedene Lächeln. »Vorausgesetzt, daß sie mich machen läßt. Wenn ihr Mann ihr das nicht ausreden kann.«

»Was ist mit Andy Bynum?« fragte ich plötzlich.

Sie machte eine abwehrende Bewegung mit ihrer schmalen Hand. »Wieder jemand, der die Macht genoß. Er konnte in der Tür seiner Fischfirma stehen und annehmen oder ablehnen, was immer ihm ein Fischer anbot. Er liebte es, diese Independent Fishers Alliance zu leiten, weil sie ihm ein Forum gab, dem Rest von uns seinen Willen aufzudrücken. Oder es zu versuchen.«

Ihr Funkrufempfänger ging los. Sie runzelte die Stirn, als sie die Nummer auf dem Display sah, schaute auf ihre erlesene goldene Uhr und sagte: »Zu schade. Ich hätte so gerne etwas über Sie und Levi Schuster gehört, aber ich muß jetzt wohl gehen.«

»Da gibt's nichts zu hören.« Jetzt machte ich eine wegwerfende Handbewegung. »Wir waren vor Billionen von Jahren einmal zusammen.«

»Und letzte Nacht bedeutete nichts?«

»Wir haben vielleicht ein bißchen alte Asche wieder aufgerührt«, gab ich zu.

»Und ein paar heiße Kohlen gefunden?«

Ich schüttelte meinen Kopf.

(»Lügnerin!« flüsterte der Prediger.)

»Dann macht es Ihnen nichts, wenn ich ... ?«

»Würde Sie das interessieren?«

Sie lachte. »Wahrscheinlich nicht. Trotzdem ...«

»Nur zu.«

(»Es wird dir noch leid tun, daß du das gesagt hast«, warnte der Pragmatiker.)

* * *

Wie sich herausstellte, gab es am Nachmittag so viele Gesuche um Vertagung, daß wir an, diesem Tag ein paar Minuten vor drei fertig waren. Ich schloß schnell die Sitzung und fuhr zurück nach Harkers Island. Von Westen her rollten dicke Wolken an und der vorausgesagte Regen schien nicht mehr fern.

Als ich zu der Kirche kam, in der Andys Beerdigungsmesse stattfinden sollte, war diese zum Bersten gefüllt. Auf jeder Seite des Hauptschiffs befanden sich allerdings Klassenräume für die Sonntagsschule, und Falttüren glitten zurück, so daß sich fünfzig weitere Personen hineinquetschen konnten. Darunter ich. Diejenigen, die noch später kamen, mußten sich an den hinteren Wänden drängen.

Der Sarg wurde geschlossen, bevor die Familie eintrat – die beiden Söhne Andys, deren Frauen, fünf Enkelkinder und eine Handvoll Leute, die Brüder und Schwestern oder Cousins sein konnten. Von meinem Seitenplatz hatte ich einen guten Überblick. Die Schwiegertöchter hatten rotgeränderte Augen, und auch die Jungen sahen aus, als hätten sie ihren Teil der Trauer absolviert. Eine ältere Frau weinte leise während des gesamten Gottesdienstes.

Chet und Barbara Jean saßen inmitten einer Gruppe von Mitgliedern der Allianz. Zumindest nahm ich das an, denn wenigstens die Hälfte von ihnen, einschließlich Barbara Jean und Jay Hadley, trug eine weiße Nelke im Revers. Neben Jay saßen zwei Teenager. Das Mädchen war schätzungsweise siebzehn oder achtzehn und eine jüngere, hübschere Ausgabe ihrer blonden Mutter. Ich hatte gehört, daß der Junge erst sechzehn war, aber er hatte die Figur eines Mannes, und seine Haare und Augen waren dunkler.

Der Chor sang *Rock of Ages* und *Safe in the Arms of Jesus*, dann rief der Prediger zum Gebet auf. Er war sehr charismatisch und von einem so großen Publikum derart überwältigt, daß er an einer Stelle offensichtlich dachte, er führe eine Wiedererweckung durch und keine Beerdigung. Als er von Reue und Erlösung sprach und uns ermahnte, unsere Seelen zu retten (»Denn ihr kennt die Stunde nicht, in der der Herr euch heimruft«), erwartete ich fast, daß er eine Einladung aussprechen würde und der Pianist an *Almost Persuaded* stimmte.

Im letzten Moment hielt er sich jedoch zurück und schwenkte auf eine ernste, genaue Darstellung von Andy Bynums gutem Charakter und seinen Tugenden um und das Vermächtnis von Liebe und Respekt, das er hinterließ, »ein Denkmal, nicht in Stein gehauen, meine Freunde, nicht in Wasser geschrieben, sondern unauslöschbar in den Herzen und Leben der Menschen, die er berührt hat.«

Gegen Ende spielte er auf die Art und Weise an, wie der Tod gekommen war, und sagte: »Andys Jungen, Drew und Maxton, bitten euch alle, angestrengt über letzten Sonntag nachzudenken. Wenn irgend jemand bei Andy in der Nähe der Sandbank vorbeigekommen ist, wenn irgend jemand einen anderen dort draußen gesehen hat – wenn ihr es nicht dem Sheriff erzählen wollt, dann faßt euch wenigstens das Herz, es einem der beiden zu erzählen.«

Eine letzte Hymne, ein Gebet, dann erhoben wir uns und folgten dem Sarg zum Friedhof, wo ein blaues Zelt drei Reihen von Klappstühlen und dem offenen Grab Schutz bot. Der Sarg wurde an seinen Platz gerollt, und die Familie setzte sich, während wir anderen schweigend stehenblieben und darauf hofften, daß der Regen noch eine weitere halbe Stunde auf sich warten ließ.

Noch ein Bibeltext und noch ein Gebet, der Prediger schüttelte jedem Familienmitglied die Hand, und sie gingen zurück in die Kirche, um zu warten, bis der Sarg abgesenkt worden war, die Erde zurückgeschaufelt und die Kränze so arrangiert waren, daß die nackte Erde bedeckt war.

Die Versammlung bewegte sich ebenfalls von der

Grabstätte weg, als sei es nicht schicklich, danebenzustehen und zuzusehen, während das alles geschah. Autotüren knallten, da einige unverzüglich aufbrachen. Die meisten jedoch blieben in kleinen Gruppen zusammen, schüttelten ihren Kopf über Andys Ermordung und fragten sich laut, was wohl jetzt aus der Allianz würde. Ich sah, wie Telfort Hudpeth mit Barbara Jean und Jay Hadley sprach. Chet war in eine Unterhaltung mit jemandem vertieft, den ich nicht kannte.

Detective Quig Smith war zusammen mit Deputy Marvin Willitt da, der Uniform trug.

»Gentlemen«, sagte ich.

»Ma'am«, sagte Deputy Willitt und verschwand sofort.

»Habe ich irgend etwas Falsches gesagt?« fragte ich.

Smith grinste. »Nee. Er sollte nur eigentlich den Verkehr regeln.«

»Wirklich?«

»Okay, und ein paar Fragen stellen. Sich zur Verfügung halten, falls sich jemand zu Herzen nimmt, was der Prediger gesagt hat.« Er sah hinüber zu der Stelle, wo zwei Arbeiter des Beerdigungsinstitutes Dreck schaufelten. »Waren Sie schon mal in New Orleans?«

»Das ist eine komische Frage.«

»Ich dachte nur gerade an den Unterschied im Wasserspiegel. Wie sie dort ihre Toten überirdisch beisetzen müssen. Nicht wie hier.« Er schüttelte seinen Kopf. »Es wird schwer sein, die Makler von hier fernzuhalten. Zu viel hoher Grund hier.«

In meinen Augen sah alles ziemlich flach aus, aber ich nehme an, diese Dinge sind relativ.

Wir standen am Rand der Menge, praktisch zwei Außenseiter. Solange wir allein waren, fühlte ich mich frei zu sagen: »Nach der Bitte der Söhne zu urteilen, vermute ich, daß es in der Suche nach Andys Mörder keine Fortschritte gibt?«

»Würde ich nicht so sagen. Wir sind die ganze Insel rauf und runter gefahren und haben Fragen gestellt, besonders in Häusern auf der Buchtseite. Die Leute können schon ganz schön vage sein in dem, was sie gesehen haben.«

»Hat denn jemand etwas gesehen?«

Er rieb sich sein Kinn. »Nun ja, Frau Richterin.«

Während wir sprachen, schweifte sein Blick über die Menge, und er nickte immer höflich, wenn jemand Augenkontakt suchte. »Sie wohnen in diesem kleinen gelben Haus hinter Clarence Willis, stimmt's?«

»Ja, es gehört meinen Cousins.«

»Ist ihnen jemals was gestohlen worden?«

»Nicht daß ich ... na ja, vielleicht einmal ein paar Spinnköderrollen. Ein Kassettenrekorder. Solche Sachen.«

»Hat er Anzeige erstattet?«

»Nein, er glaubte zu wissen, wer die Sachen genommen hat, und es war nie so viel.«

»Mickey Mantle Davis, hm?«

»Er hat gerne alles mitgenommen, was nicht niet- und nagelfest war«, gab ich zu.

»Das tut er immer noch«, meinte Smith, und sein ausgedehntes Lächeln sagte mir, daß er davon gehört hatte, wie eine Handpuppe Mickey Mantle des Fahrraddiebstahls bezichtigt hatte.

»Aber das ist von Leuten, die nicht auf der Insel wohnen, und nachdem meine Cousins einmal ein paar anständige Schlösser angebracht hatten, hörte es so ziemlich auf. Mickey Mantle würde niemals bei ihnen eine Scheibe einschlagen.«

»Wie lang kennen Sie die Winberrys?« fragte er abrupt.

»Sie springen aber *wirklich*. Ist das für irgend etwas wichtig?«

»Nur 'ne Frage. Jemand hat gesagt, Sie wären letzte Nacht mit ihnen zusammen gewesen. Ich nehme an, Richter hängen einfach viel zusammen.«

»Nicht mehr als Deputy Sheriffs«, sagte ich.

Als wolle er die Unrichtigkeit meiner Aussage beweisen, nutzte Chet diese Minute, um herüberzukommen und mich zu fragen, ob ich mit ihnen zum Abendessen nach Beaufort reinfahren wollte. »Einer von uns könnte dich später mit dem Boot zurückbringen.«

»Danke, Chet, aber es sieht nach Regen aus, und ich denke, ich lasse es heute mal nicht so spät werden«, sagte ich ihm.

Als er wegging, um Barbara Jean einzusammeln, die offensichtlich eine Strategiebesprechung mit einigen Kollegen hatte, sah ich, daß Quig Smith wieder lächelte.

»Was?« fragte ich.

»Ich dachte nur über spät werden nach und so. Wie gut kennen Sie Kidd Chapin?«

Ich grinste. »Kommen Sie auf den Punkt, Detective Smith, wie gut kennen *Sie* ihn?«

»Er ist eine Spottdrossel, der alte Kidd. Aber eins muß man ihm lassen: er ist ein prima Polizist. Setzt sich auch für Umweltschutz ein.« Er sah mich nachdenklich an. »Ich wette, Sie sind auch nicht verheiratet.«

»Stimmt«, lachte ich und wandte mich in Richtung meines Wagens, aber Smith holte mich ein.

»Die erste Straße über die Insel war mit Muscheln gepflastert«, vertraute er mir an. »Sie glauben nicht, welche Berge von Muscheln es vor Shell Point gab.«

»Wo die Indianer jeden Frühling auf die Inseln

kamen und Austern und Muscheln suchten«, sagte ich. »Ich weiß. Ich habe die Geschichten gehört.«

»Man sagt, es gab so viele Muschelschalen, daß es aussah, als wolle man einen Damm zum Kap hinausbauen.« Er trat nachdenklich auf das Pflaster. »Wäre besser, die Straße bestände noch aus Muscheln. Vom Asphalt ablaufendes Wasser ist etwas Schreckliches. Wir sollten ein Gesetz verabschieden, daß Parkplätze pro fünfundzwanzig Plätze mindestens einen Laubbaum haben müssen. Denn auch wenn es sauberes Regenwasser ist – was es nie ist –, kann zuviel frisches Wasser ebenso schlecht für die Bucht sein wie verschmutztes Wasser.«

»Nun«, sagte ich herzlich, als wir bei meinem Wagen ankamen, »es war sehr nett, mit Ihnen zu plaudern und ...«

Er beugte sich näher vor. »Kidd sagte, wenn ich Sie sehe, soll ich fragen, ob Sie lieber schwarze Oliven oder grüne Paprika auf Ihrer Pizza mögen.«

»Bitte?«

»Kidd sagte ...«

»Nein«, unterbrach ich. »Das habe ich schon verstanden. Sagen Sie Officer Chapin, daß ich gesagt habe, unter gar keinen Umständen.«

Smith rieb sich zweifelnd das Kinn. »Nun, ich werde es ihm ausrichten, aber wissen Sie, was dann passieren wird?«

»Was?«

»Vermutlich werden Sie Oliven *und* Paprika bekommen.«

»Sie werden Kidd sagen, daß ich, falls er bei mir auftaucht, jedes Licht einschalten und eine Sirene aufheulen lassen werde, damit jeder in der Nachbarschaft wissen wird, daß er da ist.«

»Normalerweise läuten sie die Kirchenglocke«, lachte Smith leise. »Wenn Sie an einem Wochentag im Frühling eine Kirchenglocke läuten hören, können Sie darauf wetten, daß ein Wildhüter auf der Insel ist.«

* * *

Zum Cottage zurückgekehrt, winkte ich Mahlon und Guthrie zu, die beide noch draußen am Boot arbeiteten. Wenn ich überlegte, daß Mahlon hoffte, die Bynum-Jungen würden Andys Versprechen wegen des Truck-Motors einlösen, war ich überrascht, daß er das Begräbnis versäumt hatte. Ich zog mein Kleid aus und Jeans und ein gemütliches Sweatshirt an und überlegte, ob ich nicht hinübergehen und zusehen sollte, aber ein Wagen fuhr draußen vor, und ich hörte die Tür schlagen.

Es war Jay Hadley, immer noch für die Beerdigung gekleidet, in einem weichen marineblauen Kostüm und rotweißen hohen Pumps mit einer roten Tasche. Meilenweit entfernt von Hemd und Shorts, die sie am Sonntag getragen hatte. Sie hatte eine prallgefüllte Aktenmappe dabei.

Als ich zur Tür kam, sagte sie: »Tut mir leid, Sie zu stören, Frau Richterin, aber ich brauche einen Rat, wenn es Ihnen nichts ausmacht.«

Ich bat sie herein und bot ihr etwas zu trinken an, aber sie wollte nur ein Glas Eiswasser.

»Sehen Sie, Frau Richterin ...«

»Bitte. Nennen Sie mich Deborah.«

Bis dahin war sie geschäftsmäßig gewesen. Jetzt wirkte sie regelrecht schüchtern aus. »Und ich bin Jay.«

Nachdem das geregelt war, fragte ich, wie ich helfen

könnte, und sie legte die Mappe auf die Couch zwischen uns.

»Dies sind einige von Andys Papieren. Sehen Sie, die Allianz möchte, daß ich als Übergangsvorsitzende agiere, und ich habe zugesagt. Andys Sohn Maxton brachte mir einen großen Stapel Sachen letzte Nacht, und als ich sie durchgeforstet habe ...« Sie zögerte. »Ich weiß nicht, ob Barbara Jean Winberry Ihnen gesagt hat, wie sehr Andy Linville Pope haßte?«

»Ich glaube, sie kamen nicht sehr gut miteinander zurecht, aber ich kenne keine Einzelheiten.«

»Andy hat es auf sie abgesehen, seit sie seinen Honigtopf am North River vor ungefähr einem Jahr ruiniert hat.«

Ich mußte einfach lächeln bei dem Gedanken, wie Andy über seinen Honigtopf gesprochen hatte.

Sie lächelte traurig zurück und strich eine Locke sonnengebleichten Haars zurück, die ihr in die Augen gefallen war. »Als es keine Austern gab, als niemand auch nur eine halbe Schachtel Krabben finden konnte, stocherte Andy an einer Stelle am North River herum und brachte immer ein nettes Abendessen mit. Linville Pope half, einen Landstrich zu erschließen, der genau seinen Honigtopf einschloß, und damit war es erledigt. Er war stinkesauer, und danach hat er offensichtlich immer nur versucht, es ihr heimzuzahlen.«

Ich konnte das verstehen. Wie ich gehört habe, sind die meisten Seeleute sehr verschwiegen und auf den Schutz ihrer speziellen Glücksgebiete versessen.

»Jedenfalls, vor einer oder vielleicht auch zwei Wochen sagte Andy, er hätte sie jetzt endlich in der Hand. ›Sie hat ihr Haus auf Sand gebaut‹, sagte er, und er wollte es umblasen.«

»War er so rachsüchtig?«

»Andy Bynum war einer der anständigsten Männer auf der Insel, und er hat immer die Regeln befolgt, aber wenn Sie ihm übel mitgespielt hatten, nutzte er die Regeln, um es Ihnen heimzuzahlen.«

»Er hat Ihnen nicht gesagt, womit er sie in der Hand hatte?«

»Nein, aber ich weiß, daß er viel Zeit im Gericht verbracht und das Archiv durchgeforstet hat. Und darum handelt es sich hier«, sagte sie und klopfte auf die Mappe. »Seine Aufzeichnungen, seine Kopien, die er von ihren Bewilligungen gemacht hat, Zeitungsausschnitte und eine ganze Reihe anderes Zeug. Es ist nur so, daß ich alles durchgearbeitet habe, aber, falls es einen Hinweis gibt, ihn nicht finden kann. Sie sind Juristin. Vielleicht fällt er Ihnen auf.«

»Zu welchem Zweck?«

»Linville Pope wird sehr stark in dieser Gegend«, sagte Jay offen. »Es macht ihr nichts, Kurven zu schneiden, um zu erreichen, was sie will. Und was sie will ist, die gesamte kommerzielle Fischerei aus der Bucht zu vertreiben. Ich glaube, es wäre gut, wenn wir ihre Flügel zumindest so weit stutzen könnten, daß wir einen Ausgleich schaffen.«

So sehr ich auch dabei war, mich auf die Seite der Fischer zu schlagen, so wenig leichtfertig war ich bei Erpressung und Zwang. Auf der anderen Seite, wenn Linville wirklich etwas Illegales getan hatte, weshalb sollte sie auf Kosten der anderen davon profitieren?

»Okay«, sagte ich und nahm die Mappe. »Wir werden sehen, ob sie irgendwelche Vorschriften verletzt hat.«

»Danke«, sagte sie, »Deborah.«

»Gern gescheh'n, Jay.«

Der Regen setzte tatsächlich mit Anbruch der Dunkelheit ein, und es regnete für ein paar Stunden so stark, daß ich alle Fenster schließen mußte.

Ich wollte nur noch die Mappe durcharbeiten und dann für etwas zu essen sorgen, wenn der Regen nachgelassen hatte. Aber ich war so gefangengenommen von all den Grundstücksgeschäften, in die Pope Properties verwickelt waren, daß es bereits fast zehn Uhr war, als ich das nächste Mal aufsah.

Jedes Lokal auf der Insel war jetzt geschlossen.

Ich hatte ein Seitenfenster gekippt gelassen, damit Luft hereinkam, und bemerkte, daß irgendwo irgend jemand etwas kochte, das einfach köstlich roch. Etwas mit Olivenöl und Knoblauch und …

Eine leise Stimme vor dem Fenster sagte: »Ihre Pizza ist da.«

Ever present, truest Friend,
Ever near Thine aid to lend,
Leave us not to doubt and fear,
Groping on in darkness drear,
When the storms are raging sore,
Hearts grow faint, and hopes give o'er,
Whisper softly, »Wanderer, come!
Follow Me, I'll guide thee home.«

Marcis M. Wells

»Das ist aber wirklich das allerletzte Mal«, sagte ich zu Kidd Chapin und griff nach einem zweiten Stück der besten Pizza, die ich seit sechs Monaten gegessen hatte. Sie war nicht nur mit Oliven und Paprika und Salami belegt, zwei Stücke hatten auch noch Anchovis, eine unwiderstehliche Kombination. »Wenn Sie morgen früh nicht jemand dabei erwischen, wie er Seetaucher schießt, müssen Sie wieder zurück unter die Veranda oder sich in den Büschen auf die Lauer legen.«

»Und mir die Schwanzfedern wegschießen lassen?« grinste er. »Nein!«

»Hier aber auch nicht«, warnte ich, »weil ich morgen abend Schluß mache und zurück nach Dobbs fahre.«

Wir saßen an dem Resopalküchentisch, die Jalousien heruntergezogen, teilten uns die letzten drei Bier im Kühlschrank und erzählten Kriegsgeschichten.

Zumindest Kidd Chapin. Er erinnerte mich an Terry Wilson, meinen SBI-Kumpel. Ich hatte die Austerngeschichte über die Wilderer, die er heute erst geschnappt hatte, schon gehört. Zwei Veteranen, die beim Grab ihrer Mütter schworen, daß sie diese saftigen zweischaligen Muscheln bereits vor dem einunddreißigsten März, dem offiziellen Ende der Austernsaison, gefangen hatten. »Sie sagten, sie brächten die zwei Wochen alten Säcke voll nur in ihren Booten nach draußen, um sie noch einmal naß zu machen.«

Dann war seine Bärengeschichte gekommen, zwei Seetauchergeschichten, und jetzt waren wir beim Jagen von Hirschen mit Scheinwerfern.

« ... und da versuchten wir also, uns an dieses verlassene Haus am Rand eines Sojabohnenfeldes heranzuschleichen, weil wir gehört hatten, daß dort nachts Lichter aufblitzten und Gewehrschüsse zu hören waren. Nun, als wir in Reichweite kommen, fliegen die Türen auf, und dieser starke Lichtstrahl gleitet über das Feld, und dann peng! peng! peng! Wir gehen in Deckung und landen in einem mit dornigem Gestrüpp bedeckten Graben, in dem ungefähr sechs Fuß hoch das Wasser steht. Eine Minute später hören wir den kleinen Dünnen schreien: ›Ich glaub', ich hab' ihn, Cletus!‹

Ray und ich, wir stehen vorsichtig auf und sehen diesen Berg von einem Mann zur Tür kommen – buschiger roter Bart, gewaltiges Bowiemesser und bekleidet mit einem T-Shirt, auf dem steht: ›Töte sie alle und laß Gott dann aussortieren‹. Sieht gemeingefährlich aus. ›Wo?‹ fragt er.

›Da hinten‹, sagt der Dünne und er lacht und jauchzt, als hätte er einen Bären erlegt, und dann kommt wieder der Scheinwerfer.«

Er aß genüßlich eine Olive und nahm einen kräftigen Schluck Bier.

»Also, Ray und ich, wir hatten diese Schrotflinten, und ich rufe: ›State Wildlife Officer! Werfen Sie Ihre Waffe weg!‹ Der große Kerl rennt zurück nach drinnen, aber der kleine weiß nicht genau, was er machen soll. Und da ungefähr knallt Ray eine Patrone in das Zimmer, und als er das hört, schmeißt der kleine Kerl seine Knarre weg und sich auf den Boden und schreit: ›Ich hab' nichts gemacht.‹

Ich laufe um das Haus herum zur Rückseite, als die Tür aufgeht, und ich denke, ich werde jetzt in die Mündung einer M-16 oder so was gucken. Statt dessen kommt die Nase von Herrn Gewaltig, ganz vorsichtig, und ein ganz dünnes Stimmchen sagt: ›Wer ist da?‹, als erwarte er die Avon-Beraterin.

Ich sage ihm, daß er mit erhobenen Händen rauskommen soll, und höre nur: ›Yessir! Yessir! Nicht schießen.‹

Also legen wir ihnen Handschellen an, nehmen sie fest, auf die Knie, und die ganze Zeit über schwören sie, sie hätten nichts getan. Natürlich wissen Ray und ich, daß sie doch was gemacht haben, also sammeln wir die Beweisstücke ein. Und als erstes finden wir diese Gewehrpatrone. Allerdings nur für Vögel, nichts, was einen Hirsch erledigen würde. Ungefähr zwanzig Yards weiter finden wir endlich, worauf der kleine Kerl geschossen hat. Kein Hirsch. Eine gottverdammte Hauskatze!

Ich meine, hier stehen wir: zwei Beamte mit Schrotgewehren, zwei Kerle in Handschellen und unter Arrest und eine räudige *Felis domesticus*, und wie Sie als Richterin wissen, verbietet das Gesetz nicht, sie zu erschießen.«

»Und was haben Sie gemacht?« fragte ich und leckte Tomatensoße von meinen Fingern.

»Das einzige, was ich machen konnte.« Er grinste und griff nach dem letzten Stück Pizza. »Ich nehme diese tote Katze und schüttele sie vor ihrem Gesicht und schreie: ›Ihr armseligen Miststücke, seht ihr das?‹

Und der kleine fängt an zu jammern: ›Yessir, bitte, Sir, ich wollte das nicht.‹

›Ihr wißt, daß das gegen das Gesetz ist, oder?‹

Und der große stöhnt: ›Yessir, es tut uns leid. Wir tun das nie wieder. Versprochen, Sir!‹

›Okay‹, sage ich. ›Dieses Mal lassen wir euch laufen, aber wenn wir euch noch einmal dabei erwischen, wie ihr auf Katzen schießt, kriegt ihr eine Menge Ärger.‹«

Lachend goß ich ihm aus der letzten Flasche Bier nach und schüttete dann den Rest in mein Glas. »Und die Katzenliebhaber auf der ganzen Welt grüßen Sie, Sir!«

»Wir haben dann aber tatsächlich ein paar Nächte später noch Kerle gesehen, die Hirsche gejagt haben. Wir haben meinen Dienst-Bronco ganz vorsichtig in diese Einfahrt an einer Landstraße gefahren und mit der Schnauze nach draußen eingeparkt. Keine Lichter im Haus, die Leute waren zu Bett gegangen. Und wir sitzen so ungefähr eine Stunde, bis dann endlich ein Pickup mit zwei Witzbolden auf den Kotflügeln ankommt. Einer bedient den Scheinwerfer, der andere hat das Gewehr. Wir verkriechen uns in den Sitzen, bis sie vorbeigefahren sind. Dann schalte ich die Zündung ein und versuche, ihnen zu folgen, und plötzlich sackt die gesamte rechte Seite meines Bronco ab. Wir steigen aus und stellen fest, daß zwei unserer Reifen bis auf die Felgen weggeschmolzen sind. Anscheinend hatte der alte Farmer die Angewohnheit, seine heißen Kohlen und die Asche in die Einfahrt zu kippen, bevor er das Feuer wieder anfachte und abends ins Bett ging.«

»Ich wette, Sie hatten eine Menge Spaß, Ihrem Boß das zu erklären«, sagte ich, während er die Schachtel und Papierteller wegwarf und die Bierflaschen in eine Recyclingtüte steckte.

»Nun, um die Wahrheit zu sagen, ich fand irgendwie nie den richtigen Zeitpunkt, um es ihm zu sagen, also habe ich einfach die Ersatzreifen aus zwei Broncos von zwei anderen Beamten geklaut.«

Während ich unsere Gläser abspülte und Tisch und Arbeitsfläche abwischte, kehrte er den Boden.

»Sie sind recht geschickt im Haus«, kommentierte ich und breitete das Geschirrtuch aus, damit es über dem Geschirrständer trocknen konnte.

»Ich hab nie einen Komplex gehabt, daß Frauen- und Männerarbeit so unterschiedlich sind«, sagte er mit einem leichten Lächeln. »Nicht, seit ich das über Austern erfahren habe.«

»Was denn?« fragte ich mißtrauisch.

»Sie wechseln ihr Geschlecht, je nachdem wer oben ist. Ist die Dame auf dem Herrn, wird er ein paar Monate später weiblich sein und sie männlich, und sie kriegen immer noch Babyaustern.«

»Das haben Sie erfunden«, sagte ich.

»Im Wohnzimmer steht ein Spezialbuch über Muscheln. Wenn Sie mir nicht glauben, prüfen Sie's doch nach.«

Ich ging hinüber, fand das Buch und sah unter Austern nach. Nach ein oder zwei Absätzen darüber, wie Austern auf Schlick- oder Sandgrund in Flachwasser mit Gezeitenströmung leben, kam man endlich zu ihrem Sexualleben. Und wissen Sie was?

»Sind Sie sicher, daß Sie nicht übers Wochenende hierbleiben wollen?« fragte er.

»Ganz sicher. Nicht, daß es keinen Spaß gemacht hätte.«

Er sah mich nachdenklich an.

»Vergessen Sie's«, sagte ich. »Wir sind keine Austern.«

Ich ging zu Bett.

Allein.

* * *

Gegen zwei Uhr morgens wachte ich durstig von den Anchovis auf und ging auf Zehenspitzen in die Küche, um mir Wasser zu holen.

Und erkannte, daß mich nicht der Durst geweckt hatte.

Kidd Chapin war eine dunkle Silhouette am Hinterfenster, und ich sah durch das schwach reflektierte Licht von dem entfernten Geschäft, wie er mir bedeutete, leise zu sein. Draußen regnete es immer noch leicht. Die nassen Eichen schwankten in einem starken Südwestwind und warfen überall sich bewegende Schatten. Ich konnte hören, wie sich flache Wellen im Sand brachen, und alle fünfzehn Sekunden strich ein schwacher Strahl vom Leuchtturm durch das Fenster auf der Ostseite.

Ich stand auf Zehenspitzen, um über Kidds Schulter an den Büschen vorbei zur Straße sehen zu können, und flüsterte in sein Ohr: »Was sehen wir uns an?«

»Ich bin nicht sicher. Ich bin vor ungefähr zehn Minuten ins Badezimmer gegangen und habe hinausgeschaut und jemanden vom Wasser hochkommen sehen.«

»Die Fischer benutzen den Weg Tag und Nacht«, sagte ich ihm, »je nachdem was läuft und wie der Wind weht oder ...«

»Ich weiß von Wind und Springfluten, Frau Richterin«, erinnerte er mich.

»'Tschuldigung.«

»Außerdem ging er nicht direkt den Weg hinauf und die Straße runter wie ein Fischer. Er blieb so weit im Schatten, daß ich ihn nie deutlich sehen konnte. Tatsächlich ist es so, daß ich, abgesehen von der Tatsache, daß man nie Schwarze auf der Insel sieht, nicht wüßte, ob er schwarz oder weiß ist. Er glitt durch diese Büsche und über die Straße, und jetzt sehe ich ihn nicht mehr.«

»Was hatte er an?«

»Ich weiß nicht. Es war alles dunkel. Wahrscheinlich eine Jacke mit einer Kapuze.«

»Vielleicht sollten Sie Marvin Willitt rufen«, sagte ich.

»Weshalb?«

»Sie haben gerade gesagt ...«

»Ja, und dann sage ich Marvin Willitt, wo ich bin, und bei Tagesanbruch weiß es die Hälfte der Bevölkerung von Harkers Island. Und wenn da draußen nur jemand seine Frau betrügt und versucht, von *ihrem* Mann nicht gesehen zu werden?«

»Nur seine Frau betrügt?« Ich konnte die beißende Schärfe nicht unterdrücken.

»Hey, ich heiße das nicht gut, ich stelle nur Tatsachen fest, Ma'am.«

Er trat vom Fenster zurück, als ich den Kühlschrank öffnete und in dem plötzlichen hellen Licht blinzelte. »Möchten Sie ein Glas Tomatensaft?«

»Okay.«

Wir nahmen unsere Gläser mit in das unbeleuchtete Wohnzimmer. Ein steifer Aprilwind drang direkt vom Wasser durch die südlichen Fenster, beladen mit Regen und Salz und strengen Seegerüchen. Ich fröstelte in meinem dünnen Nachthemd.

»Warum gehen Sie nicht wieder ins Bett?« sagte Kidd. »Ist es Ihnen zu kalt? Ich werde die Fenster schließen.«

»Nein, es gefällt mir, aber ich muß mir was Wärmeres anziehen.«

»Aus meinem Schlafsack kann man eine Decke für zwei machen«, bot er an, und ich sah in der Dunkelheit weiße Zähne aufblitzen.

»Ich möchte Ihnen keine Unannehmlichkeiten bereiten«, meinte ich trocken und ging in mein Zimmer, um ein flauschiges Sweatshirt und Schuhe anzuziehen und mir eine eigene Decke zu holen.

Als ich das Sweatshirt über den Kopf zog, bemerkte ich durch das Fenster ein Lichtflackern bei Andys Haus. Ich steckte schnell mein Nachthemd in eine Jogginghose und eilte zu Kidd.

»Es ist Andy Bynums Haus«, sagte ich. »Der Mann, der Sonntag umgebracht wurde! Jemand schleicht um sein Haus.«

»Hey, warten Sie einen Moment!« krächzte er, als ich die Tür öffnete. »Was glauben Sie ...«

»Ist schon okay«, versicherte ich ihm und klimperte mit meinen Wagenschlüsseln. »Ich habe ein Gewehr in meinem Kofferraum, erinnern Sie sich?«

Er griff meinen Arm, bevor ich auf die Veranda in den Regen trat, und hielt mich fest, während er sich in seine Schuhe zwängte. »Jetzt hören Sie mal zu, Frau Richterin – keine Gewehre. Sie bleiben hier, und ich gehe ...«

Ich riß meinen Arm mit einem leisen Schnauben los. »Ich habe eine bessere Idee, Officer Chapin. Sie bleiben hier und rufen Marvin Willitt an, und ich gehe.«

»Oder«, ergänzte er, »wir können zusammen gehen, aber ohne Gewehr, okay?«

Ich nickte, und wir machten uns durch die Büsche auf den Weg. Zwischen der Laterne bei Marks Haus und den Lichtern bei dem Geschäft brauchten wir keine Taschenlampe, um zu sehen, wo wir hintraten, aber wir hielten uns so weit wie möglich im Schatten und stolperten einige Male, so daß wir schließlich Hand in Hand über die regenglatte Straße liefen und dann mit den Büschen unterhalb des Vorderfensters von Andy Bynums Haus verschmolzen.

Im Gegensatz zu Sue und Carls kleinem gelben Schindelferienhäuschen war dies ein Backsteinhaus, in dem das ganze Jahr über gelebt wurde, solide und bequem mit Rolläden und Vorhängen an allen Fenstern. Das Fenster an der Haustür hatte jedoch keine Gardine, und wir konnten drinnen den Schein einer sich bewegenden Taschenlampe sehen.

»Bleiben Sie hier«, sagte Kidd, als er auf die Veranda schlich. »Bitte.«

Wie ich vielleicht schon gesagt habe, stört es mich nicht, wenn Männer meine Drecksarbeit machen und sich dadurch besser fühlen, aber das beinhaltet nicht den Einsatz als Körperdeckung. Auf der anderen Seite hatte dieser Mann offensichtlich auf dem Weg hierher ein kurzes Stück Rohr aufgehoben, und ich mußte nicht unbedingt dabeisein, wenn er anfing, es zu schwingen.

Die Vordertür war nicht verschlossen, aber als Kidd sie anstieß, schwang sie mit einem fürchterlichen Quietschen nach innen, und das Licht verschwand augenblicklich. Als er hineinging, fiel mir ein, daß es eine Seitentür gab, die ich sinnvollerweise beobachten könnte, aber im Moment wußte ich nicht, auf welcher Seite. Als ich das Haus schließlich umrundet hatte, stand die Tür weit offen, und ich sah eine dunkle Gestalt in Richtung

Wasser fliehen. Von dem Winkel, den er nahm, hatte ich das Gefühl, daß er an Mahlons Steg angelegt hatte, also kürzte ich durch Lewis' Hof ab und versuchte, auf dem nassen Gras nicht auszurutschen. Dann sprintete ich den engen Fußweg, den die Jungen durch das zugewucherte freie Feld getreten hatten, zum Strand hinunter. Ich wette, ich hätte es rechtzeitig geschafft, um noch einen Blick auf den Eindringling zu werfen, aber kurz bevor ich die Böschung durchbrach, blieb ich mit der Spitze meines Turnschuhs in einem von Mahlons ausgelegten Netzen hängen und landete der Länge nach in einer Yucca.

Ein steifes, stachliges Blatt stieß in meine Wange, ein anderes zerkratzte meine Stirn und noch mehrere bohrten sich in meinen Kopf und meine Hände. Ich befreite mich, so schnell ich konnte, aber ich hörte schon den Bootsmotor. Als ich endlich am Strand ankam, sah ich nur noch die Rücklichter, als es auf den Kanal und zurück in Richtung Beaufort fuhr. Ohne Mond oder Sterne konnte ich nicht einmal sagen, ob es eine Kabine oder ein offenes Cockpit hatte, denn es war nur ein grauer verschwommener Fleck auf dem dunklen Wasser.

Entmutigt, durch und durch naß und mit höllischen Schmerzen machte ich mich daran, Mahlons wackligen Steg zu überqueren, und stolperte gegen einen Eimer. Er knallte gegen Holzpfahlwerk, und als ich ihn wieder hinstellte, ging ein Licht an. Mahlons ergrauter Kopf tauchte in einem offenen Fenster auf, und er blinzelte, um in der Dunkelheit sehen zu können.

»Wer ist da draußen?«

»Ich bin's nur, Mahlon«, rief ich und wich dem Licht aus. »Ich konnte nicht schlafen und habe einen Spaziergang gemacht und einen Eimer umgetreten. Tut mir leid. Gute Nacht.«

Er murrte immer noch über Traumtänzer, die nicht genug Verstand hatten, bei Regen reinzukommen, als ich schnell zu dem Häuschen zurückging.

Kidd Chapin war vor mir da, und sobald ich eingetreten war, zog er die Jalousien zu und schaltete das Licht ein. Sein nasses Haar klebte ihm am Kopf, aber meines hing in Strähnen.

»Lieber Jesus am Morgen! Wie sehen Sie denn aus? Was ist passiert?«

Ich berührte mein nasses Gesicht, und meine zerschundenen Hände wurden noch blutiger. »Ich bin in eine verdammte Yucca gefallen.«

»Spanische Bajonette«, sagte er und nannte damit ihren umgangssprachlichen Namen.

»Das ist kein Witz. So weh wie das tut, bin ich froh, daß ich nicht noch eine ins Auge bekommen habe. Ich nehme an, Sie konnten ihn auch nicht sehen?«

»Nein, als ich zu der offenen Seitentür kam, wart ihr beide verschwunden, und ich hatte keinen Hinweis, in welche Richtung. Ich war auf dem Weg zum Wasser, als drüben das Licht anging und ich Sie alleine sah. Also beschloß ich, mich zurückzuschleichen, während Sie ein Ablenkungsmanöver starteten. Kommen Sie, jetzt bringen wir Sie erst einmal wieder in Ordnung.«

Ich war bis zur Sanftmut ausgelaugt und saß gehorsam am Küchentisch, während er mit einem Waschlappen und heißer Seifenlauge das Blut von meinem Gesicht und meinen Händen wusch und dann die Schnitte und Einstiche mit Peroxyd betupfte.

»Ich hoffe, Sie haben morgen keinen vollen Terminkalender«, sagte er. »Sie werden ein paar Tage schlimm aussehen, aber ich würde die Pflaster weglassen, damit es an der Luft heilen kann.«

»Ich nehme zwei Aspirin und rufe Sie morgen an«, sagte ich groggy.

»Kann nicht schaden.«

»Was?«

»Beides.«

Ich schluckte die Aspirin, die er mir brachte, zog das nasse Sweatshirt und die nasse Hose aus und kroch ins Bett.

* * *

Ich hatte einen Kopf, als hätte ich mich gerade erst hingelegt, als Kidds Hand meine nackte Schulter berührte. Zuerst dachte ich, es sei immer noch dieser verschwommene Übergang zwischen Nacht und Sonnenaufgang, aber den Zeigern der Uhr nach zu urteilen war es fast halb acht, und mir wurde klar, daß das graue Licht dem grauen Tag zu verdanken war. Der Regen hatte aufgehört, aber es war immer noch bewölkt. Wenn nicht noch mehr Wolken herangeweht wurden, würde es gegen Mittag wahrscheinlich sonnig sein. Ich versuchte, mich aufzusetzen, und jeder Muskel meines Körpers schrie, daß das wirklich eine dumme Idee war und ob wir es nicht morgen noch einmal versuchen könnten.

»Ich wollte nicht gehen, ohne auf Wiedersehen zu sagen«, meinte Kidd.

»Keine Seetaucher?«

»Nein. Der alte Mahlon ist beim ersten Tageslicht ohne ein Gewehr weggegangen. Fischen vermutlich.«

Eine Tasse heißer Kaffee dampfte auf der Ablage neben dem Bett. Ich lehnte mich in die Kissen und nahm einen dankbaren Schluck.

»Woher wußten Sie, daß ich ihn schwarz mag?«

»Keine Zuckerdose auf der Theke, keine Milch im Kühlschrank. Das machte es einfach. Wie fühlen Sie sich?«

»Steif, wund. Wie sehe ich aus?«

»Schön«, sagte er. »Abgesehen von den Duellnarben. Sie sind eine mutige Lady. Wollen Sie mal nachts mit mir Wilderer jagen?«

»Wann immer Sie in Dobbs sind«, lächelte ich.

»Ich wette, das würden Sie tun. Hören Sie trotzdem zu. Sie waren zu fertig, um zu reden, aber wer immer das letzte Nacht gewesen ist, er muß direkt zu dem Schreibtisch gegangen sein. Es sah aus wie in einer Räuberhöhle, und der Tisch war regelrecht auseinandergenommen. Überall Papiere. Ich habe Quig Smith angerufen und ihm gesagt, er soll heute morgen überprüfen, ob er Fingerabdrücke von den Türen und dem Schreibtisch nehmen kann. Ich habe innen nichts angefaßt, und Sie sind gar nicht erst reingegangen, also wird er Bynums Familie erst einmal sagen, daß er einen anonymen Telefontip bekommen hat, okay?«

»Okay«, gähnte ich.

Ganz sanft beugte er sich vor und küßte meine unverletzte Wange. »Bis bald, Frau Richterin«, und dann war er verschwunden.

***

Eine heiße Dusche wirkte Wunder für meine schmerzenden Muskeln, brachte aber auch das leuchtende Rot meiner Schrammen deutlich hervor. Ich schwankte, ob ich sie offen lassen sollte, damit sie schneller heilen konnten, oder ob ich sie lieber mit Make-up bedeckte.

Die Eitelkeit siegte, aber ich versprach meinem Gesicht, daß ich Creme und Gesichtsseife mitnehmen und das ganze Make-up abwaschen würde, sobald ich die Sitzung geschlossen hatte. Das würde gegen Mittag oder um ein Uhr sein, und für den nächsten Tag war nichts angesetzt.

Und die ganze Zeit, während ich mich anzog, klangen mir Kidds Worte im Kopf. Welche Sorte Einbrecher riß einen Schreibtisch auseinander und verstreute Papiere, anstatt sich die nächsten verpfändbaren Gegenstände zu greifen? Und wollte er Papiere haben, die im Zusammenhang standen mit der Allianz oder mit Pope Properties?

Plötzlich dachte ich noch einmal über die Gestalt nach, die ich in der vergangenen Nacht verfolgt hatte. Konnte es eine Frau gewesen sein? Genauer gesagt, Linville Pope? Barbara Jeans Anschuldigungen begannen einen Hauch von Realität anzunehmen.

Da es fast ebenso schnell war, noch einmal auf der Insel vorbeizufahren wie direkt nach Beaufort, beschloß ich, erst nach den Gerichtsterminen zu packen und aufzuräumen. Wenn Jay Hadley es nicht weitererzählt hatte (und weshalb sollte sie?), wußte niemand, daß ich die Hälfte von Andys Papieren hatte; trotzdem denke ich immer, es ist besser, das Glas auf einen stabilen Tisch zu stellen, anstatt über verschüttete Milch zu weinen, auch wenn das Häuschen nur wenige Stellen bot, um ein Bündel Akten zu verstecken. Ich dachte kurz nach und verwarf dann den Wäscheschrank mit seinen ordentlichen Stapeln von Laken und Handtüchern ebenso wie den Ofen und die Matratzen.

Schließlich entschloß ich mich für Poes Lösung. Ordentlich gestapelt fürs Recycling lagen neben dem Abfalleimer in der Küche all die Zeitungen, die ich in der

Woche gelesen hatte, sowohl *News and Observer* als auch *Carteret County News-Times*. Schnell verteilte ich die Akten zwischen einigen Zeitungen, legte sie wieder auf den Stapel und überzeugte mich davon, daß niemand die Zeitungen auch nur eines zweiten Blickes würdigen würde.

Draußen kündeten quietschende Bremsen von der Ankunft eines großen weißen Trucks auf dem Feld neben Mahlons Grundstück. Auf der Tür stand COASTAL WASTE MANAGEMENT CORP, MOREHEAD CITY. Zwei muskulöse Männer stiegen aus, machten sich ein Bild vom Umfang ihrer Aufgabe und begannen dann, Müll hinten in den Truck zu werfen. Ich sah, wie Mickey Mantle hinüberging und mit ihnen sprach. Ein paar Minuten später zerrte er an den Kampfhahnkäfigen und zog einen nach dem anderen näher an sein Haus.

Es schien, daß Linville Pope Ernst damit machte, ihren Besitz aufzuräumen. Was hatte sie gestern noch gesagt? »Ich drohe nicht. Ich stelle nur fest.«

Kein Witz.

* * *

Als ich über den Damm zum Festland fuhr, kam ich an Quig Smith vorbei, und er winkte mir zu.

Im Gericht mußte Chet zweimal hingucken, als er mein Gesicht sah. »Mein Gott, Mädchen! Du siehst aus, als müßtest du vor der Richterbank stehen und nicht dahinter sitzen.«

»Oh komm schon, so schlimm sieht es doch wirklich nicht aus, oder?« Ich untersuchte mein Gesicht noch einmal im Spiegel. Mein Haar verbarg den Kratzer auf meiner Stirn zur Hälfte, und das Make-up verdeckte den tiefen Schnitt auf meiner Wange fast ganz.

Er schüttelte den Kopf. »Was ist passiert?«

»Ich bin in eine Yucca gefallen.«

»Autsch!« Er zuckte mitfühlend zusammen. »Sie ist einfach aufgesprungen und hat dich gebissen, hm?«

»Das habe ich davon, Nancy Drew zu spielen«, sagte ich und erzählte ihm, wie ich den Einbrecher gejagt hatte, der in Andy Bynums Haus eingedrungen war. Mit einiger Bearbeitung natürlich. Ich mußte es nicht haben, daß Geschichten bis zu meiner Familie durchdrangen, und er mußte weder etwas von den Papieren wissen noch von Kidd Chapin, was bedeutete, ich hatte darüber zu improvisieren, was Quig Smith wußte.

»Ich hoffe, du wirst das niemandem gegenüber erwähnen. Ich möchte hier nicht festgehalten werden, vielleicht noch einen Tag länger bleiben müssen, um dumme Fragen zu beantworten. Deshalb habe ich meinen Namen nicht genannt, als ich das gemeldet habe«, log ich.

»Du hast Glück, daß nicht auf dich geschossen wurde. Würdest du ihn wiedererkennen, wenn du ihn noch einmal siehst?«

Ich schüttelte meinen Kopf. »Ich bin nicht einmal sicher, ob es ein Mann oder eine Frau war.«

»Was ist mit Mahlon Davis oder Mickey Mantle?«

»Du kennst sie?«

»Jeder kennt sie. In meinem Gerichtssaal sind sie bisher noch nicht aufgetaucht. Vermutlich nur eine Frage der Zeit. Aber das muß man dem Teufel lassen: sie sind beide brillante Holzhandwerker, wenn auch moralisch zurückgeblieben. Mickey Mantle hat letzten Herbst für uns an ein paar Schränken gearbeitet. Solange wir ihn nüchtern halten konnten ...«

»Ja. Mahlon war es aber nicht, weil er zu Hause im

Bett war. Aber das erinnert mich an was. Bevor ich dieses Mal wegfahre, muß ich mit jemandem im Sozialdienst über seinen Enkel Guthrie sprechen. Ich möchte wissen, ob Mahlon ihn zu grob behandelt.«

»Das wäre Shelby Spivey. Und sie hat wahrscheinlich bereits eine Akte über ihn angelegt, wenn er bei Mahlon lebt.«

Ich notierte mir ihren Namen und ihre Nummer, als Chet auf seine Uhr sah und aufstand, um in seinen Gerichtssaal zu gehen.

»Was ist dir denn zugestoßen?« fragte ich, als ich bemerkte, wie er sein rechtes Bein schonte.

»Habe mir einen Muskel gezerrt, als ich heute morgen gejoggt bin, um die Zeitung zu holen.« Er grinste. »Wir sind die wandernden Verwundeten, nicht wahr, Mädchen? Ich werde Mitte des Vormittags fertig sein, falls ich dich also nicht mehr sehe, bevor du abfährst ...« Er umarmte mich herzlich. »Fahr vorsichtig und komm bald zurück, hörst du?«

»Danke, Chet. Sag Barbara Jean bitte für mich auf Wiedersehen. Ich hoffe, es wird alles gut mit der Firma.«

* * *

Chet mag Mitte des Vormittags fertig gewesen sein, aber ich war nicht viel später dran. Als das letzte Urteil gefällt und das letzte Papier unterschrieben war, ging ich im Büro der Verwaltungschefin vorbei, um ihr für ihr Entgegenkommen zu danken und um vor meiner Abreise zu erfahren, ob es noch irgendwelche Neuigkeiten gab, die ich verpaßt hatte.

Darlene Leonard lachte, als ich eintrat. »Kaum spricht man vom Teufel, schon ist er da!«

»Hat irgend jemand meinen Namen mißbraucht?« fragte ich.

Sie sagte, sie hätte gerade mit dem Hauptbezirksrichter gesprochen und der wiederum gerade mit meinem Chef, der gesagt hatte, und ich zitiere: »Wir werden Harrison Hobart aus dem Ruhestand holen, um sich um Richter Knotts Termine hier nächste Woche zu kümmern. Also können Sie sie noch eine weitere Woche behalten.«

Genau so. Nicht »Möchten Sie gerne?« Nicht »Hätten Sie was dagegen?«

»Was würdest du tun, um F. Roger Longmire anzupfeifen?« fragte der Pragmatiker, der normalerweise genau wußte, wie ich mit meinem Hauptbezirksrichter stand.

»Es muß eine dieser klugscheißerischen Bemerkungen gewesen sein, die du letzte Woche über seine braunen Schuhe gemacht hast«, sagte der Prediger. »Eines Tages wirst du noch lernen ...»

Bevor ich richtig Dampf sammeln konnte, sagte Darlene Leonard: »Richter Longmire läßt Ihnen ausrichten, daß Sie sich ausruhen und nächste Woche den Strand genießen sollen. Er sagte, Sie hätten es sich verdient.«

So viel zu Pragmatismus und Predigten.

Da die Akten, die Jay Hadley mir gegeben hatte, immer noch ganz oben in meinem Kopf lagen, fragte ich: »Sie haben Andy Bynum doch sicher auch gekannt?«

»Ich wußte, wer er war«, antwortete sie. »Aber ich kann nicht sagen, daß ich ihn wirklich kannte.«

»Jemand hat behauptet, er hätte einige alte Übertragungsurkunden und so was durchwühlt. Hätten Sie ihm geholfen?«

»Nein, das wäre drüben beim Grundbuchamt gewesen«, sagte sie und beschrieb mir den Weg dorthin.

Dort erinnerte sich eine hilfsbereite junge Sachbearbeiterin ganz genau an Andy. »Sicher, Mr. Bynum ging hier jeden Tag ein und aus bis ungefähr eine Woche, bevor er umgebracht wurde. Ist es nicht schrecklich? Er war ein so netter Mann.«

Sie hatte keine Ahnung, was genau er gesucht hatte. »Aber er begann mit einem Grundstück, das Mrs. Pope letzten Monat auf Harkers Island erworben hatte, und hat fast alles rausgesucht, was er über Pope Properties finden konnte, zurück bis zu dem Zeitpunkt, als sie den Verkauf des Ritchie House geregelt hat.«

»Welches Grundstück auf Harkers Island?« fragte ich.

Sie zog auf Anhieb das richtige Grundbuch heraus. Wie ich vermutet hatte, handelte es sich um das Land, das an das von Chets und Barbara Jeans Tochter grenzte und vorher einem Gilbert Epson gehört hatte. Andy hatte zumindest eine Woche, bevor Linville es Barbara Jean erzählt hatte, von dem Verkauf gewußt.

Interessant, aber von welcher Bedeutung?

»Mr. Bynum wollte von allem Fotokopien haben«, sagte die Angestellte »Möchten Sie auch eine?«

Ich lehnte ihr Angebot dankend ab. Es gab keinen Grund, da ich ja bereits Duplikate besaß. Und es sah aus, als hätte ich ein schönes ruhiges Wochenende vor mir, um den Rest des Stapels durchzulesen.

Ich beschlagnahmte ein freies Telefon und hinterließ Tante Zell eine Nachricht auf ihrem Anrufbeantworter, weshalb ich dieses Wochenende nicht zu Hause sein würde. Ich habe meine eigenen Zimmer in Tante Zells und Onkel Ashs Haus, seit Mutter gestorben ist. Und obwohl ich unabhängig kommen und gehen kann, versuche ich, sie über meine grundsätzlichen Pläne zu unterrichten. Es amüsiert mich, daß eine kinderlose, nicht arbeitende Frau mit fast siebzig so aktiv in ihrer Welt ist, daß sie einen Anrufbeantworter braucht.

Als nächstes rief ich den Sozialdienst an und wurde mit Shelby Spivey verbunden, die Chet erwähnt hatte. Sie seufzte, als ich ihr erzählte, wer ich war und weshalb ich anrief.

»Ich weiß, daß es Ihnen wahrscheinlich schlimm vorkommt, Richterin Knott, aber wir beobachten diese Situation *wirklich.* Ich habe die erste Felduntersuchung bei diesem Kind selbst durchgeführt, und wenn Sie sich dadurch besser fühlen: ich glaube, daß sein Großvater ihn wirklich liebt. Die meiste Zeit über ist er geduldig. Er bringt ihm bei zu fischen und Boote zu bauen, der Junge geht in die Schule, und all seine körperlichen Bedürfnisse werden erfüllt.«

Wieder seufzte sie mir ins Ohr. »Es scheint keine systematische Gewalt vorzuliegen, aber den Nachbarn zufolge verliert Mr. Davis drei- oder viermal im Jahr die Nerven, und dann dreht er durch und schlägt alles, was sich nicht wehren kann. Das Schlimme ist, daß das Kind alt genug ist, um als Zeuge auszusagen, aber er will nicht. Ebensowenig wie seine Großmutter, und deshalb sind uns die Hände gebunden. Wenn Sie nicht beweisen können, daß Sie selbst Zeuge eines Mißbrauchs gewesen sind?«

Ich mußte zugeben, daß ich das nicht gewesen war. Ich hatte nur meinen Verdacht.

Wir kamen überein, daß das eine seltsame Art war, unsere Kinder zu beschützen.

»Sie vergrößern die Maschen der Fischernetze ständig, um die kleinen Jagdfische zu schützen«, sagte sie unerwartet. »Ich wünschte, sie würden sich einmal *unsere* Maschen ansehen.«

I tell you, wife, it did me good
To sing that hymn once more;
I felt like some wrecked mariner
Who gets a glimpse of shore.
I almost want to lay aside
This weather-beaten form,
And anchor in the blessed port,
Forever from the storm.

John H. Yates

Während ich mich mit dem Grundbuchamt und dem Sozialdienst beschäftigte, ging ich noch auf einen Sprung in das Sheriff-Büro und fragte nach Detective Smith. Ich wollte ihm von Andys Akten erzählen, hatte aber kein Glück. Die diensthabende Beamtin sagte, daß er vermutlich gegen zwei zurück sein würde, obwohl sie sich da nicht sicher sei, weshalb ich wieder in der Luft hing.

Als ich an diesem Morgen angekommen war, hatten langsam große Fetzen Blau durchgeschienen. Als ich jetzt kurz vor eins meinen Wagen von seinem Platz unterhalb der Eichen des Gerichtsgebäudes holte, waren alle grauen Wolken weiß geworden und segelten frisch und sauber vor reinem Himmelblau.

Ungeachtet der Versprechen, die ich meinem verwundeten Gesicht bei Tagesanbruch gegeben hatte, strich ich vorsichtig eine weitere Schicht Make-up über die Schrammen, nahm mir eine übergroße Sonnenbrille im Stil von Jackie O. aus dem Handschuhfach und fuhr dann zur Front Street. Ich konnte ebensogut F. Roger Longmires ausgerichteten Segen befolgen und

Beaufort genießen. Es gab direkt am Wasser einen ganzen Komplex mit Geschäften, die ich auf dieser Reise noch nicht besucht hatte. Also parkte ich dort und ging hinein.

Dem köstlichen Aroma nach zu urteilen, das mich schon am Eingang begrüßte, war die Fudge Factory noch in Betrieb, aber ich widerstand. Zumindest solange, bis ich im Rocking Chair Book Store geschmökert und Glenn Lawsons Buch gefunden hatte, das die Zusammenarbeit des Army Corps of Engineers mit Wirtschaft und Agrarindustrie hinsichtlich der Zerstörung unserer Feuchtgebiete beschreibt (ich wollte einige Fakten und Zahlen der größeren Umweltprobleme erfahren, darum nahm ich noch einen ökologischen Führer durch Küstenflora und -fauna und – falls sich das Wochenende in die Länge ziehen sollte – einen Taschenbuchkrimi mit). Daraufhin genoß ich einen winzigen, noch warmen Fudge-Würfel und ging die Strandpromenade entlang. Einmal dachte ich, Chet Winberry aus dem Augenwinkel zu sehen, aber als ich zurückschaute, war, wer immer es auch gewesen war, in einem Geschäft verschwunden.

Seltsamerweise sah ich jemanden, den ich erkannte. Zeke Myers, der untersetzte Mann, der so wütend auf Linville Pope gewesen war wegen des Bootes, das sie ihm verkauft hatte, lehnte mit seinem Rücken an dem Geländer und hatte einen mürrischen Gesichtsausdruck.

Wimpel schlugen im Wind, der Geruch von gebratenem Fisch vermischte sich mit Salzwasser, und Grüppchen von Feriengästen verglichen entlang der Promenade Boote miteinander. Ich war nicht sicher, ob ich froh oder enttäuscht war, als ich feststellte, daß die *Rain-*

maker nicht unter den glänzenden festgemachten Booten war. Ein Teil von mir war sauer, weil Lev nicht noch einmal angerufen hatte, nicht in meinem Gerichtssaal aufgetaucht war, um sich zu entschuldigen, nicht versucht hatte, Himmel und Hölle in Bewegung zu setzen, um mich noch einmal in sein Bett zu locken, bevor er wegfuhr – nicht daß es ihm irgend etwas genützt hätte, natürlich.

(»Ach ja?«)

Der andere Teil ... nun, der andere Teil war akademischer Natur, sagte ich mir, da die *Rainmaker* jetzt wahrscheinlich irgendwo auf einem Kanal mitten im Great Dismal Swamp war.

Der Parkplatz war beinahe voll, als ich mir den Weg um Autos herum bahnte, um die Bücher in meinem Kofferraum zu verstauen. Ein sanftes Hupen, und ich drehte mich um.

»Hey, Deborah!« Es war Linville Pope in einem schwarzen Cabriolet, das ich sofort haben wollte, schnittig und sportlich, innen mit karamelfarbenem Leder. Für mich bedeutete das vermutlich ein Jahresgehalt. Für Linville wahrscheinlich eine Verkaufsprovision.

Sie verlangsamte auf Schrittempo. »Sie reisen doch nicht ab, oder?«

»Tut mir leid«, sagte ich und knallte den Kofferraum meines plötzlich ohne jeden Schick wirkenden Wagens zu.

»Hören Sie, wenn Sie später noch da sind, weshalb kommen Sie nicht auf einen ruhigen Drink bei mir vorbei? Sagen wir, so gegen fünf?«

Ohne Zögern antwortete ich: »Danke, sehr gerne.« Ich wußte nicht, welches Motiv sie letztendlich für die Einladung hatte, aber ich nahm an, es würde mir Hinweise geben, ob Barbara Jeans Anschuldigungen berechtigt waren und ob Linville diejenige war, die ich letzte Nacht gejagt hatte.

Hinter ihr hatte sich eine Schlange gebildet, also winkte Linville mir zu und fuhr weiter.

Die Abfahrt der *Rainmaker* bedeutete, ich mußte das Hafenviertel nicht länger meiden, und der Pier am Ritchie House sah so einladend aus mit seinen pinkfarbenen Sonnenschirmen, weißen Tischen und Stühlen, daß ich beschloß, dort ein verspätetes Mittagessen einzunehmen.

Die Hauptessenszeit war vorüber, aber die Hälfte der Tische war immer noch besetzt mit Bootsurlaubern, die bei Kaffee oder frühen Drinks saßen.

Sie sind eine Klasse für sich, diese entwurzelten Wanderer, die ihre Verbindungen zum Land abgebrochen haben und das ganze Jahr über auf dem Wasser leben und sich wie Schwärme rastloser Fische den Intracoastal Waterway hinauf und hinunter bewegen. Wenn man in einem Hafenrestaurant oder einer Hafenbar sitzt, wird man sie im Herbst Richtung Süden treiben sehen und im Frühling Richtung Norden. Von riesigen Segelyachten bis zu bescheidenen Hausbooten lassen sie sich mit den wechselnden Gezeiten hereintreiben und entfernen sich selten weiter als einen kurzen Spaziergang von den Anlegestellen. Die Männer in Rollkragenpullovern und mit Gold besetzten Kapitänsmützen, die Frauen sonnengebräunt und lebhaft in Seidenschals und gutsitzenden Hosen, wie ein Symbol für Gleichgesinnte. Sie schieben mehrere Tische zusammen in Salzwasserkameradschaft und sprechen von »dem Weinberg«, Saint Croix, Hilton Head. Oft sind sie nicht sicher, ob sie in North oder South Carolina sind. Die

Städte, die Bars, die Häfen müssen im Laufe der Jahre miteinander verschmelzen.

Sie erinnern mich an Zugvögel, und ich war amüsiert von ihrem Geplauder und freute mich, als der Kellner mich in die Nähe des Geländers setzte, von wo aus ich ihr Kommen und Gehen beobachten konnte. Als ich über den Rand meiner Speisekarte spähte, war ich überrascht, Mrs. Docksider zu sehen, die Frau von Levs Partner, die über das Deck auf mich zukam.

Bedeutete das, daß die *Rainmaker* nur um die Bucht kreuzte?

»Frau Richterin Knott.« Sie war sehr dünn und vermittelte den Eindruck filigraner Zerbrechlichkeit, so daß ich von ihrer tiefen Stimme und dem starken Bostoner Akzent überrascht war. »Ich bin Catherine Llewellyn, Lev Schusters Partnerin.«

Automatisch nahm ich die Hand, die sie mir entgegenstreckte. »Partnerin?« Es war nicht das erste Mal, daß ich einen schnellen Tritt verdient hatte, weil ich dieselben Überlegungen anstellte wie viele Männer.

Sie sah erstaunt aus. »Lev hat Ihnen nicht erzählt, daß einer seiner Partner mit ihm reist?«

»Aus irgendeinem Grund dachte ich, daß er Ihren Mann meint. Tut mir leid. Geht es um mein Urteil vom Dienstag ...?«

»Nein, nein«, versicherte sie. »Sie hatten keine andere Wahl unter diesen Umständen, aber meine Schwester war sich so sicher, einen Richter überzeugen zu können, daß ich ihr die Zeugenaussage nicht ausreden konnte.«

Entweder muß ich unbedingt damit beginnen, an meinem Pokerface zu arbeiten, oder sie ist außerordentlich einfühlsam, denn obwohl ich drei Lagen Make-up und eine dunkle Brille trug, bemerkte Catherine Llewellyn meine Skepsis.

»Claire braucht die Puppe nur, wenn Fremde anwesend sind, Richterin Knott.« Sie blickte auf meinen Tisch und sah, daß nur für eine Person gedeckt war. »Essen Sie allein?«

»Ja.«

»Wäre es eine große Zumutung, wenn ich mich zu Ihnen setzen würde?« Ihre heisere Stimme klang drängend.

Neugierig deutete ich auf den gegenüberstehenden Stuhl. »Bitte.«

Als der Kellner zurückkam, bestellte ich Schwarze Bohnensuppe und ein halbes Clubsandwich; Mrs. Llewellyn entschied sich für die mit Krabben gefüllten Tomaten.

Die Brise von Taylors Creek war warm und beulte die pinkfarbenen Schirme über uns kaum aus, trotzdem nahm sie einen Streifen roter Seide aus ihrer Tasche und band ihn am Kopf fest, daß ihre Haare nicht flatterten. Während wir auf unser Essen warteten, sprach sie von Beauforts Reizen, der Schönheit der Küste Carolinas, der Freundlichkeit der Menschen, dem Vier-Sterne-Komfort des Ritchie House und den Freuden eines seltenen Urlaubs. Dann bat sie mich, sie Catherine zu nennen, und hängte so viele Richterin Knotts an jeden Satz, daß ich schließlich aufgab, als unser Essen kam.

»Bitte. Nennen Sie mich Deborah.«

»Deborah.« Sie drehte meinen Namen in ihrem Kopf und lächelte anerkennend. »Wie passend. Haben Ihre Eltern bei Ihrer Geburt erwartet, daß Sie Richterin werden?«

»Kaum.« Nicht bei einem Vater, der nur murrend zugestimmt hatte, mich beim Jurastudium zu unterstützen, und der meine Entscheidung, mich als Bezirksrichter zu bewerben, mißbilligt hatte.

Sie hatte mich ganz offen gemustert, seit wir saßen, und doch war es, als sehe sie meine Schnitte und Kratzer nicht, weil sie noch tiefer sah. »Deborah, können wir offen sprechen?«

Diese rauchige Stimme, dieser formelle Bostoner Akzent – ich wette, sie wäre gut im Gerichtssaal.

»Ich habe in den letzten paar Jahren viel über Sie nachgedacht. Ich hoffe, Sie nehmen mir das nicht übel?«

Ich wurde steif. »Daß Sie nachgedacht haben oder das, was Sie mich fragen werden.?«

Sie griff in ihre Einkaufstasche und zog einen dicken Umschlag heraus. »Ich nehme an, das sind Ihre?«

Darin befanden sich ein Dutzend oder mehr Kristallperlen. Sie blitzten und funkelten auf dem steifen gelben Papier wie die schillernden Versprechen der Crystal Coast.

»Sie lagen gestern morgen auf der *Rainmaker.* Lev war sich nicht sicher, ob Sie sie zurückhaben wollen.«

Ihr verständnisvolles Lächeln ließ meine weibliche Solidarität über männliche Beschränktheit siegen. Auch ich zauberte ein Lächeln auf meine Lippen.

»Danke.«

Die Zinken ihrer Gabel spielten mit dem Krabbenfleisch. »Ich versuche nicht, zu schnüffeln, Deborah. Es ist nur so, daß ich Lev sehr gern mag. Er ist wie der Bruder, den ich nie hatte, und ich möchte nicht, daß man ihm weh tut.«

»Von meiner Seite brauchen Sie nichts zu befürchten«, versicherte ich ihr.

»Nein? Sie waren wie lange zusammen? Ein Jahr? Anderthalb Jahre?«

»So in der Richtung.«

»Wußten Sie, daß Sie die erste waren?«

»Mit der er zusammengelebt hat? Ja.«

»Und die letzte.«

Ich ließ beinahe meinen Suppenlöffel fallen. »Sie machen Witze!«

Sie schüttelte ihren Kopf. »Oh, ich sage nicht, daß es nicht *Frauen* gegeben hat. Ein paarmal dachte ich sogar ..., aber sie erwiesen sich immer als unpassend, und er kann anscheinend keine langfristige Beziehung mehr eingehen.«

Ich war entsetzt. Dann geschmeichelt. Dann verblüfft. Wenn es so wunderbar mit uns gewesen war, weshalb waren wir dann getrennt?

Offensichtlich wunderte sich Catherine Llewellyn auch.

Entschlossen wechselte ich das Thema. »Lev sagt, daß Sie eine Anwaltspraxis für Scheidungsfälle haben.«

Sie war bereit zu warten. »Scheidung und Heirat, ja. Es gibt vier Partner und zwei Mitarbeiter: zwei Männer, vier Frauen.«

»Es scheint gut zu laufen. Lev hat mir erzählt, daß die *Rainmaker* Teil eines Honorars war.«

»Ach, das war lustig. Die Frau war medizinische Sekretärin, hat ihn durch das Medizinstudium gebracht, neben ihm die ersten Jahre gekämpft und dann, als die Praxis viel Geld abwarf, kaufte er sich das Boot, das er sich sein Leben lang ersehnt hatte – genau nach seinen Vorstellungen gefertigt.«

»Sein Traumboot?« murmelte ich.

»Exakt. Bis hin zu einem sexy kleinen ersten Maat,

der das Deck im Bikini wischte. Als es zur Trennung kam, hätten wir sein Vermögen aussaugen können, aber sie war bereit, fair zu sein, solange sie das Boot bekam. Das sie uns dann fast sofort anstelle eines Honorars überschrieb, da der größte Teil des Vergleichs aus Immobilien bestand.«

Ich war amüsiert über die Begeisterung, die sie für dieses Racheelement zu empfinden schien. »Vertreten Sie immer die Frau?«

»Nicht immer. Und manchmal schreiten wir ein als *amicus curiae* für die Kinder, die betroffen sind. In gewisser Weise ist Kinderberatung einer der Gründe, weshalb wir nach Beaufort gekommen sind.«

»Wieder als *amicus*?«

»Nicht direkt.« Sie brach eine Scheibe dünnen harten Toast entzwei und gab einen Klecks Krabbensalat darauf. »Vielleicht sollte ich kurz den persönlichen Hintergrund schildern, weil es damit angefangen hat.« Sie zögerte und wählte ihre Worte sorgsam, als sie dem Salat noch ein Stückchen Tomate hinzufügte.

»Claire ist natürlich verrückt nach Lev.«

»Oh?« sagte ich neutral.

»Er ist wie ein Onkel für meinen Sohn und auch für Claire.«

Da er selbst nur ein paar ältere Tanten hatte, hatte Lev mich immer um meine große und manchmal erdrückende Familie beneidet. Aber Onkel Levvie?

»Wie Sie gesehen haben, ist meine Schwester viel jünger als ich. Mein Vater starb, und Claire war vom zweiten Mann unserer Mutter. Er war ein wunderbarer Vater, aber kein besonderer Ehemann, so daß es, als Claire vier war, zu einem bitteren Scheidungprozeß mit Streit um das Sorgerecht kam, den Mutter gewann. Der

Mann, den unsere Mutter als nächsten heiratete ...« Catherine Llewellyns heisere Stimme stockte. »Ich werde mir Vorwürfe machen bis zu dem Tag, an dem ich sterbe, obwohl ich damals bereits selbst verheiratet war und Jura studierte und es gar nicht hätte wissen können. Sehen Sie, Claire gab sich die Schuld daran, daß ihr Vater aus ihrem Leben verschwunden war, und sie dachte, sie hätte es verdient, als dieser ... dieser ... *schleimige* ...«

Sie atmete tief ein. »Als Jonathan und ich es merkten, war der Schaden schon da. Wir nahmen sie zu uns, aber meine strahlende und lebendige, unschuldige kleine Schwester war bereits zu einem Fall latenter Schizophrenie geworden. Als Lev in unser Leben trat, war er freundlich und einfühlsam. Sie hatte eine alte Handpuppe – ein Kätzchen –, und Lev sprach mit dem Kätzchen, nicht mit ihr. Als das Kätzchen ihm das erste Mal antwortete, habe ich geweint. Als er das nächste Mal kam, brachte er ein halbes Dutzend weiterer Puppen mit, und Claire stürzte sich gleich auf die blonde Puppe wie auf eine Rettungsleine zurück in die Wirklichkeit. Ich weiß, Dienstag mag Ihnen lächerlich vorgekommen sein, aber wenn Sie nur wüßten, welch ein Riesenschritt das für Claire war.«

»Dann tut es mir wirklich leid, daß ich gegen sie entscheiden mußte.«

»Tatsächlich denkt Lev, es würde langfristig gesehen wieder besser. Unterstützt den Gedanken, daß sie beginnen muß, für sich selbst zu sprechen.«

Es war eine traurige Geschichte, aber ich sah den Zusammenhang zu ihrem Aufenthalt in Beaufort nicht.

»Seit wir praktizieren, sehen wir, welches Trauma eine Scheidung für ein Kinderleben bedeuten kann. Reichtum kann ein Kind nicht automatisch vor der Schuld und der Angst schützen, wenn eine Familie auseinanderbricht. Tatsächlich kann Reichtum die Situation oft sogar verschlimmern.«

Ihr schien bewußt zu werden, was sie sagte, und sie lächelte verlegen.

»Tut mir leid. Ich werde immer didaktisch bei dem Thema. Also einfach gesagt, wir haben einige Mittel und möchten ein Zentrum für Kinder einrichten, die in schmutzige Scheidungen und Sorgerechtskämpfe verwickelt sind, einen sicheren und interessanten Platz, wo sie mit Kindern, die in einer ähnlichen Situation sind, über ihre Ängste sprechen können, und den Rat und die Entlastung finden, die sie zum Überleben brauchen, während ihre Eltern – und deren Anwälte natürlich – den Kampf austragen.

North Carolina bietet gute steuerliche Anreize als Standort, und Beaufort selbst erfüllt viele unserer Kriterien. Das Klima ist gemäßigt, das Wasser sauber. Die Bücherei ist angemessen, das Marinemuseum hat gute Programme für Jugendliche, es gibt ein Krankenhaus in Morehead. Alles in allem ist Beaufort klein genug, sicher genug und preiswert genug, daß wir davon ausgehen, hier etwas ganz Besonderes schaffen zu können, wenn wir einen gewerblichen Besitz im Hafenbezirk finden, der zu Fuß oder mit dem Fahrrad von der Innenstadt erreichbar ist.«

»Ah«, sagte ich, als endlich begriff. »Die Neville Fishery.«

»Exakt. Die Landnutzungsbestimmungen machen es einfacher, ein bereits bestehendes gewerblich genutztes Objekt umzuwandeln, als wenn wir versuchten, die Genehmigung für einen Neubau auf unerschlossenem Land zu erhalten.«

Neugierig fragte ich: »Diese Gelder, die Sie erwähnten, sind das Subventionen oder von privaten Geldgebern?«

»Oh, es wäre eine Investitionsgelegenheit«, gab sie zu.

»So werden sie also reiche Eltern von ihrer eigenen Schuld und Angst reinwaschen und außerdem noch einen schönen Profit erzielen«, sagte der Pragmatiker und haute geschäftig Zahlen in seinen Rechner. »Lev Baby ist wirklich meilenweit entfernt von Pasta und Mietshäusern ohne Aufzug.«

»Willst du, daß die Kinder von den Missetaten ihrer Eltern heimgesucht werden?« schalt der Prediger. »Sicher haben auch die Reichen ein Anrecht darauf, ihre Kinder vor Schaden zu bewahren.»

»Lev sagt, daß Sie mit der Besitzerin der Neville Fishery befreundet sind«, meinte Catherine Llewellyn. »Was meinen Sie, würde ein persönlicher Appell helfen? Wenn wir ihr erklärten, was wir an diesem Ort planen?«

»Das bezweifle ich«, antwortete ich ehrlich. »Aber wer weiß? Ihr Mann hätte schon gerne, wenn sie verkauft, aber es hat soviel Verbitterung und Streit um die Zukunft der Menhadenindustrie gegeben, daß sie vielleicht hartnäckig auf ihrem Standpunkt beharren wird. Gibt es keine anderen Grundstücke?«

»Keins wie dieses«, sagte sie bedauernd.

Einen Tisch weiter breitete ein dicker Kerl mit Kapitänsmütze eine Karte auf dem Tisch aus und begann einem lebhaften jungen Ding, das nur halb so alt war wie er, eine Navigationsstunde zu erteilen.

Der Kellner versuchte, uns für die Dessertkarte zu interessieren, aber wir lehnten beide ab. Und ich wollte auch nicht, daß Catherine meine Rechnung übernahm.

»Trotzdem ist es schön, daß wir uns treffen konnten,

Deborah«, sagte sie mit einem graziösen Neigen ihres Porzellankopfes. »Ich habe das Gefühl, es hilft mir sogar, Lev besser zu verstehen.«

»Das freut mich sehr«, murmelte ich. Meine Mutter hat mir auch ein paar Manieren beigebracht.

* * *

Als ich ein paar Minuten später hinter das Steuer meines Wagens glitt, sah ich mit Entsetzen, daß der Rücksitz halb umgeklappt und der Inhalt meines Kofferraums zu sehen war. Mehr als einer meiner Brüder hatte mir Vorträge über diese Möglichkeit gehalten. »Was nützt es, wenn du Dinge in deinem Kofferraum einschließt, dann aber den Wagen selbst nicht abschließt?«

Ich stieg aus und öffnete den Kofferraum, um mir den Schaden anzusehen. Seltsamerweise fehlte nichts. Offensichtlich war er durchsucht worden – meine neuen Bücher lagen jetzt halb unter der Öljacke, die ich immer bei mir hatte, im Reißverschluß meines Kleidersacks klemmte ein winziges Stückchen meiner schwarzen Richterrobe –, aber meine 38er war immer noch im Werkzeugkasten eingeschlossen, und meine Aktentasche war nicht gestohlen worden.

Seltsam. Es sei denn ...?

Ein junger Mann saß auf einem nahegelegenen Geländer, und als ich ihn fragen wollte, ob er jemanden meinen Wagen hatte plündern sehen, erkannte ich, daß es Jay Hadleys Sohn Josh war.

»Ja, Sie kamen mir bekannt vor«, sagte er, und seine dunklen Augen wichen meinen aus. »Fehlt irgendwas?«

»Nicht daß ich wüßte. Aber haben Sie jemanden gesehen?«

Er glitt vom Geländer herunter. »Ich habe nur auf meine Schwester gewartet, und da kommt sie.«

Bevor ich ihm weitere Fragen stellen konnte, hatte er sich seinen Weg über die belebte Straße gebahnt und sprang in einen Pickup, der von seiner Schwester gefahren wurde.

Wenn Zeke Myers noch dagewesen wäre, hätte ich ihn gefragt, aber der untersetzte kleine Mann war verschwunden. Und wenn Linville Pope hier einen Parkplatz gefunden hatte, hatte sie ihre Angelegenheiten schnell erledigt und war wieder gefahren, denn ihr glänzendes schwarzes Cabrio war auch nirgends zu sehen.

Konnte jemand wissen, daß ich Andy Bynums Papiere hatte?

Ich fand ein Münztelefon, rief Jay Hadley an, und nachdem sie schwören mußte, verschwiegen zu sein, erzählte ich ihr, daß Andys Schreibtisch letzte Nacht durchsucht worden war und heute mein Wagen. »Wer weiß, daß Sie mir diese Akten gegeben haben?« fragte ich.

»Ich habe es vielleicht einem Mitglied der Allianz gegenüber erwähnt, das gestern bei der Beerdigung war«, gab sie zu.

Sie ratterte einen ganzen Haufen Namen herunter, aber die einzigen, die ich erkannte, waren Telford Hudpeth und Barbara Jean Winberry, und ich bezweifelte, daß einer von beiden mich davon abhalten wollte, Linville Popes vielleicht zwielichtige Geschäfte aufzudecken.

Als ich zu meinem Wagen zurückkam, zog etwas meine Aufmerksamkeit auf einen der oberen Balkone des Ritchie House. Von dort starrte Claire Montgomery, die in einem weißen Korbschaukelstuhl saß, auf mich herunter. Als sich unsere Augen trafen, hob sich die Hand der flachsblonden Handpuppe in einer unmißverständlichen Geste.

Ich will verdammt sein, wenn sie mir nicht den Mittelfinger gezeigt hatte.

Ich widerstand dem Impuls, ebenso zu antworten – ungebührliches Verhalten usw. Statt dessen – es war inzwischen fast drei Uhr – versuchte ich es noch einmal in Quig Smiths Büro.

»Tut mir leid, Frau Richterin«, sagte die uniformierte Beamtin vom Dienst. »Er war hier, ist aber schon wieder weg. Möchten Sie, daß ich Sie anrufe, wenn er sich das nächste Mal hier meldet?«

»Nein«, entschied ich. »Ich werde noch einmal vorbeikommen, bevor ich Beaufort verlasse.«

Zurück auf der Front Street kaufte ich mir einen Strohschlapphut, Sandalen, ein Paar Shorts und ließ die Verkäuferin meinen Rock zusammen mit Pumps und Strumpfhose einpacken. Außerdem nutzte ich ihre Toilette, um jeden Rest von Make-up zu entfernen. Die Seife brannte in den Kratzern auf meiner Wange und Stirn, doch es schien mir, als verblaßte ein Teil der Rötungen bereits langsam. Nachdem ich Sonnenbrille und Hut aufgesetzt hatte, war es ohnehin egal.

Fünf Minuten später fuhr ich über den Damm, durch Morehead City und über eine andere Brücke nach Atlantic Beach, wo ich links auf die 58 abbog und weiter nach Fort Macon fuhr, das heute der Öffentlichkeit zugänglich ist.

Das ursprüngliche Kolonialfort wurde Anfang des 19. Jahrhunderts ins Meer gespült, und das jetzige aus schwerem Mauerwerk wurde in den dreißiger Jahren des letzten Jahrhunderts erbaut. Immer wieder ist das

Fort vom Meer bedroht, und landesweit toben die Auseinandersetzungen in den Zeitungen, ob man nun übermenschliche Anstrengungen einsetzen solle, um es zu retten. Soweit es mich betrifft, gibt die See, und die See kann wieder nehmen. Aber auf der anderen Seite rege ich mich immer furchtbar über Leute auf, die ihre Spielplätze – Alterssitze oder Ferienhäuser – auf schmalen Sandbänken errichten und dann erwarten, daß der Rest von uns höhere Steuern und höhere Versicherungsbeiträge bezahlt, so daß sie wieder aufbauen können, wenn unausweichliche Stürme die Strände saubergefegt haben. Wenn sie das Risiko eingehen wollen, fein, aber laßt mich da raus. Und das gilt auch für alte Forts.

Solange es jedoch noch besteht, ist Fort Macon ein interessanter Ort, den es zu besichtigen lohnt. Ich stand auf dem Festungswall und blickte auf das Meer hinaus. Wenn ich nicht zurücksah zu all den Piers und Erhebungen, die über die sandigen Gebiete verstreut waren, konnte ich mir fast vorstellen, wie es gewesen sein mußte, diesen Punkt vor zweihundert Jahren gegen spanische und britische Räuber zu verteidigen.

Dann fuhr ein Wasserskifahrer vorbei und zerstörte die Illusion.

Ich zog meine Sandalen aus und marschierte den weiten Strand entlang, ab und zu tauchte ich meine Zehen in das kühle Wasser, und in meinem Kopf war nur noch das Wogen der Wellen, das Schimmern der bunten Muscheln, die Anmut der Schnepfenvögel, die über den sauberen weißen Sand liefen und winzige ordentliche Spuren hinterließen, wie Federstiche auf einer Flickendecke.

Es waren nur wenige Leute unterwegs, da die Brandung noch nicht warm genug zum Schwimmen war. Die Schnepfen und ich hatten alles fast für uns.

Am Wasser fand ich ein paar Einsiedlerkrebse, einen in einer gezackten Austernschale, den anderen in einem Schneckenhaus, und plötzlich fiel mir ein, wie mein jüngerer Cousin Scotty so gerne mit ihnen Rennen veranstaltet hatte. Ich fühlte mich wieder wie dreizehn und zog einen Kreis von einem Meter Durchmesser in dem nassen Sand, setzte beide Krabben genau in die Mitte und ließ sogar die größere Scotts sein.

Plötzlich war alles wieder da: wie geduldig wir uns neben den Kreis gehockt hatten, um zu warten, bis die Krabben herauskamen: eine vorsichtige Schere, dann die nächste, dann rutschten sie auf das Meer zu. Meine Krabbe war kleiner, aber weniger vorsichtig als die Scotts und machte sich bald auf den Weg in die Sicherheit. Scotts kam heraus, orientierte sich und trippelte meiner hinterher. Ich konnte Scottys jugendliche Sportreporterstimme in meinem Ohr hören wie den Ozean in einer Meeresmuschel:

»Da kommt Lettered Olive die Zielgerade herunter, und hier Moon Snail an der Außenseite. Lettered Olive fällt zurück und Moon Snail zieht nach rechts. Moon Snail macht jetzt seinen Zug. Lettered Olive bleibt dran. Moon Snail sucht seine Position und in der Ziellinie – JA! Lettered Olive hat um eine halbe Muschellänge gewonnen! Und die Menge tobt, Leute, während beide Krabben in das Wasser stolpern. Jaaaaaa!«

Ich stand auf und wischte den Sand von meinen Knien, während Scotts jungenhafte Stimme verschwand.

Und jetzt war er selbst Vater, und im nächsten Sommer würde er mit dem kleinen Arlie Krebsrennen veranstalten, und der Kreis würde wieder von vorn beginnen.

Es war eine schöne friedvolle Stunde, und erst als ich

zurück zum Wagen ging, wurde ich wieder von dem Wirrwarr um Lev und Catherine Llewellyn, Barbara Jean und ihre Menhadenfabrik, Mahlon Davis und seine schäumende Wut, den jungen Guthrie, Jay Hadley, Linville Pope und ihre Machenschaften und vor allen Dingen Andy Bynums Ermordung und das Tauziehen um die Wassernutzung eingeholt. Der einzige strahlende Lichtblick in dem ganzen Chaos war Kidd Chapin, und er war der einzige, den ich vermutlich nicht wiedersehen würde.

Als ich das Auto erreichte, zog ich wieder meinen beige-türkisfarbenen Rock an und die Shorts aus. Am Badehaus spülte ich den Sand von meinen Füßen und schlüpfte in meine neuen Sandalen. Ein bißchen kaltes Wasser ins Gesicht, ein Hauch von Make-up und ich war bereit, auf einen »ruhigen Drink« zu Linville Pope zu fahren.

* * *

Meine Uhr zeigte mir, daß die Zeit angemessen war, nämlich zehn nach fünf, als ich bei Linville Pope klingelte.

Der Mann, der die Tür öffnete, war ein körperliches Wrack: barfuß, schmutzige Khakihose, strähnige Haare und ein hageres Gesicht. Er roch nach Bourbon und hielt mir ein schnurloses Telefon entgegen, das mit Blut beschmiert war.

»Das blöde Ding funktioniert einfach nicht«, schluchzte er betrunken. »Rufen Sie an.«

»Wen?« fragte ich und zuckte vor dem blutigen Objekt zurück.

»Bidde. Jemand hat meine Frau umgebracht!«

Whether the wrath of the storm-tossed sea,
Or demons, or men, or whatever it be,
No water can swallow the ship where lies
The Master of ocean and earth and skies;
They all shall sweetly obey My will;
Peace, be still! Peace be still!
They all shall sweetley obey My will;
Peace, peace, be still!

Mary A. Baker

Das blutige Telefon an die Brust gepreßt, sank Midge Pope langsam zu Boden und jammerte immer wieder: »Linvie, Linvie.«

Ich stieg über seine ausgestreckten Beine und ging vorsichtig durch das Haus.

Niemand in den Empfangs- und Wohnräumen, niemand in der Küche.

Am Ende eines eigenartig schmucklosen Flurs hörte ich leise Radiomusik, und als ich die Tür aufstieß, sah ich einen muskulösen jungen Mann, komplett angezogen, der auf einem Doppelbett tief schlief. Das Radio neben ihm war auf gut hörbaren Rock eingestellt.

»Hallo?«

Er blinzelte, als ich sprach, und starrte mich für einen Moment ausdruckslos an, dann sprang er schuldbewußt auf.

»Oh je!« sagte er. »Ich muß eingenickt sein. Sie werden es ihr nicht sagen, oder? Ich ...«

Die Verbindungstür zum Nebenzimmer war offen. Er sah hinein und stöhnte: »Er ist weg! Sie wird mich umbringen!«

Er drehte sich um und stieß fast mit mir zusammen. »Tut mir leid, aber ich muß ihn finden und ...«

»Versuchen Sie's mit der Vordertür«, schlug ich vor.

Es war mir klar, daß er als Babysitter für Linville Popes alkoholkranken Ehemann engagiert war und so geschockt war, seinen Schutzbefohlenen verloren zu haben, daß ich nichts aus ihm herausbekommen würde, bis er Midge Pope wiedergefunden hatte.

»Wo ist Mrs. Pope?« fragte ich, als er durch die Eingangshalle lief, um Pope auf die Füße zu helfen.

»Unten am Steg wahrscheinlich. Sie sagte, sie ...«

In diesem Moment sah er sowohl das Telefon als auch Popes blutige Hände. »Oh je!«

Ich wartete nicht länger. Ich lief schon durch die große Glasveranda. Die verschlossenen Glastüren hielten mich einen Moment auf, aber nachdem ich sie überwunden hatte, rannte ich über die große Terrasse und über das Gras hinaus zum Landesteg.

Linville Popes zusammengekrümmte Gestalt lag in der Nähe des langen Holzstegs. Sie trug noch die schwarzweiß karierte Bluse und den schwarzen Rock, worin ich sie vorher gesehen hatte. Sie war rückwärts gefallen, und Strähnen ihres aschblonden Haars verbargen halb ihr Gesicht. Ich kniete mich neben sie, um an ihrem Hals und den Handgelenken den Puls zu fühlen.

Nichts. Die lebendige Wärme war bereits aus ihrer Haut verschwunden.

Es war dem Auffinden Andy Bynums einfach zu ähnlich – das wirre Haar, der knallrote Fleck, der durch ihre Bluse drang, die leblose Blässe. Benommen, wie ich war, kam mir doch der Gedanke, um wieviel größer sie als Tote daliegend aussah als aufrecht und voller Leben.

Für einen Augenblick erfüllte ihr Tod jeden Spalt der

Wahrnehmung, bis schließlich, wie aus weiter Ferne, das Geräusch eines Außenbordmotors meine Ohren durchdrang, und als ich mich umdrehte, sah ich ein kleines Dingi auf dem Weg zu einem Boot, das ein paar hundert Fuß draußen im Kanal festgemacht hatte.

Die *Rainmaker.*

Benommen beobachtete ich, wie Lev Schuster eine Leine festmachte und sich an Bord zog. Er sah zurück und schien zu zögern, als er mich auf dem Landesteg sah. Ich war nicht sicher, ob er mich aus dieser Entfernung erkennen konnte, aber nichtsdestotrotz, er verschwand schnell unter Deck. Im Moment schienen keine anderen Boote in der Nähe zu sein, aber ich nehme an, die Weiten der sumpfigen Hügel zwischen Lennox Point und Harkers Island konnten ganze Flotten kleiner Skiffs oder Ruderboote verbergen.

Hinter mir auf dem Dock hörte ich Schritte. Midge Popes Babysitter.

»Ist sie …?«

»Gehen Sie zurück«, sagte ich scharf. »Es ist zu spät, um ihr zu helfen. Bleiben Sie da hinten und lassen Sie niemanden heran. Ich werde die Polizei anrufen.«

Er war zu jung, um mit mir zu streiten, und ich lief zurück zur Glasveranda, wo ich am Dienstag während der Party ein Telefon bemerkt hatte.

Ich kam fast sofort zu Quig Smith durch.

»Hey, hallo!« sagte er herzlich. »Meine Kollegin hat schon gewettet, daß ich weg bin, bevor Sie wieder anrufen. Sie haben Glück, daß die neue Ökologiezeitschrift, die heute kam, einen Artikel über Meeresbuchtverschmutzung und Fischfarmen enthielt, sonst wäre ich …«

Ich unterbrach ihn und er hörte schweigend zu, was

ich zu sagen hatte. Als ich geendet hatte, sagte er: »Wie wär's, wenn Sie dafür sorgen, daß die Tür unverschlossen ist, damit wir reinkönnen, und dann wieder rausgehen und aufpassen. Ich werde in zehn Minuten dasein.«

In der Halle hatte Midge Pope das Bewußtsein verloren und lag in Fötuslage zusammengerollt um das schnurlose Telefon. Es bestand keine Veranlassung, ihn zu bewegen, da er den Eingang nicht mehr blockierte. Ich klinkte die Tür nur ein und eilte zurück zum Anlegesteg, wo der junge Mann stand und aussah, als sei ihm schlecht.

»Nicht mehr lange«, sagte ich ihm. »Ich bin Deborah Knott, und Sie sind ...«

»Simon McGuire. Was ist hier passiert, Ma'am?«

»Wissen Sie es nicht?«

»Nein, Ma'am«, sagte er und schüttelte seinen rotbraunen Schopf, der immer noch zerzaust war von seinem heimlichen Nickerchen. »Sie sagte, ein Richter käme, und ich sollte Midge – Mr. Pope – in seinem Zimmer halten. Ich habe ihn schließlich ins Bett gekriegt und mich nur hingelegt, um selbst ein paar Minuten auszuruhen. Das nächste, was ich weiß ist, daß Sie da waren.«

Er hatte ausgeprägt hohle Wangen, eckige Schultern und einen benommenen Ausdruck auf seinem offenen Gesicht. In seinen Jeans und Turnschuhen sah er nicht älter als zwanzig oder einundzwanzig aus und konnte ein Student vom East Carolina oder Carteret County College sein.

Bevor ich ihn fragen konnte, wann er Linville das letzte Mal lebend gesehen hatte, sah ich, daß Lev wieder in seinem Dingi saß und über das Wasser direkt auf uns zukam.

»Sie bleiben hier«, sagte ich zu McGuire und ging zum Ende des Piers.

Als Lev den Motor seines Dingis abstellte und eine Leine bereithielt, um festzumachen, rief ich: »Bleib da. Linville Pope ist erschossen worden.«

»Ich weiß.« Er knotete die Leine um einen Pfahl. »Ich habe sie gefunden.«

»Du könntest Beweismaterial zerstören.«

»Ich habe es doch gesagt – ich habe hier vor zehn Minuten festgemacht. Das macht keinen Unterschied.«

Er sicherte das Boot fest und trat auf den Steg. »Ich habe neun eins eins angerufen, und sie schicken jemand her.«

»Angerufen?«

»Funktelefon auf dem Boot«, erklärte er.

»Weshalb hast du nicht vom Haus aus angerufen?«

»Die Türen waren verschlossen, und ich dachte, es wäre schneller, vom Boot anzurufen, als zu versuchen, die Nachbarn aufzuscheuchen. Gott, das ist furchtbar! Die arme Frau.« Er ging rastlos von einer Seite des Stegs auf die andere.

Ich hatte das vergessen. Wann immer Lev irgend etwas aufregte, wann immer er an einem komplizierten Fall arbeitete, mußte er auf und ab gehen – es ist, als könne sein Gehirn unter Streß nur funktionieren, wenn seine Beine sich bewegten. Jetzt ging er auch mit dem vertrauten Nachdruck auf und ab.

Ich trat zurück, als ich verschmiertes Blut auf seiner Hose sah, und fragte: »Wer hat sie erschossen, Lev?«

Er folgte meinen Augen und wischte über den Fleck. »Als ich versucht habe, ihren Puls zu fühlen, muß ich …« Er sah mich scharf an und sagte dann ruhig: »Ich weiß nicht, Red. Sie lag so da, als ich vor ein paar Minuten herkam.«

Ich war verwirrt, weshalb er hier gewesen war, da Linville mich eingeladen hatte, und sie war mir nicht wie jemand vorgekommen, der Konfrontationen heraufbeschwören wollte. »Hat sie dich erwartet?«

»Eigentlich nicht. Sie hat auf meiner Karte einige Stellen an der Meerenge hinter Harkers Island markiert, die ich mir heute ansehen sollte.« Er machte eine vage Handbewegung über den Schlick Richtung Osten. »Ich war auf dem Rückweg nach Beaufort und dachte, ich komme hier vorbei, um zu fragen, ob sie mir morgen einen der Besitze zeigen könnte. Als ich sie zuerst sah ...«

Seine Augen wurden von Bewegungen hinter mir irritiert. Ich drehte mich um und sah Quig Smith über die Terrasse kommen, begleitet von einem weiteren Detective und einer Reihe uniformierter Polizisten.

»Das ging schnell«, sagte Lev.

Ich schaute auf meine Uhr. Smith hatte gesagt, zehn Minuten.

Es waren nur acht gewesen.

***

Die Rettungsmannschaft, die Lev über 911 gerufen hatte, traf fast unmittelbar nach Smith und seinen Männern ein und hatte zunächst aus Versehen Midge Pope für das Opfer gehalten, da sie dachten, das Blut auf seinem Hemd stamme aus seinem Körper, als sie ihn zusammengekrümmt in der Eingangshalle gefunden hatten.

Jetzt war Déjà-vu-Zeit.

Die beiden Teams auf dem Steg zu beobachten erinnerte unheimlich an letzten Sonntagnachmittag, als ich dieselben Leute die gleichen Dinge im Zusammenhang mit Andy Bynums Leiche hatte tun sehen. Nur saßen wir jetzt um einen Tisch auf Linville Popes Terrasse, um Quig Smith von diesem Nachmittag Bericht zu erstatten, und nicht auf einem schaukelnden Boot, um Fragen zu beantworten.

Der Fuß des Tisches bestand aus drei Bronzedelphinen, die ein sanftes Grün angesetzt hatten, darauf lag eine dicke Glasplatte, in die direkt unter der Oberfläche Dutzende von Muscheln eingelassen waren. Ich erkannte Sanddollar, Tritornshorn, Olivenschnecken und Schnecken. Es erschien mir unwirklich, daß ich nur eine Stunde zuvor glücklich Einsiedlerkrebse in ähnlichen Schalen hatte laufen lassen und jetzt schon wieder mitten in einem Mordfall steckte.

Smith befragte erst mich, dann Simon McGuire. Ich war nicht überrascht zu hören, daß der junge Mann tatsächlich Semesterferien hatte. Nach zwei Jahren in Cullowhee oben in den Bergen verbrachte er jetzt zwei Urlaubssemester am Strand, um sich mehr Studiengeld zu verdienen, während er herauszufinden versuchte, was er wirklich werden wollte. Linville hatte ihn erst zwei Wochen zuvor angestellt, als Midge Pope aus einem Sanatorium in der Nähe von Asheville entlassen werden und nach Beaufort zurückgekommen war, um wieder mit dem Trinken anzufangen.

»Die Mutter meiner Freundin ist Büroleiterin bei Mrs. Pope, und sie wußte, daß ich erfahren bin, da ich ein paar Sommer lang als Krankenpfleger gearbeitet hatte. Als Mrs. Pope sagte, sie suche jemanden für sofort, hat Mrs. Abbott ihr von mir erzählt.«

An seinem ersten Tag, erzählte er uns, war Midge Pope anwesend, als Linville Pope seine Pflichten beschrieb.

»Sie sagte ihm, sie wolle nicht mehr versuchen, ihn vom Trinken abzuhalten. Wenn er entschlossen war, sich umzubringen, wußte sie, daß sie ihn nicht daran hindern konnte, aber sie konnte nicht zusehen und sie konnte nicht jede Minute bei ihm sein. Sie sagte, wenn er zustimmte, sich von mir helfen zu lassen, so daß er nicht betrunken Auto fuhr oder betrunken auf ein Boot ging oder auf die Straße lief, wo jemand ihn überfahren konnte, würde sie dafür sorgen, daß von nun an immer eine Kiste Bourbon in seinem Wohnzimmer stehen würde.«

Sie weinte fast, als sie das sagte, erzählte uns McGuire. Und Midge hatte ihre Hände genommen, und auch ihm standen Tränen in den Augen, als er ihr versicherte, wie leid es ihm tue, daß er ein so elender Ehemann sei. »Sie sagte, sie hätte ihn lieber so, wie er war, als irgendeinen anderen Mann in Beaufort, und dann gingen sie zusammen in ihre Zimmer am anderen Ende des Hauses, und ich dachte, vielleicht würden sie mich nun doch nicht brauchen«, sagte McGuire. »Aber am Abend war Midge total betrunken, und ich schwöre, ich glaube, seitdem ist er nicht fünfzehn Minuten nüchtern gewesen.«

Kaum erwachsen, schien Simon McGuire von Linvilles Tod durch und durch erschüttert, und nachdem er langsam alles begriff, war er jetzt gezeichnet von Schuld. »Wenn ich nicht geschlafen hätte«, kasteite er sich selbst, »hätte ich vielleicht ...«

»Das bezweifle ich«, sagte Smith freundlich. »Es wäre schön gewesen, wenn Sie als Zeuge hätten beschreiben können, wer sie erschossen hat, aber zum Teufel, mein

Sohn, Sie wären dann vielleicht auch erschossen worden. Wer weiß? Also, wann haben Sie denn Miz Pope das letzte Mal gesehen?«

»Zwischen halb vier und vier«, wagte er sich vor. »Sie kam in Midges Wohnzimmer, um zu sagen, daß sie irgendeinen Richter für fünf zu einem Drink eingeladen hatte ...« Er sah sich um, als erwartete er, daß plötzlich eine Gestalt in schwarzer Robe durch die Verandatür treten würde.

»Das war ich«, erzählte ich ihm.

»Sie sind Richter?«

Unter anderen Umständen hätte mich seine übertriebene Überraschung vielleicht gewurmt. Jetzt ließ ich es mit einem Nicken durchgehen.

»Jedenfalls«, fuhr er fort, »sagte sie, sie würde nach dem Boot sehen – sie hat gerade ein neues kleines Motorboot gekauft – und sich dann frisch machen. Wenn sie jemanden erwartete, mußte ich Midge in seinem Flügel des Hauses halten. Das war auch ein Teil der Abmachung, aber heute war er irgendwie widerspenstig und wollte keine Ruhe geben. Ich dachte, er sei endlich umgekippt, aber aus irgendeinem Grund muß er sich davongemacht haben, als ich schlief, und dann weckte mich Miss – die Richterin.«

Seine langen hohlen Wangen zogen sich krampfartig zusammen, und Smith klopfte ihm auf die Schulter.

Als Smith sich in seinem Stuhl umdrehte, setzte sich Lev mißtrauisch zurück.

»Und Sie, Mr. Schuster?«

Wieder erklärte Lev, daß er am Nachmittag hinter Harkers Island gekreuzt war, um sich mehrere Grundstücke anzusehen, und dann beschlossen hatte, kurz bei Linville vorbeizukommen.

»Zufällig irgendwelche anderen Boote gesehen, als Sie in den Kanal einbogen?« fragte Smith.

»Ich habe nicht besonders darauf geachtet«, gab Lev zu. »Der Karte nach zu urteilen sinkt der Kanal, wenn man hier einbiegt, von siebzehn Fuß auf sieben Fuß, und zwar recht schnell, und wenn man nicht auf die Markierungen achtet, kann man auf Grund laufen, weil er auf jeder Seite nur zwei oder drei Fuß tief ist.«

Quig Smith nickte. »Trotzdem, Mr. Schuster, befanden sich keine anderen Boote im Kanal?«

Unter den tiefen Vorsprüngen seiner Brauen zogen sich Levs Augen zusammen, als er versuchte, sich zu erinnern. »Als ich losfuhr, war da ein Schnellboot, das genau auf Taylors Creek zufuhr, zurück Richtung Beaufort. Ich habe es wohl bemerkt, weil es eine Wellen-und-Schraubenschlag-Verbotszone ist und der Kerl seine Geschwindigkeit noch nicht gedrosselt hatte. Nachdem ich jedoch einmal auf dieser Seite war, endet der Kanal nach ein paar hundert Fuß, und es war niemand von meiner Größe mehr zu sehen.« Abwesend zwirbelte er eine Strähne seines kurzen Bartes, während er sich konzentrierte. »Ich glaube, ich bin an ein paar kleinen offenen Booten vorbeigekommen, als ich um die Sümpfe steuerte, aber ich habe mich so stark auf den Kanal fixiert, daß ich es nicht mit Sicherheit sagen könnte.«

»Und wann, würden Sie sagen, haben sie draußen im Kanal festgemacht?«

»Ungefähr viertel vor fünf«, antwortete Lev prompt. »Ich erinnere mich noch, daß ich dachte, es sei nicht unbedingt die richtige Zeit, Rum an die Mannschaft auszugeben, aber Mrs. Pope mir vielleicht trotzdem ein Bier anbieten würde. Ich habe das Dingi ins Wasser gelassen, und als ich hinüberfuhr, sah ich etwas Schwarzweißes auf dem Steg liegen, aber erst als ich aus dem Dingi ausstieg, erkannte ich sie. Ich dachte, sie sei vielleicht gefallen oder so etwas, und dann sah ich überall das Blut und konnte keinen Puls fühlen. Ich rannte zum Haus, doch die Türen waren verschlossen, und es kam niemand, als ich dagegenhämmerte. Also rannte ich wieder zurück, nahm das Dingi zu meinem Boot, weil ich dort ein Funk ...«

Seine Stimme stockte, und wir alle merkten auf einmal, daß Midge Pope in der Tür erschienen war. Er hatte sein blutiges Hemd halb ausgezogen, trug jetzt Ledersandalen an den nackten Füßen, sein Haar war feucht, als hätte er es unter einen kalten Wasserstrahl gehalten, und er sah gräßlich aus. Aber obwohl er eine halbleere Flasche Early Times in der Hand hielt und obwohl seine Hand zitterte, als er auf Lev zeigte, war seine Stimme fest, als er brüllte: »Du jüdischer Bastard! Du hast meine Frau umgebracht!«

»Hey, komm, Midge«, sagte Smith und hielt Pope fest, bevor er mit der Flasche auf Lev losgehen konnte.

»Er war's, Quig. Ich habe ihn gesehen. Ich stand da am Fenster und habe ihn gesehen. Der Bastard saß da draußen in seinem Boot und hat mit seinem Gewehr auf Linvie gezielt und sie wie einen wunderschönen Seetaucher abgeknallt. Du weißt, wie schön sie sind, Quig?«

»Ich weiß, Midge, ich weiß.«

»Ich habe es Linvie gesagt. Ich habe gesagt: ›Schatz, du siehst heute schöner als ein Seetaucher aus in deinem schwarzweiß-karierten Gefieder‹, und sie lachte, und als ich später zu ihr kam, war sie tot, Quig. Tot.«

Wut verwandelte sich in Schmerz.

»Und was hast du dann gemacht, Midge?« fragte Smith sanft.

»Versucht, dich anzurufen, aber das verdammte Telefon funktionierte nicht«, schluchzte er. »Und er folgte mir zum Haus, aber ich sah ihn kommen«, sagte er mit betrunkener Schlauheit, »und habe die Türen abgeschlossen, damit er nicht reinkonnte, aber das Telefon …«

Er befreite sich von Smith und latschte auf den Steg zu.

»Midge, komm, da gehst du jetzt besser nicht hin«, sagte Smith. »Wie wär's, wenn Simon dich mit reinnimmt und erst einmal auf Vordermann bringt? Linville hätte es bestimmt nicht gewollt, daß die Leute dich so sehen, meinst du nicht?«

McGuire sprang auf, und Midge Pope ließ sich gefügig wegbringen.

Schweigen hüllte die Terrasse ein.

»So, jetzt hören Sie mir mal eine Minute zu«, sagte Lev. »Sie glauben doch wohl nicht einem antisemitischen Alkoholiker, der in zwei Wochen nicht einmal einen nüchternen Atemzug getan hat, oder? Red?«

Smith zog die Augenbrauen hoch. Bis dahin war ihm nicht klar gewesen, daß wir uns kannten, doch er ließ sich davon nicht beirren. »Nein, Sir, das sage ich auch gar nicht. Aber nur weil Midge betrunken ist, heißt das nicht, daß er keine Augen im Kopf hat. Sie geben zu, ihm zum Haus gefolgt zu sein.«

»Nein, das gebe ich *nicht* zu. Als ich an dem Steg angelegt habe, sah ich niemanden außer Mrs. Pope, die dort alleine lag. Ich sage nicht, daß er nicht rausging und sie berührt hat, nicht bei all dem Blut auf seiner Kleidung, aber so sicher wie das Amen in der Kirche nicht zu der Zeit, als ich hier ankam. Woher wissen Sie, daß er nicht derjenige war, der sie erschossen hat und dann nachprüfte, ob sie tot war?«

»Ja, das wäre eine Möglichkeit«, gab Smith zu, »und deshalb werde ich Richterin Knott bitten, einen Durchsuchungsbefehl für dieses Haus zu unterschreiben, damit ich nach einer kürzlich abgefeuerten Waffe suchen lassen kann, die auch ebensogut am Ende des Piers im Matsch liegen könnte, wenn ich das richtig sehe.«

Ich nickte stumm, und er schickte einen der uniformierten Beamten zum Wagen, um ihm einige Durchsuchungsbefehle zu holen.

»Ich möchte nicht, daß Sie das falsch verstehen, Mr. Schuster, aber ich möchte auch Ihr Boot durchsuchen.«

»Sie brauchen keinen Durchsuchungsbefehl, Detective Smith«, sagte Lev aufgebracht. »Ich werde mit meinen Gesetzestexten winken, und Sie können es sich sofort ansehen.«

»Lev«, sagte ich warnend.

»Ich habe nichts zu verbergen, Red.«

»Nun, wenn es Ihnen und der Richterin recht ist, werde ich es so bald wie möglich ganz nach Vorschrift machen«, sagte Smith.

»Ich stimme zu«, sagte ich knapp.

In der folgenden peinlichen Stille schien Lev plötzlich die Kratzer unter meinem Make-up zu bemerken. »Du hast dir weh getan.«

»Das ist nichts. Ich habe nicht aufgepaßt, wo ich hinlief«, wich ich aus, aber meine Verletzungen erinnerten mich daran, daß ich Quig Smith von Andy Bynums Papieren erzählen wollte. Dies war jedoch weder der richtige Ort noch die richtige Zeit.

Der Beamte kam mit den Formularen zurück, und Smith füllte sie mit akribischer Genauigkeit aus und bestätigte, daß er nur nach einer kürzlich abgefeuerten Schulterwaffe suchen würde. »Midge kennt sich mit

Waffen aus«, erklärte er mir, »aber aus dieser Entfernung könnte es eine einläufige Schrotflinte oder ein Gewehr gewesen sein.«

Er gab mir die Formulare, und ich versah beide mit Datum und Unterschrift.

»Haben Sie was dagegen, wenn einer meiner Männer Ihr Dingi benutzt, Mr. Schuster?« fragte Smith.

»Sind Sie sicher, daß sie dafür nicht auch ein Formular unterschreiben muß?«

»Nun ja ...«

»Oh, nun machen Sie schon!« sagte er kurzangebunden.

Smith instruierte seine Beamten und erklärte mir dann, ich könne gehen, wenn ich wollte.

»Ich werde warten«, sagte ich.

»Hoffentlich nicht meinetwegen.« Levs Stimme klang bitter.

»Wenn du möchtest, kann ich Catherine Llewellyn bitten herzukommen«, bot ich an.

»Denkst du ernsthaft, daß ich professionellen Beistand brauche?«

»Nein, aber du warst derjenige, der immer gesagt hat, daß jemand, der sich selbst verteidigt, einen Narren zum Klienten hat.« Ich versuchte, leichthin zu klingen und lockte den Anflug eines Lächelns zwischen seinen Bart.

»Ich habe sie nicht erschossen, Red.«

»Das weiß ich.«

Zum erstenmal, seit Midge Pope diese Anschuldigung hervorgebracht hatte, schien Lev sich zu entspannen. »Für einen Moment ...«

Der Rest seiner Worte ging unter, als plötzlich ein Hubschrauber aus dem Nichts auftauchte und über dem Steg kreiste, wo Linvilles Leiche gerade auf eine Bahre gehoben wurde. Er trug das Logo einer Fernsehstation aus Raleigh und mußte in der Gegend eine andere Geschichte gefilmt haben, daß er so schnell vor Ort sein konnte. Smiths Männer versuchten, ihn fortzuwinken, aber er landete sanft auf einer freien Fläche an der anderen Seite des Hauses, und ein Kameramann fing schnell das ganze Gebiet mit seinem Camcorder ein.

Sobald ich merkte, was er tat, wandte ich mein Gesicht ab. Das letzte, was ich gebrauchen konnte war, wenn meine Familie in Colleton County sah, daß ich hier in Carteret in zwei verschiedene Mordfälle verwickelt war, und ich würde mein Telefon aushängen müssen, wenn ich heute nacht schlafen wollte.

»Wir gehen rein«, rief ich Smith zu, aber zwei Sekunden, nachdem wir das Haus betreten hatten, wurde mir klar, daß wir Skylla ausgewichen waren, um uns Charybdis auszusetzen.

Zeitungsreporter aus dem Ort waren ebenso eingetroffen wie Kameramänner aus Greenville und New Bern. (Wir erfuhren später, daß ein General eine Pressekonferenz einberufen hatte, um zu diskutieren, ob Cherry Point von dieser neuesten Welle von Stützpunktschließungen betroffen sein würde.) Sie schwärmten durch die offene Tür, als Linvilles Leiche zum Krankenwagen gebracht wurde, und überall schienen Blitzlichter und Mikrophone zu sein. Glücklicherweise schien mich niemand zu erkennen oder mit Andy Bynums Tod in Verbindung zu bringen. Sie waren zu sehr daran interessiert, Midge Pope zu finden oder eine Aussage von Quig Smith zu bekommen.

Simon McGuire hatte den Zugang zu Midges Flügel blockiert, und Smith versprach, er würde Fragen beantworten, sobald er selbst ein bißchen mehr wisse.

Der gewaltsame Tod einer so prominenten Frau war in dieser Gegend natürlich eine Live-Berichterstattung wert, und wenn sie sich beeilten, konnten sie vielleicht sogar noch eine Meldung einschieben, bevor die Sechs-Uhr-Nachrichten endeten. Aus diesem Grund waren die ersten Fragen schnell und schmutzig. Und als sie bereit waren, detailliertere Interviews für die Elf-Uhr-Ausgabe zu machen, hatte Quig Smith jemanden geschickt, der uns hinter die Absperrungsbarriere geleitete.

Das Dingi kehrte an den Steg zurück, und der Beamte, der die *Rainmaker* durchsucht hatte, berichtete, er habe keine Gewehre gefunden. Ein anderer hatte Linvilles Waffenschrank kontrolliert, aber alle Waffen waren da, und keine schien an diesem Tag abgefeuert worden zu sein.

Smith verkündete, daß wir beide gehen konnten, und Lev sagte: »Kommst du mit mir, Red? Ich kann dich zu deinem Wagen zurückbringen, wenn der Wahnsinn vorbei ist.«

»Danke, Lev, aber ich glaube wirklich, ich bringe den Spießrutenlauf hinter mich und fahre zurück nach Harkers Island.«

Er musterte mein Gesicht für einen langen Moment, dann hellte sich seine Miene auf. Erleichtert (und überrascht über diese Erleichterung?) berührte Lev sanft den Kratzer auf meiner Wange. »Paß auf dich auf, Red.«

»Du auch, Junge.«

Dann war er verschwunden, und ich stellte meinerseits Smith zur Rede. »Besteht eine Verbindung zwischen den beiden Mordfällen?« fragte ich.

»Ich weiß nicht«, antwortete er freimütig. »In einem Punkt jedoch. Keine Austrittswunde, so daß die Kugel vermutlich noch in ihr steckt. Wir müßten morgen abend wissen, ob es dieselbe Waffe ist oder nicht.«

Während er mit den Reportern sprach, gelang es mir zu verschwinden, ohne allzuviel Aufmerksamkeit zu erregen.

***

Linvilles Haus lag auf der nördlichen Seite der Landzunge am North River. Chet und Barbara Jean lagen auf der südlichen Seite an Taylors Creek, aber ihre Auffahrten waren weniger als eine Viertelmeile voneinander entfernt, an gegenüberliegenden Seiten der Lennoxville Road.

Einem Impuls folgend bog ich in die Einfahrt der Winberrys durch die hohen Büsche und Eichen, die sie vor den Blicken verbargen, und hielt vor der Haustür.

»Deborah! Welch schöne Überraschung«, sagte Barbara Jean, als sie die Tür öffnete. Ihre Augen umgaben müde Ringe, aber ihr Lächeln war herzlich. »Chet sagte, du würdest heute heimfahren.«

»Wollte ich auch, aber dann hat Roger Longmire beschlossen, ich könnte eine weitere Woche bleiben.«

»Großartig. Ich habe gerade einen frischen Krug Tee gemacht. Komm mit auf die Veranda und setz dich zu mir.«

Wir gingen durch das Haus auf eine sonnige, nach Süden hinausgehende Terrasse, die nicht viel kleiner als die Linville Popes war. Barbara Jeans war jedoch halb überdacht, und dort, wo das Dach endete, setzte sich ein Spalier aus verwitterten Zypressen über die Backsteinterrasse fort, um im Sommer gefilterten Schatten zu liefern.

»Oh, mein Gott!« stöhnte ich. Die Schönheit reichte

beinahe aus, um den Schrecken über den Fund von Linvilles Leiche zu mildern.

Barbara Jeans Gesicht hellte sich auf. »Liebst du diese Zeit des Jahres auch?« fragte sie.

Ihre Azaleen trugen Salzspuren von dem schlimmen Sturm im letzten Monat, und auf den Blättern zeigten sich immer noch große braune Flecken, obwohl die weißen, rosa und lavendelfarbenen Blüten spielerisch versuchten, das zu überdecken. Aber ihre Glyzinie war schlichtweg hinreißend. Ihre dicken verschlungenen Zweige an dem Spalier hingen voller schwerer purpurfarbener Blüten, die sich mit der kühlen Salzluft und dem Sonnenschein des Spätnachmittags zu einem bezaubernden Duft verbanden. Auf der einen Seite stand eine Auswahl von Holz- und Korbstühlen um einen großen niedrigen Tisch, und ich ließ mich in einen von ihnen sinken und atmete tief ein.

»Wie kannst du es ertragen, jeden Tag zur Arbeit zu gehen und das zurückzulassen?«

»Manchmal kann ich es auch nicht«, gab sie zu. »Ich habe den ganzen Nachmittag geschwänzt. Chet ist irgendwo fischen, und so habe ich mir von Freunden ein kleines Motorboot geliehen und bin alleine ein oder zwei Stunden auf dem Wasser gewesen. Ich brauchte irgendwie ein bißchen Zeit für mich allein.«

»Tut mir leid, daß ich dich gestört habe.«

»Nein, nein. Ich hatte jetzt schon Lust auf Gesellschaft.«

Ich floß förmlich über wegen Linville, aber ich wartete, bis sie mir ein Glas Tee eingegossen und sich versichert hatte, daß alles, was ein Gast verlangen konnte – Zitrone, Zucker, Servietten oder Plätzchen – da war, bevor ich es ihr erzählte.

»Erschossen? Auf ihrem eigenen Steg?«

Sie hörte mir schweigend zu, bis ich geendet hatte, und schüttelte dann langsam den Kopf. »Oh, Scheiße, Deborah!« Ihr peinlich berührter Gesichtsausdruck war der eines Menschen, der bei schlechtem Benehmen erwischt wird. »Gott vergebe mir, aber weißt du, was mein erster Gedanke war?«

»Daß jetzt das Bootshaus neben Jills Grundstück nicht gebaut wird?«

Barbara Jean lächelte kalt. »Ich hätte nicht gedacht, daß ich so unchristlich sein könnte, so herzlos.«

»Das ist nicht herzlos. Ihr wart nie besonders gute Freunde. Sie wollte die Neville Fishery und bedrohte den Frieden und die Ruhe des Hauses deiner Tochter. Deine Erleichterung darüber, daß diese Dinge jetzt nicht geschehen werden, ist nur allzu menschlich.«

Sie seufzte und fragte mich nach weiteren Einzelheiten: wann war sie laut Quig Smith genau getötet worden? Hatte es Zeugen gegeben?

»*Midge?* Midge war da?«

»Offensichtlich ist er seit ein paar Wochen zurück, versteckt in seinen Zimmern, und trinkt ständig. Er sagt, er stand auf der Veranda und sah, wie es passierte. Daß jemand von einem Boot aus mit einer Schulterwaffe auf Linville gezielt hat, während sie auf dem Steg stand, aber er war zu der Zeit so betrunken, deshalb hält Smith ihn nicht für einen glaubwürdigen Zeugen. Ich bin überrascht, daß du die Sirene des Rettungsfahrzeugs nicht gehört hast.«

»Nein, ich war ... nein, ich hab's nicht gehört.«

Sie stellte ihr Glas Eistee ab und ging auf die Bar drinnen zu. »Ich brauche etwas Stärkeres. Du auch?«

»Nein, danke«, sagte ich, aber ich rührte einen Extralöffel Zucker in meinen Tee.

Als sie zurückkam, trug sie ein altmodisches Glas, das fünf Zentimeter einer bernsteinfarbenen Flüssigkeit über ein paar Eiswürfeln enthielt.

»Kommt da Chet?« fragte ich, als sich ein Boot langsam vom Kanal löste.

Wir nahmen unsere Gläser und gingen hinunter, um ihn am Steg zu treffen. Wie die meisten Menschen, die am Wasser leben, hatte er seinen Motor genau in dem Moment abgestellt, daß er ihn hochholen konnte, bevor die Schraubenblätter über den Grund kratzten, er aber immer noch genug Antrieb hatte, um an seinen Steg zu gelangen.

Bevor er auch nur eine Leine werfen konnte, begann Barbara Jean, ihm von Linville Popes Ermordung zu erzählen, und ließ mich die Geschichte beenden.

»*Was?*« Chet stand im Boot und hörte zu, bevor er seinen Fang rüberreichte und selbst mit ein paar Angelruten ausstieg. Er ging immer noch steif wegen seines gezerrten Muskels und schüttelte seinen Kopf. »Mein Gott, Deb'rah. Du bist diese Woche aber wirklich mitten reingeraten, nicht, Mädchen?«

Zurück im Haus legte er die drei Fische, die er gefangen hatte, in eine Kiste mit Eis – »Nicht viel für einen ganzen Nachmittag« –, wusch sich die Hände und nahm den Drink, den Barbara Jean für ihn gemixt hatte.

»Arme Linville«, sagte er. »Und armer Midge. Die Hälfte seines Problems besteht darin, daß er ihr nie geben konnte, was sie wollte.«

»Sie wollte Königin von Beaufort werden«, sagte Barbara Jean scharf. »Das wollen wir nicht vergessen.«

»*De mortuis*, Schatz.«

»Ich spreche nicht *schlecht* von Toten«, argumentierte sie. »Nur die Wahrheit. Sie wollte die Neville Fishery schließen. Sie konnte niemals wissen, wie es vorher gewesen war. Keinen Sinn für Geschichte, kein ...«

Sie wandte sich abrupt mir zu. »Hast du sie jemals auf dem Wasser singen hören, Deborah?«

»Die Seemänner? Nein. Ich habe aber eines der Bänder und kann mir vorstellen, wie sie geklungen haben müssen.«

»Das kannst du *nicht*!« sagte sie leidenschaftlich, und ich glaube nicht, daß das an dem Bourbon lag. »Als ich ein kleines Mädchen war, hatten wir immer noch ein Boot ohne Motor, und mein Daddy ließ mich ab und zu mit ihnen rausfahren. Sie ließen zwei kleine Boote zu Wasser, um einen Schwarm von Menhaden zu umzingeln, und die Männer mußten die schweren Netze mit den Händen ziehen. Deshalb haben sie diese langen, langsamen Seemannslieder gesungen, um das Anziehen der Fische gegen das Hauptboot zu synchronisieren. Und der Klang dieser schwarzen Stimmen, die über das Wasser von einem Boot zum anderen schwebten – der Vorarbeiter sang die ersten Worte und die Männer zogen an, während sie das Echo der starken langsamen Schläge bildeten – ich werde nie wieder in meinem Leben etwas so Schönes hören.«

Aus ihren Augen flossen Tränen.

»Oh Schatz«, sagte Chet, nahm sie in die Arme und klopfte ihr zärtlich auf die Schulter.

»Und das wollte Linville Pope zerstören.«

»Ich dachte, die Seeleute seien schon vor zwanzig Jahren durch hydraulische Netzzüge ersetzt worden«, sagte ich, da ich mich daran erinnerte, wie Linville sie wegen dieses Punktes verhöhnt hatte. »Sie hatte doch wohl nichts damit zu tun, oder?«

»Aber einige ihrer Söhne arbeiten immer noch für mich. Sie sind die Verbindung zu diesem Erbe und führen die Arbeit ihrer Väter fort, und sie hätte diese Verbindung zerstört. Und mir auch etwas Wertvolles weggenommen.«

Sie legte ihren Kopf an Chets Schulter. »Ich habe Linville Pope nicht den Tod gewünscht, Deborah, aber ich kann nicht sagen, daß es mir leid tut, nicht mehr gegen sie kämpfen zu müssen.«

Ich mußte zugeben, daß es bei Linvilles hartnäckigen Methoden bestimmt noch eine Menge ähnlicher Empfindungen in diesem Teil von Carteret County geben würde, wenn die Nachricht einmal bekannt war.

Chet und Barbara Jean luden mich zum Abendessen ein, aber es wurde mir zu viel.

»Tut mir leid«, sagte ich ihnen, »aber ich habe noch eine Menge zu lesen und fange besser gleich damit an.«

»Andys Papiere?« fragte Barbara Jean.

»Papiere?« fragte Chet.

»Ich habe dir heute morgen davon erzählt«, sagte sie. »Diese Nachforschungen, die Andy wegen Pope Properties angestellt hat.«

»Oh ja. Schon was gefunden, Deborah?«

»Noch keine Gelegenheit gehabt. Und ich werde es vermutlich nicht erkennen, wenn es da ist.«

»Vielleicht solltest du mich einen Blick darauf werfen lassen. Ich kenne die meisten Mitspieler. Zumindest vom Namen her, wenn nicht persönlich.«

»Wenn ich heute nacht nichts finde, vielleicht«, sagte ich.

»Warum Zeit verschwenden?« fragte Barbara Jean. »Linville ist doch jetzt tot, erinnerst du dich? Niemand braucht diese Munition mehr.«

Es dämmerte bereits, als ich an einem Geschäft vor der Stadt anhielt, um ein paar Sets billiger Unterwäsche und zwei Päckchen Strumpfhosen zu kaufen. Wenn ich noch eine Woche bleiben sollte, mußte ich eine Waschmaschine finden, aber nicht morgen, vielen Dank. Ich wollte ausschlafen und dann den Tag damit zubringen, Andys Akten zu durchforsten.

***

Der Geruch von gedünsteten Shrimps stieg mir in die Nase, sobald ich das Häuschen betrat. Die Eingangstür war nicht nur unverschlossen, sie konnte – abgesehen von einem Vorhängeschloß, um das ich mich nicht gekümmert hatte, seit ich die Insel betreten hatte überhaupt nicht mehr gesichert werden. Jemand schien einen Fuß gegen die Tür gestemmt und stark genug gedrückt zu haben, um den morschen Türbolzen direkt aus dem alten brüchigen Türfutter zu reißen.

»Gut«, sagte Kidd Chapin irgendwo in dem halbdunklen Innern. »Sie sind zurück. Ich dachte schon, ich müßte den ganzen Abend in der Dunkelheit verbringen.«

»Die Wildlife Commission bricht jetzt also auch ein?«

»Ob Sie's glauben oder nicht, aber es war so, als ich hier vor fünfundvierzig Minuten ankam. Alles war durcheinander, aber Sie müssen noch nachprüfen, ob was fehlt. Der Fernseher ist noch da, und das Schloß am Pumpenhaus ist intakt. Hat das irgend etwas mit diesen Akten in Ihren Zeitungen zu tun?«

»Wie zum Teufel haben Sie die gefunden?« fragte ich und riß die Jalousien runter, damit ich das Licht anmachen und seinen Gesichtsausdruck sehen konnte, wenn ich ihn rauswarf.

Sein hageres, unscheinbares Gesicht zeigte einen peinlich berührten Ausdruck. »Nun, ich kam vorbei und sah, daß das Schloß zerstört war, und da stand ein Eimer mit ein paar Shrimps direkt bei der Tür, und Sie wissen, daß man Shrimps nicht zu lange aufheben darf. Ich konnte sie schlecht draußen brechen, also habe ich mir ein paar Zeitungen geschnappt und auf dem Tisch ausgebreitet, und heraus fiel ein Stapel Kopien. Haben Sie jemals ›*Der entwendete Brief*‹ gelesen?«

Ich mußte lachen. »Was haben Sie mit den Shrimps danach gemacht?«

»Ich habe Ihnen ein paar übriggelassen«, sagte er tugendhaft. Dann fügte er in einem abrupten Wechsel hinzu: »Ich war in Quigs Büro, als Sie wegen dieser Frau Pope anriefen. Sind Sie okay?«

Ich nickte.

»Hey«, sagte er sanft. »Ihr Gesicht scheint gut zu heilen.« Dann sah er genauer hin. »Nehmen Sie lieber das Make-up ab und lassen Sie die Haut atmen.«

Ich schüttelte den Kopf, ging, zog meine Jeans an, wusch mein Gesicht, strich Peroxyd auf meine Kratzer, rief Telford Hudpeth an und dankte ihm für die Shrimps. »Sie haben nicht zufällig jemanden an der Haustür bemerkt?« fragte ich.

»Nein, Ma'am. Warum? Stimmt etwas nicht?«

»Jemand hat eingebrochen, während ich unterwegs war. Es wurde nichts gestohlen, aber ich habe mich gefragt, ob Sie wohl jemanden gesehen haben.«

»Auf keinen Fall, aber ich habe auch nur den Eimer abgesetzt und bin gegangen. Wenn Sie keine Möglichkeit haben, Ihre Tür abzuschließen, kann ich mit ein paar Werkzeugen kommen und ein neues Schloß für Sie auftreiben und ...«

»Ist schon okay«, sagte ich. »Trotzdem vielen Dank, aber es gibt ein Vorhängeschloß und eine Haspe, die ich noch benutzen kann.«

»Sind Sie jetzt in Sicherheit?«

»Unbedingt«, sagte ich fest.

Kidd hatte offensichtlich die gesamte Unterhaltung belauscht und lächelte breit. »Noch mehr Kavallerie zu Ihrer Rettung, Frau Richterin?«

»Haben Sie kein Zuhause?« fragte ich.

Er reichte mir eine Schüssel aus rostfreiem Edelstahl mit den Krabbenschalen. »Sie schmeißen das besser weg, bevor es zu riechen beginnt.«

Ich nahm die Schüssel ohne Widerrede, aber nur, weil ich höhere Motive hatte. »Sie brauchen nicht auf mich zu warten«, sagte ich und ging gerade noch rechtzeitig auf die Veranda, um Mickey Mantle in seinem Pickup in Richtung Straße vorbeisegeln zu sehen.

Glücklicherweise muß ich sie nur verurteilen, ich muß sie nicht fangen.

* * *

Mahlon und Guthrie waren draußen und arbeiteten an dem Trawler, als ich die Shrimpköpfe und -schalen für die Elritzen und Krabben als Futter ablud. Zurück ins Wasser, wo sie herkamen, sagte ich mir. Asche zu Asche, Meer zu Meer.

Guthrie rief mir einen Gruß zu, und ich brauchte keine zweite Einladung, um hinüberzugehen und mir anzuschauen, wie weit sie waren.

Sie hatten beinahe alle Lärchenpaneele am Rumpf

befestigt, und der Bug trug ein feines Schimmern, das bald abgeschmirgelt würde, um die erste Farbschicht zu erhalten. Die Kabine war fast fertig, um ausgestattet zu werden, aber heute nacht schien sich ihre Aufmerksamkeit auf ein großes schmieriges Stück Maschine zu konzentrieren, das neben dem Boot auf Zementblöcken saß.

»Hey, Sie haben ihren Motor!« sagte ich. »Andys Jungs?«

»Mhm«, brummte Mahlon, während er das Ungetüm mit einer schweren Kette sicherte.

»Drew und Maxton haben ihn grad eben gebracht«, sagte Guthrie mit einem breiten Grinsen. »Sie waren dabei, als Andy es Großvater zum erstenmal versprochen hat, und sie sagten, sie wollten sein Wort auch einhalten.«

Ein Auflagebock war über das offene Loch im Deck gelegt worden, und jetzt warteten sie auf Mickey Mantle, der sich irgendwo Block und Zugwinde borgen wollte, so daß sie den Motor heute nacht noch an Ort und Stelle hieven konnten.

In all den Jahren, die ich hierher kam, hatte ich Mahlon niemals so konsequent und ausdauernd an einem Projekt arbeiten sehen. Es schien fast, als glaubte er, daß, wenn dieses Boot vollendet und zu Wasser gelassen war, die Dinge wieder wurden wie früher, bevor so viele Regeln und Gesetze die einzelnen Freiheiten einschränkten, die seinem Leben Bedeutung und Substanz gaben.

Ich hätte Kidd den Grund nennen können, weshalb er Mahlon nicht bei der Jagd auf Seetaucher erwischt hatte, der darin bestand, daß er zu beschäftigt war, etwas viel Wichtigeres zu schießen: seine letzte Chance, eine

Bestimmung für sich und Mickey Mantle und Guthrie zu schaffen, eine Chance für die beiden Erwachsenen, wieder hochzukommen, eine Chance für eine weitere Generation, unabhängig und frei leben zu können.

Das einzige Haar in Guthries Suppe an diesem Abend war die Sorge, wie sie das Boot von Linville Popes Besitz bekommen würden, bevor diese ihnen Papiere wegen unerlaubten Betretens präsentierte.

»Wir krieg'n das hin, bevor's so weit is'«, sagte Mahlon schroff, während er seinen Hammer nahm und einen weiteren Streifen Holz am Rumpf befestigte.

»Habt ihr noch nicht gehört?« fragte ich. »Sie ist heute nachmittag ermordet worden.«

Selbst Mahlon hörte da auf zu arbeiten. Sie hörten aufmerksam zu, als ich beschrieb, was passiert war, und wie bei Barbara Jean war auch Guthries erste Reaktion ganz persönlich. »Das bedeutet, die Müllmänner kommen morgen nich' wieder?« fragte er.

»Vermutlich«, sagte ich.

»Gut! Nicht, Großvater? Jetzt brauchen wir sie erst zu bewegen, wenn sie fertig ist, oder?«

»Gib mir die Nägel«, brummte Mahlon. »Ihr redet und arbeitet nicht, und so kriegen wir sie nie fertig.«

»Da hinten kommt Daddy«, sagte Guthrie.

Die Lichter des Lastwagens flackerten die ausgefahrene Auffahrt hinunter, und Mickey Mantle machte eine schleudernde Drei-Punkt-Wendung, so daß das Heck seines Truck richtig stand.

»Hey, Richterin!«

»Ich dachte, Ihr Führerschein sei eingezogen«, sagte ich.

Er grinste. »Richter schreiben doch keine Strafzettel, oder?«

»Daddy!« unterbrach Guthrie. »Hast du schon gehört?« Seine Stimme quietschte plötzlich vor Aufregung. Er kletterte auf den Truck, reichte Block und Zugwinde an und plapperte die ganze Zeit auf seinen Vater ein über Linvilles Ermordung.

»Ja, ja. Hab's gehört. Sammy sagt, es war in den Nachrichten.«

»Wollt ihr alle nur reden oder den Motor reinbringen?« fragte Mahlon.

Als sie Block und Zugwinde am Gerüst befestigt und ein schweres Seil an die Kette um den Motor gelegt hatten, hakten sie das andere Ende am Pickup ein. Ich bot mich freiwillig an, den Truck anzuwerfen und das Seil langsam und gleichmäßig für sie anzuziehen, während die drei den schweren Motor über die Seitenwand des Bootes führten. Dann fuhr ich rückwärts, damit sie ihn in die Vorrichtung hinablassen konnten.

»Ich will verdammt sein, wenn ich auf diesen Motor jetzt nicht sofort eine Flasche Bier köpfen muß!« sagte Mickey Mantle, als die Ketten und das Seil entfernt wurden und der Motor genau da saß, wo er hingehörte.

»Wir haben noch Zeit für unser erstes Bier, wenn wir unseren ersten Fang reinbringen«, sagte Mahlon scharf. »Gib mir meine Säge und laß uns diese letzten Holzstreifen vor Mitternacht befestigen.«

»Bevor ich gehe«, sagte ich, »muß ich Sie was fragen. Hat einer von euch heute nachmittag jemanden bei mir einbrechen sehen?«

Das erregte ihre Aufmerksamkeit.

»Nöö«, sagte Mickey Mantle.

»Ich war fischen«, sagte Mahlon.

»Was haben sie geklaut?« fragte Guthrie.

»Nichts, soweit ich weiß«, gab ich zu. »Aber sie haben

Carls Schloß kaputtgemacht und meine Sachen überall in der Gegend verstreut.«

»Ich war nich' hier«, sagte Mahlon wieder und warf seine Motorsäge mit einem unterhaltungstötenden Donnern an.

Ich wünschte ihnen gute Nacht und machte mich auf den Weg zu dem Häuschen, aber als ich um die Bootshütte ging, hörte ich, wie mein Name ganz leise gerufen wurde, so daß die laute Säge es beinahe erstickte.

Es war Mahlons Frau. Mit weißen Haaren und halb verkrüppelt durch Arthritis, bat mich die zurückgezogen lebende Effrida zu einem dunklen Seitenfenster.

»Ich habe gehört, was Sie die gefragt haben«, sagte sie in eindringlichem Insel-Dialekt. »Ich hab' ihn geseh'n, den Mann, der einbrach bei Carl heut' abend. Paar Minuten nach fünf.«

»Haben Sie ihn erkannt?«

»Hab' ihn schon mal geseh'n. Lebt drüb'n in Beaufort, glaub' ich, aber ich weiß seinen Namen nich'.«

Und dann beschrieb sie Chet Winberry bis hin zu seiner weißen Fischermütze und seiner marineblauen Windjacke, die er trug, als Barbara Jean und ich ihn an ihrem Landesteg trafen.

Kein Wunder, daß er am ganzen Nachmittag nur drei Fische gefangen hatte.

There is a land of pure delight,
Where saints immortal reign;
There everlasting spring abides,
And never-withering flowers …
But tim'rous mortals start and shrink
To cross this narrow sea,
And linger, trembling on the brink,
And fear to launch away.
… Could we but climb where Moses stood,
And view the landscape o'er,
Not Jordan's stream nor death's cold flood
Should fright us from the shore.

Isaac Watts

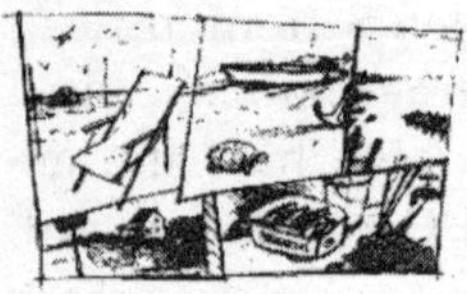

»Eine marineblaue Windjacke mit Kapuze«, wetterte ich Kidd Chapin gegenüber. »Erinnern Sie sich, daß Sie dachten, der Einbrecher letzte Nacht trug eine Kapuzenjacke? Der verlogene Bastard! Hat sich einen Muskel gezerrt, als er heute morgen nach seiner Zeitung gejoggt ist, ja? Zu schade, daß er sich letzte Nacht nicht sein gottverdammtes Bein gebrochen hat.«

»Jetzt mal langsam«, sagte Kidd. »Nur weil er bei Ihnen eingebrochen ist, heißt das nicht, daß er derjenige war, den wir gejagt haben. Denken Sie mal darüber nach. Weshalb sollte er drüben nach den Papieren suchen, wenn er dachte, sie seien hier?«

»Weil er bis heute morgen nicht wußte, daß sie hier waren. Jay Hadley hat bei Andys Beerdigung mit Mitgliedern der Allianz darüber diskutiert, aber Chet hat mit jemand anderem gesprochen, als sie die Köpfe zusammensteckten. Barbara Jean hat ihm beim Frühstück erzählt, ich hätte Andys Papiere, und ich wette, er hat die Unterhaltung so gelenkt, daß er es ganz natürlich herausfinden konnte und sie keinen Verdacht schöpfte.

Er muß mittags meinen Kofferraum durchsucht haben, und als er dort nichts fand, fuhr er mit seinem Boot hierher.«

Ich raste, wenn ich an Chets nettes hilfsbereites Angebot dachte, die Papiere für mich durchzusehen, weil, Zitat, »ich die meisten Mitspieler kenne».

Das konnte man wohl sagen, dieser Bastard.

»Zumindest hat er mir einiges an Zeit erspart«, erzählte ich Kidd. »Ich wollte mit Linvilles letzten Geschäften beginnen und mich dann zu den frühesten zurückarbeiten. Jetzt werde ich mit der Ritchie-House-Transaktion anfangen.«

Während ich die relevanten Dokumente aus ihrem Versteck zwischen den Zeitungen hervorholte und begann, sie chronologisch auf dem Küchentisch auszubreiten, hantierte Kidd schweigend zwischen Kühlschrank und Spülbecken und bereitete mir einen Shrimpsalat zu.

Er war köstlich. »Ich wußte nicht, daß ich Salat gekauft hatte«, sagte ich.

»Haben Sie auch nicht«, antwortete er. »Sie haben auch die grüne Paprika oder die Tomaten nicht mitgebracht. Oder den Becher Eiscreme, der im Gefrierfach steht.«

»Eiscreme?«

»Fudge Ripple.« Bei meinem Interesse hob er sein langes reizloses Gesicht. »Wenn Sie nett zu mir sind, gebe ich Ihnen vielleicht einen Löffel ab.«

»Ich werde es mir überlegen«, sagte ich und fühlte mich seltsam getröstet.

* * *

Eine Stunde später wußte ich, weshalb Chet so verzweifelt versucht hatte, diese Papiere zu stehlen.

Es war nicht schwer herauszufinden, nachdem ich einmal wußte, wonach ich suchte, obwohl ich die Bedeutung vielleicht nicht erkannt hätte, wenn Andy nicht praktischerweise einen Pfeil eingezeichnet hätte.

Zwölf Jahre zuvor hatte Linville Pope von Ritchie Janson den Hafenbesitz gekauft, der später das Ritchie House wurde. Sie hatte das heruntergekommene Motel ihres Mannes in Morehead als Teil der Sicherheit bereitgestellt. Der Rest wurde durch das Eigentumsrecht an der *Washington Neville* gesichert, bereitgestellt durch Chester Amos Winberry, seines Zeichens Anwalt der Neville Fishery, als er für die Kompensation des Darlehens gegenzeichnete. Der Bankbeamte, der das Darlehen bewilligte, war vermutlich einer von Chets lieben alten Kumpeln.

Alles mit einem Augenzwinkern und einem Nicken, ohne Zweifel.

»Was ist illegal daran?« fragte Kidd.

»Die Sache ist, er hatte ein treuhänderisches Interesse an dem Besitz, weil er auch Ritchie Jansons Anwalt war. Selbst wenn er sehr gewissenhaft bei dem Verkauf gwesen wäre – was er nicht war –, hätte er bestimmt einen zynischen Blick von der Bundesanwaltskammer geerntet, wenn alles herausgekommen wäre, obwohl er Linville vermutlich einen fairen Preis hat zahlen lassen.«

»Inwieweit war er nicht gewissenhaft bei dem Verkauf?«

»Sehen Sie sich das Datum an, wann Ritchie Janson angeblich die Verkaufsurkunde unterzeichnet haben soll.«

»Der fünfte Dezember. Und?«

»Jetzt lesen Sie seinen Nachruf in der Lokalzeitung.«

»Starb am zweiundzwanzigsten Dezember nach einem langen Krankenhausaufenthalt. Oh, er hat also einen wirklich kranken alten Mann ausgenutzt?«

»Nicht nur krank, Kidd. Sehen Sie sich diesen Brief an den Herausgeber an, in dem jemand eine Würdigung seines Lebens verfaßte. Sehen Sie die Stelle, wo gesagt wird, daß er nach seinem letzten Schlaganfall einen Monat weiterlebte, aber nie wieder das Bewußtsein erlangte? Ich weiß nicht von allzuvielen bewußtlosen Männern, die Verkaufsurkunden unterschreiben.«

Kidd pfiff leise. »Richter Winberry hat seine Unterschrift gefälscht?«

»Er war damals kein Richter.« Ich lehnte mich in meinem Stuhl zurück und setzte die Einzelteile zusammen. »Was ihm wirklich die Schlinge um den Hals legt, ist die Tatsache, daß er Barbara Jeans Boot eingesetzt hat, um Linville Pope auf eine Spur zu setzen, die schließlich die Dinge bedrohte, die Barbara Jean am meisten schätzte.«

»Er muß mit ihr geschlafen haben«, sagte Kidd.

»Ja«, stimmte ich langsam zu. »Aber er ist so verrückt nach Barbara Jean.«

»Nicht immer ein Widerspruch«, erinnerte er mich ironisch.

»Sie wissen, was das bedeutet, oder?«

»Was?«

»Abgesehen von Mahlon Davis – und er denkt, daß jeder hinter ihm her ist, also zählt das nicht – sagen die Leute, daß Andy einer der gesetzestreuesten Männer auf der Insel war. Er würde niemals die Muschelbänke eines anderen anrühren, sagen sie, oder eine Jakobsmuschel oder Auster außerhalb der Saison nehmen, aber er würde vielleicht die Regeln beugen, um die Mitglieder der Allianz zu schützen. Quig Smith sagt, Andy hat am Sonntag morgen von Cab aus telefoniert und dabei auf die Uhr gesehen wie jemand, der eine Verabredung hat. Was, wenn er gedroht hat, Barbara Jean zu erzählen, was er herausgefunden hat, wenn Chet Linville nicht so weit bringt, ihren Lobbyismus gegen den kommerziellen Fischfang zu stoppen? Und was, wenn er eine Verabredung auf dem Wasser getroffen hat, um Chets Antwort zu hören?«

»Und der alte Chet brachte zufällig eine 22er mit? Quig hat mir erzählt, daß all seine Gewehre gestohlen wurden.«

»Das *sagt* er. Ein sehr passender Diebstahl, ein oder zwei Tage, bevor Andy erschossen wird. Und noch etwas, Kidd – er war heute draußen auf dem Wasser, als Linville getötet wurde. Wenn diese Dokumente zerstört würden, wer würde noch davon wissen oder sich genügend dafür interessieren, das ganze Archiv durchzuforsten und all die Beweise zusammenzusuchen, daß er mit ihr vor zwölf Jahren etwas zu tun hatte?«

»Das ist eine schreckliche Vermutung, die Sie da anstellen, Frau Richterin. Vielleicht hat Bynum auf die Uhr gesehen, damit er wußte, wann das Wasser niedrig genug war, um nach Muscheln zu suchen.«

Ich schob die Papiere weg, überwältigt von einem Gefühl, das dem der Übelkeit sehr nah kam. Ich mochte Chet und Barbara Jean. Aber ich hatte auch Andy und Linville gemocht, und der Gedanke machte mich krank, daß ein Freund einen anderen umbringen konnte.

Einen Moment lang fühlte ich mich geneigt, den Rat, den Odysseus einst bekommen hatte, zu befolgen: ich sollte mir ein Ruder über die Schulter legen und landeinwärts marschieren, bis ich so weit vom Ozean und der Fischerei und all diesen aussaugenden Küstenkonflikten entfernt war, daß die Leute mich fragen würden, welch seltsamen Gegenstand ich auf meiner Schulter trug.

Wie aus weiter, weiter Ferne hörte ich Kidds Stimme. »Frau Richterin?«

Abrupt stand ich auf und sah direkt in seine haselnußbraunen Augen. Unsere Lippen waren nur Zentimeter voneinander entfernt. »Mein Name ist Deborah.«

»Das weiß ich«, sagte er und beugte sich vor, um mich zu küssen.

Der Kuß dauerte und dauerte, bis es schien, daß wir beide in Homers weindunklem Meer ertrinken mußten. Unsere Lippen trennten sich einen Moment, und sein Atem ging ebenso kurz wie meiner, bevor er mich wieder an sich zog. Automatisch wollte ich in Richtung Schlafzimmer, zögerte dann aber. Wir waren keine dummen Teenager mehr.

»Es tut mir leid«, flüsterte ich, »aber es geht nicht. Ich habe keinen Sch ...«

Er legte seine Finger auf meine Lippen und lächelte schief. »Ich möchte nicht, daß du das falsch verstehst, aber Salat und Paprika und Tomaten und Eiscreme waren nicht alles, was ich heute abend mitgebracht habe.«

Erfreutes Lachen durchdrang mich. »Ich wette, du warst ein Pfadfinder.«

»*Und* ein Mitglied der Optimisten«, sagte er feierlich.

* * *

Es ist absolut wahr, was man Männern mit langen, dünnen Fingern nachsagt, aber seine Hände waren so sanft und so langsam, daß ich zur Raserei gebracht wurde, bevor ich es endgültig herausfinden konnte.

Danach, als wir zerzaust und zufrieden gegen die Kissen und aneinandergelehnt lagen, wanderten seine Hände träge über meinen Körper. »Hat dir schon mal jemand gesagt, was für wunderbare Brüste du hast?«

Ich sah in dem halbdunklen Raum auf sie hinunter. »Acht-Kühe-Brüste«, meinte ich süffisant.

»Hm?«

»Auf unserem Speicher gibt es einen riesigen Stapel von *National-Geographic*-Heften. Als ich mich entwickelte, war ich sehr gehemmt, weil alle meine Freundinnen diese kleinen runden Eiskremkugeln bekamen, und ich bekam diese Eistüten. Dann stieß ich auf eine dieser pseudosoziologischen Studien eines afrikanischen Stammes – kennst du diese Geschichten, wo sie die Frauen halbnackt zeigen, aber die Männer nur vom Nabel aufwärts fotografiert werden, so daß man ihre Männlichkeit nie sieht?«

Er lachte. »Ja, ich erinnere mich.«

»Nun, und diesen Artikeln nach zu urteilen brachten die Frauen mit den runden Brüsten im Durchschnitt sechs Kühe auf dem Heiratsmarkt, aber die Väter von Frauen mit kegelförmigen Brüsten bekommen acht Kühe.«

Er umschloß meine beiden Brüste mit seinen Händen und küßte sie. »Die sind mindestens zehn wert.«

»Willst du damit sagen, daß ich fett bin?« fragte ich und ließ meine Hände wandern.

»Nicht fett. Aber ich weiß gerne, daß eine Frau neben mir im Bett liegt, okay?«

»Okay.«

Das schönste am Badezimmer des Häuschens war, daß

Carl irgendwo eine alte Badewanne mit Klauenfüßen aufgetrieben hatte, die breit und lang und tief genug für zwei war. Wir ließen sie mit heißem Wasser vollaufen, gaben ein bißchen Schaumbad hinzu, das Celeste oder Carlette hiergelassen haben mußte, weichten uns eine Stunde ein und unterhielten uns träge über dies und das. Ich wußte, daß ich morgen früh mit dem, was ich gefunden hatte, zu Quig Smith gehen mußte, aber heute nacht …

Das Telefon neben dem Bett klingelte genau um zehn nach elf.

»Deborah?« fragte meine Tante Zell. »Warst du die Person, die ich gerade in den Nachrichten gesehen habe, als sie das Haus verließ, in dem diese Frau aus Beaufort ermordet wurde?«

Ich gab zu, daß ich es war, und erklärte meine Verwicklung. Tante Zell macht kein Theater, aber sie macht sich Sorgen und war nicht glücklich darüber, daß ich in eine zweite Schießerei verwickelt war.

»Paß bitte auf dich auf, ja?«

»Bestimmt«, versprach ich, sagte ihr gute Nacht und streckte die Hand nach Kidd aus.

Normalerweise versuche ich immer, Tante Zells Rat zu befolgen.

Außerdem war er viel, viel besser als Fudge-Ripple-Eiskrem.

Throw out the Life-Line to danger-fraught men,
Sinking in anguish where you've neber been:
Winds of temptation and billows of woe
Will soon hurl them out where the dark waters flow.
Throw out the Life-Line! Throw out the Life-Line!
Someone is drifting away;
Throw out the Life-Line! Throw out the Life-Line!
Someone is sinking today.

Edward S. Ufford

Jeden Morgen, wenn ich aufstand, war Kidd Chapin verschwunden, und als Mickey Mantles Kampfhähne mich um halb acht am Freitag morgen weckten, war ich amüsiert, seinen Kopf noch auf dem Kissen neben mir zu finden. Zusammen mit dem Krähen der Hähne kam eine kühle Brise durch die offenen Fenster.

»Kein Kaffee im Bett?« fragte ich und kuschelte mich unter die Decke.

»Habe nichts dagegen«, gähnte er. »Ich nehme meinen schwarz.«

Ich schlug ihn mit meinem Kissen. »Nur weil du gestern nacht die obere Auster warst, heißt das nicht, daß ich jetzt Henrietta Hausfrau werde.«

Er jaulte gedämpft auf und wickelte seine langen dünnen Beine um meine.

»Auf der anderen Seite«, sagte ich und wand mich los, »wollen wir schön fair bleiben, denke ich.«

»Und selbst morgens bist du mehr als schön.« Er nahm meine Hand und zog mich für einen langen Kuß herunter, der auf meinen Lippen begann und auf meinen Brüsten endete. »Tatsächlich«, sagte er heiser, »erhöhe ich mein Angebot auf zwölf Kühe und einen Scheffel Muscheln.«

»Leg noch einen Viertelscheffel Austern drauf, und ich lege bei meinem Vater ein gutes Wort für dich ein.«

»Es ist keine Saison für Austern«, murmelte er und begann so bezaubernde Dinge mit meinem Körper zu tun, daß es noch einmal zwanzig Minuten dauerte, bevor ich aus dem Bett war und »Kaffee« mit mehr Nachdruck sagte, als ich empfand.

Jeans, Turnschuhe und ein Carolina-Sweatshirt, dann raus in die Küche, wo ich die Kaffeemaschine mit kaltem Wasser füllte und vier Löffel Keniamischung, die ich im Kühlschrank gefunden hatte, abmaß.

Andy Bynums Papiere waren auf dem Tisch genau dort, wo ich sie letzte Nacht hatte liegen lassen, und ihr Anblick rollte einen so schweren schwarzen Stein über meine gute Laune, daß ich eine Tüte mit trockenem Brot nahm und zu Kidd sagte: »Komm, laß uns die Möwen füttern, während der Kaffee läuft.«

»Du erinnerst dich daran, daß ich Seetaucherjäger überwachen sollte, oder?«

»Mahlon weiß nicht, daß du Jagdaufseher bist. Er wird einfach nur denken, daß ich einen lockeren Lebenswandel habe.«

Er lachte. »Geh du. Ich rasiere mich und mache Frühstück.«

Als ich zur Tür hinausging, sagte Kidd: »Hören Sie, Frau Richterin. Sie wissen, was ich über die Austernsaison gesagt habe? Sie endete am einunddreißigsten März.«

»So?«

»Vielleicht sollten wir noch mal darüber reden, wenn du zurück bist. Rühreier oder Spiegeleier?«

»Spiegeleier«, sagte ich und ging hinaus in den strahlenden Aprilsonnenschein. Die Ernsthaftigkeit seines Tons brachte das gedämpfte Gefühl zurück. War das seine taktvolle Art, mir mitzuteilen, daß es Spaß gemacht hatte, die Saison für jede weitere Beziehung jetzt aber zu Ende war?

»Eines Tages wirst du dich noch daran erinnern, daß es *caveat emptor* gibt«, sagte der Prediger.

»Es ist nichts Schlimmes an *carpe diem*«, tröstete der Pragmatiker.

Ich war bereits in einer Scarlett-O'Hara-Stimmung wegen Chet, also fügte ich Kidd den Dingen hinzu, über die ich später nachdenken würde, und gab mich der Freude hin, Möwen im Fluge zu füttern.

Eine oder zwei streifen immer am Ufer entlang, und sobald die erste Möwe herabstößt, um ein Stückchen Brot zu erhaschen, erscheint ein weiteres Dutzend aus dem Nichts, bis die strahlendblaue Luft um mich herum mit sausenden weißen Schwingen erfüllt war. Im Wind treibend kreisten sie über dem Wasser wie Kolibris in der Luft, während ich die zerbrochenen Stücke über mir hochwarf, dann drehten sie, tauchten, stiegen wieder auf, bis all mein Brot aufgebraucht war.

Als ich zurückging, grüßte mich Mahlon Davis von seiner Veranda mit einem Lächeln, doch sein Blick verfinsterte sich, als zwei große weiße Laster auf das Grundstück neben den seinen fuhren.

Sie kamen von dem Abfallbeseitigungsdienst aus Morehead, den Linville Pope angeheuert hatte, um Mahlons Schutt von ihrem Besitz entfernen zu lassen. Einer hatte Seitengeländer für den Transport, auf dem anderen stand ein winziger gelber Bulldozer.

Mahlons magere Schultern strafften sich wütend, als

drei muskulöse Arbeiter aus den Trucks ausstiegen und begannen, eine Stahlrampe herunterzulassen, um den Bulldozer abzuladen.

»Sie wissen offensichtlich nicht, daß Linville Pope tot ist«, sagte ich.

Mahlon grunzte drohend und machte sich auf den Weg über das Grundstück. Ich folgte ihm, da ich den Beginn einer Schlägerei spürte. Und war ich nicht Richterin? Wußte ich nicht zu vermitteln?

Während ich mir meinen Weg durch Gerümpel und Dornensträucher bahnte, hatten die Dinge bereits begonnen zu eskalieren. Mahlons Akzent war zu stark, als daß ich seinen Strom wütender Drohungen hätte unterscheiden können, aber die Arbeiter verstanden offensichtlich jede Beleidigung. Einer von ihnen hatte eine Schaufel aus seinem Truck geholt und sah aus, als würde ihm nicht mehr viel dazu fehlen, sie auf Mahlons Kopf zu schwingen.

Als ich näherkam, sagte Mahlon zu mir: »Die Bastarde sagen, wenn ich mein Boot nicht wegtue, schieben sie's weg.«

»Wir haben unsere Anweisungen von dem Besitzer des Grundstücks«, sagte der massigste der drei Männer. Er hatte ein Klemmbrett in der Hand und klopfte auf den obersten gelben Durchschlag.

»Von Linville Pope?«

»Stimmt, Lady.«

»Aber sie wurde gestern ermordet«, sagte ich.

»Sehen Sie?« sagte Mahlon. »Und sie ist Richterin. Sie kennt das Gesetz.«

»Wirklich Richterin?« fragte der Mann.

Ich nickte.

»Und Mrs. Pope *ist* wirklich tot?«

»Ja.«

Der Mann mit der Schaufel stellte sie ab, und der andere Arbeiter löste seine geballten Fäuste. Einen Moment lang sah es aus, als wäre die Sache erledigt, doch ihr Boß schien entschlossen und sagte: »Nun, Ma'am, es tut mir wirklich leid zu hören, daß sie tot ist und so, aber sie hat eine Anzahlung geleistet, und wir haben einen Vertrag unterschrieben, und so weit es mich betrifft, kann er das mit den Anwälten ausfechten. Ich brauche diesen Job, und ich werde ihn ausführen, es sei denn, Sie haben die entsprechenden Papiere, damit ich gehe.«

Er hatte mich, und er wußte es. Er sah Mahlon an. »Wir fangen auf der anderen Seite an, aber wenn wir auf diese Seite kommen, Mister, und Sie das Boot nicht bewegt haben, verspreche ich Ihnen, daß wir es für Sie bewegen werden.« Wieder klopfte er auf sein Klemmbrett. »Sie hat dieses Boot ausdrücklich im Vertrag erwähnt.«

»Den Teufel werdet ihr!« brüllte Mahlon. Als er über das Grundstück zurück zu seinem Schuppen stürmte, fluchte er so laut und so gemein, daß ich froh war, Guthrie in der Schule zu wissen, wo er nichts davon mitbekam und auch nicht in seine Wut geriet.

»Hören Sie doch«, erklärte ich dem Boß. »Können Sie nicht ...«

»Oh-oh!« sagte der jüngste Arbeiter und bewegte sich schnell in Richtung des nahen Trucks, als der Schuß losging.

Ich wirbelte herum, und da stand Mahlon vor seinem Bootsschuppen mit einem Gewehr in der Hand, und ich konnte nur in fassungslosem Entsetzen zusehen, wie er noch einmal feuerte. Wie in Zeitlupe hörte ich, daß der Truck hinter uns getroffen wurde. Wieder ein scharfer Knall, und der Boß brach neben mir zusammen. Blut spritzte über den gelben Vertrag auf seinem Klemmbrett und brachte mich mit einem Ruck zurück in die wirkliche Zeit.

»Mahlon, mein Gott! Was tun Sie?« schrie ich und lief auf ihn zu. »Stop!«

Er feuerte einen weiteren Schuß auf die beiden anderen Männer ab, die in Deckung gingen, aber als ich ihn erreichte, richtete er die 22er plötzlich direkt auf mich. In seinen Augen blitzte eine solche Wut, daß mir plötzlich der Gedanke kam, ich sähe den Lauf entlang auf Andys und Linvilles Mörder.

Austern, dachte ich benommen. Das hatte Kidd gemeint. Die erste Woche im April, auf einer überfluteten Sandbank, wo keine Austern wachsen, und doch hatte ich ein halbes Dutzend dort verstreut gesehen neben der Leiche eines Mannes, der niemals ein Schalentier außerhalb der Saison nehmen würde. Und in dieser Nacht war Guthrie in der Dämmerung herübergekommen, um zu sagen: »Großvater hat heute ein paar Austern mitgebracht und Großmutter sagt, du willst vielleicht welche?«

»Tun Sie das nicht, Mahlon«, bat ich, aber noch während ich sprach, schwenkte der Lauf nach rechts, und er feuerte auf die Straße. Beinahe taub von der Explosion, blickte ich mich noch gerade rechtzeitig um, um zu sehen, wie Kidd hinter einem Streifenwagen aus Carteret County, der neben der Hütte gehalten hatte, in Deckung ging, Der Schuß machte aus der Windschutzscheibe ein Spinnennetz.

Dann spürte ich den heißen Lauf zwischen meinen Schulterblättern, und Mahlon schrie: »Bleibt bloß alle weg! Wenn ihr nicht verschwindet, erschieß' ich sie. Bei Gott, ich tu's.«

Ich sah, wie Kidd aufstand, und kreischte: »Bleib da!«

Dann stieß Mahlon mich. »Geh' auf die andere Seite vom Boot«, befahl er.

Benommen ging ich. Auf der Seeseite bildeten Klötze und Kisten rauhe Stufen, die zur Bootsreling führten, damit man einen leichteren Seitenzugang hatte. Von dem Gewehr gestoßen ging ich hinauf auf die andere Seite, und Mahlon folgte mir, bis wir die noch nicht fertiggestellte Kabine erreichten und durch glaslose Fensterlöcher hinaussahen.

Wir befanden uns sechs oder mehr Fuß über dem Boden, fast parallel zur Küste. Links war das Meer. Rechts Häuser und dahinter die Straße. Der Mann, auf den Mahlon geschossen hatte, lag bewegungslos auf dem unkrautüberwucherten Grundstück. An der Straßenecke hinter Clarence Willis' Wohnwagen hielten Autos, und Menschentrauben starrten uns an und zeigten auf uns. Ich konnte Kidd nicht sehen, aber irgend jemand kauerte hinter der offenen Tür des Streifenwagens, und ich hörte das Knistern eines Funkgerätes; professionelle Hilfe war vermutlich auf dem Weg, falls nicht vorher jemand etwas Dummes tat.

»Mahlon, hören Sie mir zu«, sagte ich. »Das muß so nicht laufen.«

»Schnauze!« schnaubte er. Und dann plötzlich: »Ich habe mich immer nur um meine Angelegenheiten gekümmert, versucht, meinen Lebensunterhalt zu verdienen, und die wollten mich nicht lassen.«

»Aber Andy hat Ihnen Geld geliehen«, sagte ich weich. »Er hat Ihnen einen Motor gegeben.«

»Nein, hat er nicht!«

»Aber ...«

»Ich habe ihn Samstagnacht getroffen, und ich hatte

vielleicht ein oder zwei Bier zuviel, aber er redete mit mir, als wäre ich Dreck. Sagte, ich bin zu erbärmlich, um ein Boot zu Ende zu bauen. Sagte, wenn ich es tue, ruiniere ich es wahrscheinlich wie das andere. Sagte, er hat seine Meinung geändert und wollte schlechtem Geld kein gutes hinterherwerfen. Am nächsten Tag war ich draußen und hab mir eine Schildkröte geschossen und kam auch mit ein paar Austern zurück, als ich ihn da hinten Muscheln suchen sah, und ich ging zu ihm, um vernünftig mit ihm zu reden und zu sehen, ob er seine Meinung wieder geändert hatte, weil ich diesen Motor haben mußte und er ihn auf keinen Fall brauchte. Ich habe sogar versucht, ihm ein paar von meinen Austern zu geben, und er fing an zu schreien, von wegen Zeug außerhalb der Saison zu nehmen, dabei, zum Teufel, war die Saison doch nicht einmal eine Woche zu Ende. Außerdem wollte ich sie nicht verkaufen, sie waren für uns. Und er sagte, Männer wie ich würden seine blöde Allianz behindern. Sagte, er würde mich eher in der Hölle sehen, bevor ich auch nur einen Netzsenker von ihm bekommen würde, also nahm ich mein Gewehr und sagte, gut, dann grüß den Teufel von mir.«

Ich drehte mich um, bis ich ihm gegenüberstand und das Gewehr nur wenige Zentimeter von meiner Brust entfernt war. »Mahlon, was Sie getan haben, geschah im Eifer des Gefechts. Ich sage nicht, daß Sie ungeschoren davonkommen, aber es ist nicht einmal halb so schlimm, als wenn Sie hier stehen, darüber nachdenken und dann noch jemanden erschießen.«

Sein unrasiertes Kinn verkrampfte sich, und seine blitzenden Augen schossen wild von meinem Gesicht zu den Männern, die sich hinter dem Streifenwagen versammelt hatten.

»Ich wollte nur in Ruhe gelassen werden, damit ich und meine Jungs unseren Lebensunterhalt wie immer verdienen können. Aber sie verändern alles, erzählen uns, wir können dies nicht tun, wir können jenes nicht tun, und Andy wollte mir den Motor nicht geben und dieses Biest drüben in Beaufort wollte mich mein Boot nicht zu Ende bauen lassen. Ich habe ihr gesagt, lassen sie mir Zeit bis Ende Mai, und ich und meine Jungs sammeln jeden Schnipsel von unserem Zeug auf. Es hätte ihr nicht geschadet, aber sie stand da auf ihrem Landesteg, als wenn ihr die ganze Welt mit allem Drum und Dran gehören würde, und sagte, daß sie mir alle Zeit gegeben hat, die ich von ihr kriegen würde.«

»Das hätte sie nicht sagen sollen«, beruhigte ich ihn, »aber denken Sie an Guthrie, Mahlon. Wie wird er sich fühlen, wenn er aus der Schule nach Hause kommt und hört, daß Sie unschuldige Menschen getötet haben, die Ihnen nie etwas getan haben?«

»Drehen Sie sich um«, sagte er.

»Mahlon ...«

Er stieß mir das Gewehr in den Magen. »Verdammt, ich habe gesagt, umdrehen!«

Ich drehte mich um, und ein Dutzend Gedanken schoß mir gleichzeitig durch den Kopf: wie traurig mein Vater sein würde und meine Brüder, aber wenigstens würde es schnell gehen und – »Kidd, nein! Geh zurück!«

Wieder diese ohrenbetäubende Explosion und ein Moment der Verwunderung, bis das Gewehr hinter mir auf das Deck fiel.

Als ich mich umwandte, war Mahlon an der Kabinenwand zusammengesunken, ein blutiges Loch unter dem Kinn.

O sinners, the heralds of mercy implore,
They cry like the patriarch, »Come.«
The Ark of salvation is moored to your shore,
Oh, enter while yet there is room!
The stormcloud of Justice rolls dark overhead,
and when by its fury you're tossed,
Alas, of your perishing souls 'twill be said,
»They heard – they refused – and were lost!«

Kate Harrington

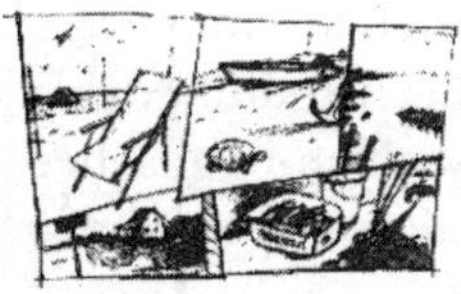

»Sie hatten Mahlon Davis die ganze Zeit über im Verdacht?« fragte ich. »Nun ja, ihn und drei andere«, sagte Quig Smith. »Einer der Nachbarn sah ihn aus dieser Richtung gegen ein Uhr zurückkommen.«

Wir saßen am Küchentisch und teilten uns ein Sixpack und eine große Tüte Maischips. Es war kurz vor zwölf, und der Rettungswagen war zweimal hin und her gefahren, das erste Mal mit dem schwer verwundeten Arbeiter, das zweite Mal mit Mahlons Leiche. Abgesehen von einem ständigen Strom von Inselnachbarn, die Mahlons Familie Essen und Trost brachten, hatte die Menge sich zerstreut, und es wies nur noch wenig auf das hin, was heute morgen passiert war.

Schließlich hatten sich die Dinge für Quig genügend beruhigt, um unsere Aussagen aufzunehmen und meine Neugier zu befriedigen.

Ich durchwühlte den Kühlschrank und fand Paprikakäse und ein paar gefüllte Oliven, die ich auf den Tisch stellte. »Wer waren die anderen?«

»Erinnern Sie sich, wie Jay Hadley versucht hat, uns

weiszumachen, daß die ganze Familie am Sonntagmorgen in die Kirche gegangen ist?«

»Ja?«

»Ihr Sohn Josh wurde gegen elf in der Nähe des Leuchtturms gesehen und dann noch einmal gegen eins. Er ist sechzehn, ein wahrer Hitzkopf, und wir haben gehört, daß er es nicht mochte, wenn Andy mit seiner Mom flirtete. Dann war da Scratch Kinlow. Kennen Sie ihn?«

Ich schüttelte den Kopf.

»Lebt auf der Nordseite der Insel. Er hat versucht, Andy letzten Monat wegen des Gewichts seines Fangs übers Ohr zu hauen, und er hat ihn ernsthaft bedroht. Niemand hat ihn in der Nähe von Shackleford gesehen, aber sein Kumpel war da, und normalerweise sieht man den einen nicht ohne den anderen.«

»Was ist mit Chet Winberry?«

»Dem Richter?« Er rieb sein Kinn und sah mich fragend an. »Sie dachten an ihn?«

»Nun, Sie haben mich auf Andys Beerdigung gefragt, ein wie guter Freund er sei, und es war ausgesprochen passend, daß seine Waffen genau zu jenem Zeitpunkt gestohlen wurden.«

»Oh, sie sind gestern abend wieder aufgetaucht. Beim Pfandleiher drüben in Havelock.«

Ich war zu befangen, um ihm meine Theorien zu erzählen. An diesem ersten Tag in seinem Büro hatte er mich daran erinnert, daß manche Männer die Einmischung in ihr Leben ernster nehmen als das Anmachen ihrer Frauen, aber hatte ich zugehört? Nein, ich hatte nach modernen Nordstaatenmotiven gesucht, anstatt der Sache auf den Grund zu gehen.

Und Kidd saß während der ganzen Unterhaltung da,

aß mit ausdruckslosem Gesicht Maischips und Paprikakäse und sagte kein Wort über Treuhänder, das Ritchie House oder gefälschte Unterschriften. Wo findet man schon einen Mann, der nicht alles ausplappert, was er weiß? Wertvoller als jeder Diamant.

»Es wäre sicher hilfreich gewesen, wenn Sie daran gedacht hätten zu erwähnen, daß Davis letzten Sonntag Austern heimgebracht hat«, sagte Quig, während er eine letzte Olive einwarf und sich zum Gehen erhob.

»Wenn Sie *mir* erzählt hätten, daß die Austernsaison vorbei ist und sie sowieso nicht dort wachsen, hätte ich es vielleicht erwähnt«, erinnerte ich ihn.

»Wir müssen ihr einen Zeitplan besorgen und ihr ein paar Grundzüge der Meeresbiologie beibringen«, sagte Quig zu Kidd. »Und das erinnert mich an etwas. Werden Sie heute abend bei der Anhörung zum sauberen Wasser sein?«

»Nein, ich glaube nicht«, sagte Kidd.

Quig grinste. »Hab' ich mir schon gedacht.«

Während Kidd mit ihm hinaus zum Wagen ging, rief ich Chet an.

»Deborah!« sagte er. »Du hast Barbara Jean gerade verpaßt. Sie ist mit einer Freundin in Goldsboro, um Antiquitäten zu kaufen.«

War sein Ton ein wenig zu herzlich?

»Das ist gut«, meinte ich sachlich, »weil ich deinetwegen kommen werde.«

* * *

Kidd fuhr mit mir hinüber.

Das Licht auf der Earl C. Davis Memorial Bridge schaltete von grün auf gelb, und ich beschleunigte, bevor sie hochgezogen werden konnte, um ein Boot mit einem hohen Mast durchzulassen.

»Wer war eigentlich Earl C. Davis?« fragte ich mich laut, als ich sicher auf der anderen Seite angekommen war.

»Owen und Earl/Besitzen die Welt./Paß auf! Bald/Werden sie den Mond besitzen..«

»Heh?«

»Das sagte man hier bei uns, als ich noch ein Junge war. Direkt nach der Mondlandung. Ich glaube, Owen Fulcher und Earl Davis sollen scharfe Händler gewesen sein.«

»Wie Linville Pope?«

»Ich weiß nicht, Schatz.«

Wir fuhren schweigend durch Bettie, dann über den North River und südlich auf den Highway 70. Als wir uns den Ausläufern von Beaufort näherten, sagte Kidd: »Was wirst du mit diesen Papieren anfangen?«

»Was sollte ich denn damit anfangen?«

»Das kann ich nicht beurteilen, Frau Richterin.«

* * *

Ich ließ Andys Papiere im Kofferraum.

Chet schien noch nichts von den Ereignissen des Morgens gehört zu haben, und ich war zu nervös, um es ihm zu erzählen. Er war überrascht, Kidd in meiner Begleitung zu sehen, fing sich aber schnell, als er uns auf die sonnige Terrasse führte und fragte: »Möchte jemand einen Drink?«

Ich lehnte ab, und Kidd wollte auf Chets Anlegesteg hinuntergehen. »Dann habt ihr Zeit zu reden.«

»Er weiß es, nicht wahr?« fragte Chet und ließ sich

schwer in einen der Holzstühle unter der lila Glyzinie fallen.

»Ja, aber niemand wird je etwas von ihm erfahren.«

»Und was ist mit dir?«

»Chet …«

»Schau, ich werde nicht betteln. Versuch nur, mich zu verstehen, okay? Bis Jill und auch die Fischfabrik einigermaßen laufen konnten, hatte Barbara Jean alle Hände voll zu tun, so daß sie keine Zeit mehr für mich hatte.«

»Und Linville hatte?«

»Sie war diejenige, die mich ermutigte, in die Politik zu gehen. Meine Karriere führte bis dahin ins Nichts. Ich war nur ein Kleinstadt-Anwalt, der sich um die rechtlichen Belange seines Schwiegervaters kümmerte. Zum Teufel, Deborah, die Hälfte meiner anderen Mandanten hatte mir das Gericht zugewiesen.«

Er stand auf und holte sich einen neuen Drink. »Willst du wirklich nicht …?«

»Nein.«

»Du machst es mir nicht leicht, Mädchen.«

»Neuigkeiten für dich, Chet: nicht jedes ›Mädchen‹ auf der Welt ist dazu da, die Dinge für dich auszubügeln.«

Er seufzte. »Ich verstehe nicht, was so schlimm ist. Niemand wurde verletzt. Der Janson-Besitz hat jeden Pfennig eingebracht, den er wert war. Wenn ich Mr. Janson nicht veranlaßt hätte, ihn Linville zu verkaufen …«

Ich zog die Augenbrauen hoch. »*Veranlaßt* hätte? Einen Mann im Koma?«

»Du weißt also alles«, sagte er mit einem resignativen Gesichtsausdruck.

»Ich glaube schon. Ja.«

»Jedenfalls«, argumentierte er, »war das alte Gasthaus baufällig. Es konnte nicht ein weiteres Jahr warten, bis die Erben sich ausgezankt hatten. Bis dahin wäre das Dach zusammengestürzt, und sie hätten viel weniger bekommen, als Linville bezahlt hat.«

»Ein Bewahrer und ein Menschheitsbeglücker«, spottete ich.

Chet wurde rot. »Glaubst du etwa, ich hätte mir seitdem nicht hundertmal in den Hintern treten können? Besonders, als Linville hinter der Neville Fishery her war. Sie hat mir nie Daumenschrauben angelegt. Das war nicht ihr Stil. Aber zu wissen, daß ich derjenige war, der ihr die Startmöglichkeit gegeben hatte, war in diesen letzten sechs Monaten die reine Hölle für mich.«

»Das kann ich mir vorstellen«, sagte ich.

Ermutigt beugte er sich vor. »Was ich getan habe, war falsch. Das gebe ich zu. Aber glaube bloß nicht, das hätte in all den Jahren nicht an mir genagt. Ich weiß, die Leute sagen, daß ich bei Wirtschaftsverbrechen manchmal zu lax bin, aber wann immer so eine arme Sau vor mir auftaucht, ein paar tausend veruntreut oder die Steuer betrogen hat, muß ich daran denken, daß mich nur Gottes Gnade davor bewahrt hat. Jeder hat Dinge getan, für die er sich schämen muß, Deborah. Du etwa nicht?«

»Doch natürlich.«

»Nicht, daß es eine Entschuldigung ist. Aber wenn man weiß, wie viele Leute damit durchkommen und daß, was man selbst getan hat, niemandem ernsthaft Schaden zugefügt hat...« Er seufzte, stellte seinen Drink auf die breite Armlehne seines Sessels, streckte seine langen Beine aus, bis er beinahe in der Horizontalen lag, und murmelte so leise, daß ich es kaum hören konnte: »Gemeinsame Schäbigkeit.«

»Was?«

»So nenne ich es. Wenn wir uns sagen, daß es jeder tut und die meisten es schlechter machen. Die kleinen schäbigen Dinge, die wir tun und die uns veranlassen, nicht mit dem Finger auf andere zu zeigen. Eine Komplizenschaft. Aber jedesmal, wenn wir es tun, verlieren wir ein kleines bißchen mehr Anstand, ein kleines bißchen verliert die Welt an Glanz. Nimm zum Beispiel Andy Bynum. Er hat sich bei mir entschuldigt, aber er sagte, er könne sich keinen anderen Weg vorstellen, um Linville wegen des kommerziellen Fischfangs den Mund zu stopfen. Sagte, mich damit zu erpressen sei nur halb so schlimm wie Ritchie Jansons Unterschrift zu fälschen.«

Ich stand auf, und als hätte ich an einem Faden gezogen, kam Kidd vom Steg hoch.

»Was wirst du tun?« fragte Chet.

»Man bringt keinen anderen Richter zu Fall«, erinnerte mich der Pragmatiker. »Nicht, wenn man als Teamspieler bekannt werden will.«

»Recht ist Recht«, sagte der Prediger unerbittlich.

Gemeinsame Schäbigkeit oder heiliger als du? Mir gefiel beides nicht.

Er las die Entscheidung in meinen Augen und lehnte sich in seinem Stuhl zurück, die Augen geschlossen.

»Es tut mir leid, Chet«, sagte ich.

Und es tat mir leid.

* * *

»Weshalb fährst du nicht direkt zur Front Street?« fragte Kidd. »Ich spendiere dir ein Bier im Dock House, und wir schauen uns all die reichen Leute in ihren Booten an, und ich erzähle dir von der Zeit, als ich in einem Bach beim Kerr Lake eine Fischfalle gefunden habe.«

»Okay.« Ich traute meiner eigenen Stimme nicht, um mehr zu sagen.

»Hey, du weinst doch nicht, weil du diesen armseligen Bastard seines Amtes entheben wirst, oder?«

»Nein.« Wir wußten beide, daß ich log.

»Okay«, sagte er. »Ich mußte also drei ganze Tage lang bei dieser Fischfalle sitzen, bis endlich jemand kam, um danach zu sehen.«

Er entdeckte die Kleenexschachtel über der Sonnenblende auf seiner Seite und gab mir ein paar Tücher, ohne seine Erzählung zu unterbrechen. Sie war sehr lang und sehr kompliziert. Hatte irgend etwas zu tun mit einem einsfünfundneunzig großen, dreihundert Pfund schweren Gorilla von Mann, der drei Jungs mitbrachte, als er kam, um seine illegale Fischfalle zu leeren. Die Geschichte dauerte den ganzen Weg, bis wir an einem kleinen Tisch auf einer Veranda im ersten Stock saßen, die auf die Marina hinausging, und bis dahin hatte ich mich damit abgefunden, das richtige zu tun, und war bereit, wenn schon nicht zu lachen, mich doch wenigstens zu entspannen.

Zu meiner Verwirrung entdeckte ich Lev auf dem Deck der *Rainmaker* mit Catherine Llewellyns jungem Sohn in den Armen. Claire Montgomerys Handpuppe schien die beiden zu unterhalten, während die Llewellyns selbst mit ein paar großen Koffern ankamen. Mir war klar, daß sie wohl abreisen wollten.

Armer Lev, dachte ich und stellte mir vor, wie der Rest seines Lebens von Catherine Llewellyn mitbestimmt wurde. Ohne Zweifel würde sie ihm One- Night-Stands gestatten, aber ich hege auch keinen Zweifel daran, daß sie sehr, sehr sichergehen wird (ganz besorgt und nur zu seinem Besten, natürlich), daß er nie wieder so in eine Affäre verstrickt wird, die ihn aus ihrem Orbit entfernen würde.

Lev nahm bereits die Umrisse eines Romans von Proust an – etwas, das ich zwar gelesen und aufgesogen hatte, von dem ich aber nicht mehr wußte, weshalb – oder ob überhaupt – ich es wirklich genossen hatte.

»Erkennst du jemanden wieder?« fragte Kidd.

»Nein«, sagte ich, »Überhaupt nicht.«

My life flows on in endless song;
Above earth's lamentation,
I hear the sweet tho' far-off hymn
That hails a new creation;
Thro' all the tumult and the strife
I hear the music ringing;
It finds an echo in my soul ...
How can I keep from singing?

Unbekannt

»Nach reiflicher Überlegung«, sagte F. Roger Longmire, als er mich am nächsten Morgen endlich erreichte, »werde ich wohl Richter Mercers Vorgesetzten bitten, nächste Woche einen anderen Ersatz für Mercer zu finden. Harrison Hobart kann Sie in Dobbs noch vertreten, wenn Sie ein paar Tage freinehmen wollen.«

»Das ist nett«, erwiderte ich ihm. »Ich bin Montag wieder da, aber danke, Roger.«

Während wir sprachen, hatte Kidd das Badezimmer aufgeräumt und den Küchenboden gewischt. Es gab nichts mehr zu tun, außer fertig zu packen und mit dem Staubsauger über den Teppich im Rest des Häuschens zu gehen. Sue hat ein Puppenhaus daraus gemacht, und ich würde diesen Ort nur makellos zurücklassen.

Kidd war so auf unsere Abreise bedacht, daß er bereits den Schaukelstuhl von der Veranda hereingebracht hatte und ihn hochheben mußte, während ich darunter saugte.

»Bei *mir* mußt du nicht so pingelig sein«, sagte er, als ich den Staubsauger wieder im Schrank verstaute.

Das bezweifelte ich. Letzte Nacht, als er mit mir darüber gesprochen hatte, das Wochenende in seiner Hütte am Ufer der Neuse in der Nähe von New Bern zu beenden, hatte er sie mit solchem Besitzerstolz beschrieben, daß sie nicht weit unter Sues Standard liegen würde.

»Solange du saubere Laken hast«, sagte ich.

Wir beluden die Autos – wir hatten seins letzte Nacht von Shell Point zurückgeholt und würden hintereinander nach New Bern fahren –, und ich ging hinaus, um das Wasser abzustellen und das Pumpenhaus abzuschließen.

Ich blickte hinüber zu Mahlons Haus, wo alles still war. Mickey Mantle war vor etwa einer Stunde alleine auf seinem Truck weggedonnert. Ich konnte nicht sagen, ob Effrida zu Hause war oder nicht, aber ich entdeckte Guthrie ganz am Ende des baufälligen Piers, von wo aus er über das Wasser nach Shackleford Banks sah, und ging zu ihm.

Er drehte sich nicht um, obwohl er meine Schritte auf den wackligen Planken gespürt haben mußte.

»Ich wollte nicht gehen, ohne auf Wiedersehen zu sagen«, sagte ich.

Das leere Skiff war an dem Pfahlwerk neben ihm festgebunden und schaukelte auf den sanften Wellen. Ich vermute, jetzt war es wirklich seins.

»Ich habe dir gar keine Muscheln besorgt«, sagte Guthrie.

»Nächstes Mal«, meinte ich. »Guthrie, es tut mir wirklich leid …«

»Daddy und ich, wir werden das Boot fertigbauen und mit ihm fischen, so wie Großvater es gewollt hat.« Auf seinem Gesicht lag ein wild entschlossener Ausdruck.

Der Wind strich sein sonnengebleichtes Haar streng zurück, und ich sah, daß seine Augen rotumrändert und blutunterlaufen waren. »Daddy sagt, wir fahren mit ihr um Norfolk, wenn sie fertig ist. Vielleicht heuern wir sogar ein paar Männer an und fischen vor New Jersey. Da kann man an einem Tag mehr Fische fangen als hier in einer ganzen Woche, weil das Wasser kälter ist. Es wird richtig gut laufen.«

Ich wollte ihn umarmen wie einen meiner Neffen. Statt dessen streckte ich meine Hand aus, und er schüttelte sie feierlich.

»Keine Sorge«, sagte er. »Alles in Ordnung.«

Bei dem Häuschen wartete Kidd hinter dem Steuerrad seines Wagens.

Ich drehte den Schlüssel in dem neuen Schloß, das wir eingebaut hatten, stieg in meinen Wagen und ließ den Motor an.

Am Ende der Einfahrt, als ich darauf wartete, daß Kidd in die Straße einbog, blickte ich in meinen Rückspiegel. Sonnenlicht funkelte auf dem Wasser, blauer Himmel strahlte durch die leeren Fenster des unfertigen Trawlers, und draußen auf dem Steg saß Guthrie regungslos mit dem Gesicht zum Meer.

ECON KRIMI

Margaret Maron
Schleichendes Gift
Ein Deborah Knott-Krimi
TB 25119-8

Ein Südstaaten-Krimi: Die neuernannte Bezirksrichterin Deborah Knott arbeitet in ihrer Freizeit mit ihrer Nichte Anni Sue an einem Benefiz-Projekt. Als ein junger Bauinspektor versucht, Annie Sue zu vergewaltigen und später tot aufgefunden wird, stellt sich für Deborah die Frage, ob jemand aus ihrer Familie zu einem Mord fähig ist …

Carole Nelson Douglas
Nachts sind alle Katzen schlau
Temple Barr & Midnight Louie
Ein Katzen-Krimi
TB 25051-5

PR-Agentin Temple Barr muß ihren Erzfeind Crawford Buchanan vertreten und rutscht so in einen Mordfall hinein, in den auch wieder der samtpfotige Schnüffler Midnight Louie verwickelt ist.
Ein Katzenkrimi der allerbesten Sorte …

Thomas Prinz
Mode, Mord und Models
Krimi
TB 25109-0

In Düsseldorf arbeitet Kommissar Kärrner gerade an dem Mordfall eines jungen Amerikaners, während zur gleichen Zeit in Paris der junge Diplomat Thomas Olt das amerikanische Ex-Model Tattry Cohen kennengelernt. Während Kärrner einer Mörderin aus der Modebranche auf die Spur kommt, entwickelt sich die Beziehung zu Olt und Tattry zu einem Spiel auf Leben und Tod.

K 013

ECON TASCHENBÜCHER ECON

ECON KRIMI

Dorothy Cannell
Femmes Fatales
Ein Ellie Haskell-Krimi
TB 25031-0

Die »dünne Frau« Ellie Haskell fühlt sich wie die Prinzessin, die sich in einen Frosch verwandelt hat, denn ihr angebeteter Bentley beachtet sie nicht mehr. Ellie schließt sich der Frauengruppe »Fully Female« an, um die wahre Kunst der Sinnlichkeit zu erlernen und ihn zurückzugewinnen. Aber nicht nur diese Organisation, auch die Liebe selbst scheint eine ziemlich tödliche Angelegenheit zu sein!

Sarah Lacey
Aktennotiz: Verstorben
TB 25017-5

Leah Hunter, selbstverteidigungserprobt und beruflich als Steuerfahnderin unterwegs, erlebt während eines Galeriebesuchs eine Überraschung. Ein fremder Mann fällt ihr in die Arme und vertraut ihr sterbend seine letzten Worte an. Leah rückt dadurch unfreiwillig in den Mittelpunkt von Ereignissen, die sich um Mord, Kunstraub und Drogenhandel drehen.

Janet Neel
Tod der Dame
Ein Francesca Wilson-Krimi
TB 25074-4

Das Gladstone-College, ein altehrwürdiges Mädcheninternat aus dem 19. Jhdt., steht vor dem Aus: Das Gemäuer zerfällt und die finanzielle Lage ist katastrophal. Die Vorgängerin der jetzigen Direktorin starb unter mysteriösen Umständen.
Die neue Schulleiterin, Dame Sarah Murchieson, bittet ihre Freundin Francesca Wilson um Hilfe.

K 006

ECON TASCHENBÜCHER

ECON